奥威尔作品全集

· 奥威尔纪实作品全集

《巴黎伦敦落魄记》

《通往威根码头之路》

《向加泰罗尼亚致敬》

· 奥威尔小说全集

《缅甸岁月》

《牧师的女儿》

《让叶兰继续飘扬》

《上来透口气》

《动物农场》

《一九八四》

· 奥威尔散杂文全集

奥威尔杂文全集（上、下）

奥威尔书评全集（上、中、下）

奥威尔战时文集

George Orwell

奥威尔小说全集

一九八四

Nineteen Eighty-four

[英]乔治·奥威尔 著 陈超 译

上海译文出版社

第一部

第一章

那是四月份的一天，天气晴朗而寒冷，时钟敲响了十三点。温斯顿·史密斯的下巴紧紧抵着胸膛，躲避寒风的侵袭。他快步穿过胜利大厦的玻璃门，但还是慢了一些，一股席卷着沙砾的旋风尾随着他刮了进来。

门厅里有一股煮卷心菜和旧地毯的味道。在门厅的一头，一张彩色海报用大头钉固定在墙上，在室内张贴显得太大了一些。上面只有一张巨大的脸庞，约有一米多宽：那是一张男人的脸，约摸四十五岁，蓄着浓密的黑色八字胡，面容威武英挺。温斯顿朝楼梯走去。电梯不用试也知道用不了。即使是万事皆顺的好日子，它也总是在罢工，而当前电力供应在白天时段被切断了。这是厉行节约的一部分举措，为"仇恨周"进行筹备工作。上到公寓要走七段楼梯，温斯顿三十九岁了，右脚踝上面一截患了静脉曲张溃疡，走得很慢，一路上休息了好几回。在每一层的楼梯平台，电梯井的对面，那张印着巨大脸庞的海报在墙上虎视眈眈。那是一张精心绘制的肖像画，当你移动的时候那双眼睛也会跟着你动。头像下面写着这么一句话："**老大哥在看着你。**"

在公寓里，一个甜润的声音正在朗读与生铁产量有关的一连串数字。声音是从一个长方形的金属匣子里传出来的，它看上去就像一面模糊的镜子，镶嵌在右边的墙壁上面。温斯顿旋着转钮将声音调低，但那些字句仍清晰可闻。这东西（它的名字叫电屏)只能将其音量调低,但无法彻底关掉。他走到窗口。他个子很矮小瘦弱,穿着蓝色的工作装更显得单薄,这身衣服是党员的制服。他的头发是金黄色的,天生面色红润,由于平时用的是劣质的肥皂和钝刮胡刀,而且冬天刚刚过去,脸上的皮肤很粗糙。

虽然玻璃窗紧闭着,他仍可以感觉到外面天寒地冻。下面的街道上,几股小小的旋风正夹杂着沙尘和纸屑,打着螺旋形的转。虽然阳光明媚,天空湛蓝,但除了那些到处张贴的海报外,万物似乎都失去了色彩。在每个街角,那张蓄着黑色八字胡的脸庞居高临下地俯视着。正对着房子的前门挂着一张海报。**"老大哥在看着你。"**标题如是说,而那双深色的眼睛深深地看穿了温斯顿的眼睛。楼下贴着另一张海报,有一角剥落了,在寒风中时不时地扑腾着,时而遮盖时而现出上面的两个字:"英社"。远处有一架直升飞机在屋顶间低飞着,像一只绿头苍蝇那样盘旋了一会儿,然后划出一道弧线飞走了。那是警察在巡逻,透过窗户监视人民。不过,这种巡逻问题不大,思想警察才是大麻烦。

在温斯顿背后,电屏里面的声音仍在喋喋不休地讲述着关于生铁和第九个三年计划的超额完成情况。电屏能同时接收与播放信号。温斯顿发出的声音只要高于低声耳语,就会被接收到,而且,只要他停留在那个金属匣子的视线范围内,他的一言一行都会受到监听监视。当然,你无从知道自己什么时候正被监控。没有人知道思想警察对个人的监控频率或以什么样的体系进行监控。你甚至可以认为,他们对每个人都实施了全天候的监控。但不管怎样他们能随时接入你的频道。你只能习惯成本能地生活在这么一个设想中: 你所发出的每一个声音都正被监听，而除了在漆黑之中外，你的每一个动作都正被监视。

温斯顿一直背朝着电屏。这样比较安全，虽然他清楚地知道，就算是背影也会泄露秘密。一公里外就是真理部，他上班的地方，那是一座从污秽肮脏的地面直耸而起的白色建筑物。他略带厌恶地想着：这就是伦敦，一号空降带的首府，大洋国人口第三大的省份。他努力想唤起一点童年时的回忆，告诉他伦敦是否一直都是这样。是不是一直都有这些腐朽破败的十九世纪的房屋？这些房屋的侧墙用木板加固，窗户用硬纸板打了补丁，屋顶铺的是瓦楞铁皮，乱七八糟的花园的四面围墙都已经开始坍塌。被轰炸过的地方尘土飞扬，断壁残垣上长出了藤蔓和野草。炸弹清出了一大片空地，上面突然建起了肮脏丑陋的木棚屋，看上去就像鸡窝一样。一直都是这样子吗？但是没有用，他记不起来了，童年的回忆只残留下一系列明亮的静态画面，没有背景，根本无法辨认清楚。

真理部——在新话中简称为真部（新话是大洋国的官方语言，其结构与词源可参阅附录）——与视线里的其它事物决然迥异。那是一座巍峨的金字塔形白色混凝土建筑，层层叠叠熠熠发光，冲天而起，足有三百米高。温斯顿所站的地方正好能辨认出以端正的字体书写在白色墙面上，显得格外醒目的三句党的口号：

战争即和平

自由即奴役

无知即力量

据说真理部的地上建筑有三千个房间，而地下相对应也有
那么多个部门。在伦敦还有三座外观和规模与之相似的建筑，
使得周围的建筑相形见绌。在胜利大厦的屋顶你可以同时看到
这四座建筑。它们是四大政府部门的所在地。真理部负责新
闻、娱乐、教育和艺术；和平部负责战争；友爱部维持法律与
秩序；而富足部则负责经济事务。在新话中，它们的名字分别
是真部、和部、爱部和富部。

　　友爱部是最可怕的部门。大楼里根本没有窗户。温斯顿从
未进过友爱部里面，连这个部门方圆半公里内都没踏足过。除
非你有公务在身，否则根本无法进到里面；而即便你真有公
务，要进去也得经过如迷宫一样的铁丝网防线、几道钢铸的大
门和隐蔽的机关枪阵地。连通往外围屏障的街道也安置了身穿
黑色制服凶神恶煞般的卫兵，个个都配备了可折叠的橡胶
警棍。

　　温斯顿猛然转过身，脸上露出平静而乐观的表情——面对
电屏的时候，这是他应该有的样子。他穿过房间，走进狭小的
厨房。在这个时候离开真理部，他放弃了在食堂吃午饭的机
会。他知道厨房里只有一块黑面包，是留着明天早餐时吃的。
他从架子上拿下一瓶无色的液体，上面白色的标签写着"胜利
牌杜松子酒"。这酒的味道油腻腻的很恶心，像中国的米酒。
温斯顿倒出将近一茶杯，鼓起勇气接受冲击，然后像吃药一样
一口吞了下去。

　　他的脸当即变得绯红，眼里流出泪水。这东西的味道就像
硝酸，而且吞下去的时候，你感觉后脑勺就像被橡胶警棍敲上
一记。但是，很快胃里火烧火燎的感觉平息了，世界看上去开
始变得更加美好。他从一个皱巴巴的、写着"胜利牌香烟"的

烟盒里抽出一根烟,一不小心把烟竖了起来,烟丝掉到了地板上。拿第二根烟的时候情况就顺利多了。他回到客厅,坐在摆放在电屏左侧的一张小桌子旁边,从桌子的抽屉里取出一根笔杆、一瓶墨水和一本厚厚的四开本空白小册,封底是红色的,封面印着大理石花纹。

出于某些原因,客厅里的电屏安放在一个不寻常的位置上。按照正常的做法,它应该安放在端壁上,可以监控整个房间,但它却被装在与窗户相对的那面长一点的墙上。在墙壁的一边有一个浅浅的壁龛,温斯顿现在就坐在凹陷处里。建造这些公寓的时候,这个凹陷处或许是用来放置书架的。温斯顿坐在凹陷处里,身子尽量往后靠,刚好可以置身于电屏的视野之外。当然,别人可以听到他说话,但只要他一直坐在现在这个位置上,别人就看不见他。他现在准备要做的事情与房间这种不同寻常的格局不无关系。

不过,他刚刚从抽屉里拿出来的那本小册子与这件事也有关联。那是一本美得出奇的小册子。里面的纸张很光滑,由于年代久远有点发黄,已经至少有四十年没有生产了。不过,他猜得出这本小册子远远不止有四十年的历史。他是在城里的贫民窟(现在他记不起具体是哪个区了)一间邋遢的小旧货店的橱窗里看到这本小册子的。当时他就立刻萌发了迫切想买下来的冲动。党员不应该走进普通商店(这种行为被称为"自由市场贸易"),但这一规定并没有得到严格贯彻,因为有很多东西,比方说鞋带和刮胡刀,通过其它途径根本买不到。他迅速上下观察了街道几眼,然后溜进店里,花了两块半买了那本小册子。当时他并不知道买那本小册子到底有什么用。他把小册子放在公文包里,内疚地带回家。虽然里面什么也没有写,但拥有它本身就是不可告人的行为。

他要做的事情是开始记日记。这并不是什么违法的事情（没有什么事情是违法的，因为法律已经不复存在），但假如被别人发现，他肯定会被判处死刑，起码会被判处劳改营监禁二十五年有期徒刑。温斯顿往笔杆上装了一个笔头，将上面的油脂一口嘬掉。这支笔是旧款式的，连签名也很少用。他私底下颇费了一番周折才弄到了这支笔，只不过是因为他觉得漂亮的光面纸应该用真正的笔头在上面书写，而不能用墨水铅笔随意乱写乱画。事实上，他不习惯手写。除了简短的便条外，他经常用讲写器以口述的形式写东西，而他现在要做的事情当然不可能用讲写器完成。他将笔头蘸了蘸墨水，然后踌躇了一下。他的心在发颤，在纸上留下字迹将会是决定性的一步。他以蹩脚的小字写下：

1984 年 4 月 4 日。

他靠在椅子上，心里泛起一股彻底无助的感觉。首先，他并不能确定现在是 1984 年。这个年份应该没错，因为他很肯定自己的年龄是三十九岁，而且他确信自己生于 1944 年或 1945 年，但如今要将某个日子精确到一到两年的误差范围内是不可能的事情。

突然间他想到，他写日记到底是为了谁呢？为了未来的人，为了尚未出生的人。他的思绪围绕着纸上那个可疑的日期想了一会儿，突然间想起了新话中的那个词汇——**"双重思想"**。他第一次意识到自己要做的这件事情是那么困难。你怎么能和未来的人沟通呢？究其本质这是不可能的事情。要么，未来就会像现在一样，没有人会去听他说些什么；要么，未来将与现在不一样，那么他的困境将毫无意义。

　　他坐在那儿，盯着那张纸发呆。电屏转而播放起激昂人心的军乐。真是奇怪，他似乎不仅失去了表达内心想法的能力，甚至连原本想说些什么也忘记了。过去几个星期来他一直在为了这一刻进行准备，从来没有想到除了勇气他还需要什么。写东西这件事应该很简单。他所要做的只不过是将多年来已经文字化，在他的脑海中反复出现的那段冗长而烦躁不安的独白写下来。但是，此刻连他内心的独白都词穷了。而且，他的静脉曲张溃疡开始痒得无法忍受。他不敢去挠，因为只要他一挠总是会发炎。时间一分一秒地过去。他的意识里只有面前那张白纸、脚踝上面的皮肤发痒的感觉、震耳欲聋的音乐和那杯杜松子酒引起的醺醺然的感觉。

　　突然间，他惊慌失措地开始写字，根本不知道自己在写些什么。他那手小而幼稚的字在纸上歪歪斜斜地游走，先是顾不上字母的大写，到最后连句号也忘了。

.

　　"1984 年 4 月 4 日。观影活动的最后一个晚上。全都是战争影片。地中海某处一艘载满难民的船只被炸。看到一个大胖子想游泳逃生，一架直升飞机紧追着他，观众们都觉得很开心。一开始你看见他就像一只海豚在水里扑腾，然后你透过直升飞机上的瞄准器看到他，接着，他的身上布满了弹孔，身边的海面变成了粉红色，他骤然沉了下去，似乎海水从那些弹孔渗进去了。当他沉下去的时候，观众们哄堂大笑。接着你看到一艘载满了孩子的救生船，有一架直升飞机在它的上空盘旋。船上有一个中年妇女应该是个犹太人坐在船头怀里抱着一个大约三岁大的小男孩。那个孩子正吓得嚎啕大哭把头埋在她的胸脯里似乎想钻进她的身体里那个女人双手搂着他安慰着他虽然她自己也吓得魂飞魄散，一直用身子尽可能地将他护住似乎她以为自己的胳膊可以把子弹从他身上挡开。接着直升飞机往他们头上投下一颗20公斤的炸弹一道耀眼的光芒闪过救生艇被炸得粉碎。接着镜头拍到了一个小孩的手臂一直往上飞往上飞往上飞飞到空中一定是直升飞机的机头装设的摄像机在进行跟踪拍摄党员的席位里响起了热烈的掌声但戏院里无产者的座位那边有一个女人突然间开始大吵大闹说他们不应该在小孩子面前播放这些在小孩子面前这么做是不对的直到警察将她带走我不知道她会出什么事没有人在意无产者说了些什么典型的无产者的反应他们从不——"

　　温斯顿停下了笔，一部分原因是他的身子在痉挛。他不知道是什么驱使他写下了这一连串废话。但奇怪的是，在他写东西的时候，脑海里清楚地浮现出完全不同的回忆，他很想将这一回忆写下来。现在他意识到，是另外这件事让他今天突然决定回家开始写日记。

　　今天早上在真理部里发生了这件事，假如这么虚无缥缈的事情也可以用"发生"来形容的话。

　　快十一点整的时候，在温斯顿工作的记录司，大家正把椅子从小隔间里拉出来，摆在大厅中央那面大大的电屏对面，准备"两分钟仇恨仪式"。温斯顿正要走到中间那一排自己的座位时，两个他见过面但从未说过话的人不期而至。其中一人是个女孩，他经常在走廊里和她擦肩而过。他不知道她叫什么名字，但他知道她在虚构司上班。应该是这样——因为有时他见到她的双手沾满了机油，拿着一个螺丝扳手——她负责某台小说创作机器的维修工作。她是个相貌泼辣干练的女孩，大约二十七岁，头发浓密，脸上长着雀斑，动作像运动员一样矫健。她别着一条猩红色的腰带，那是"青年反性爱同盟"的标志。腰带在她的大衣上绕了几个圈，恰好勾勒出她臀部的曲线。打第一眼见面温斯顿就不喜欢她。他知道个中原因。那是因为她在竭力表现她玩曲棍球，洗冷水澡，参与集体远足，而且思想很纯洁。几乎所有的女人他都不喜欢，尤其是年轻漂亮的女人。女人，尤其是年轻的女人，是最忠心盲从的党的信徒，她们接受任何口号，充当业余间谍，搜寻离经叛道的异端。但他觉得这个女孩比其他女人更加危险。有一次他们在走廊相遇，她迅速侧着头瞥了他一眼，似乎一下子看穿了他的内心。他惊愕了一会儿，心里甚至掠过这么一个念头：她可能是隶属于思想警察的密探！当然，那是不大可能的事情。但是，他还是觉得很不自在，只要她在他身边出现，他总会觉得很害怕，而且充满了敌意。

另一个人是个男的，名叫奥布莱恩，是内部党员，身居要职，地位高高在上，具体在从事什么工作，温斯顿也不是很清楚。看到一位身穿黑色制服的内部党员走过来，椅子周围的人群暂时安静了下来。奥布莱恩是个结实的大块头，脖子很粗，长着一张粗俗野蛮却很有幽默感的脸。虽然他的相貌令人生畏，他的举止却很有魅力。他的习惯性小动作是扶稳鼻梁上的眼镜，这个奇怪的动作令人放松了心里的戒备——有一种说不清道不明的儒雅气质。这个动作让人想起一位十八世纪的贵族正递过他的鼻烟盒，假如还有人能想起这些事情的话。这么多年来温斯顿大约见过奥布莱恩十几回，深深地被他吸引着，但从未单独相处过，不只是因为他疑惑于奥布莱恩温文尔雅的举止和他那拳击手般的身材之间的反差，而且还因为他在心里悄悄认定——或许那只是他的一厢情愿——奥布莱恩的政治思想并非那么正统。他的样貌总是会让人有这么一番想法。又或者说，他的样貌不像是个正统人士，而像是个纯粹的知识分子。但不管怎样，看着他那张脸，你会想和他私底下单独聊聊天，假如你能骗过电屏的话。温斯顿从未尝试过去证实这个猜测——事实上根本没有机会这么做。这时奥布莱恩看了一眼腕表，看到就快十一点整了，显然他决定待在记录司，直到"两分钟仇恨仪式"结束才走。他在温斯顿那一排的一张椅子上坐了下来，相距只有两个位置。一个在温斯顿旁边小隔间工作的褐黄色头发、身材娇小的女人就坐在两人的中间。那个黑发女孩则坐在他身后。

接着，房间尽头那面大大的电屏传来刺耳的演讲，就像一台没有上润滑油的机器在运转。那种声音让人牙关打战，脖子后面的汗毛直竖。仇恨仪式开始了。

和往常一样，全民公敌埃曼努尔·古德斯泰恩的脸出现在屏幕上。人群中到处响起了嘘声。那个长着褐黄色头发、身材娇小的女人发出夹杂着恐惧与厌恶的尖叫。古德斯泰恩是变节的叛徒和罪人，很久以前（没有人记得到底是多久之前了）曾经是党的领袖之一，几乎与老大哥平起平坐。后来他因反革命罪行被判处死刑，却神秘地逃走了，自此销声匿迹。"两分钟仇恨仪式"的内容每天都会变更，但古德斯泰恩总是众矢之的。他是最早玷污了党的纯洁性的大叛徒。所有后来的反党罪行、所有的阴谋诡计、破坏活动、异端思想、离经叛道都直接出自他的唆摆。他还活着，匿藏在某个地方，酝酿着他的阴谋：或许是在远渡重洋的外国，接受他那些外国主子的庇护；甚至有可能——这只是时而听说的谣传——就躲在大洋国境内。

温斯顿的瞳孔收缩着。一看到古德斯泰恩的脸，他就会有一种痛苦而五味杂陈的感觉。那是一张瘦削的犹太人的脸庞，头顶白发苍苍，蓄着稀疏的山羊胡——长得很聪明，但带着一种与生俱来的可鄙气质，长而尖的鼻子有种老年痴呆的感觉，鼻梁上架着一副眼镜。这张脸长得很像一头绵羊，而他的声音也很像绵羊的叫声。古德斯泰恩一如既往在发表对党的信条的恶毒攻讦——如此夸张而有悖常理，连一个小孩子都可以洞察其本质，却又貌似很有道理，足以让人心生警惕：要是其他人没有同样高的觉悟，或许就会受其影响。他在诋毁老大哥，他在谴责党的专政，他要求大洋国立刻与欧亚国缔结和约，他在鼓吹言论自由、出版自由、集会自由和思想自由，他在歇斯底里地哀号着革命被背叛了——语速很快，而且单词长而拗口，与党的发言人的说话习惯如出一辙，甚至还运用了新话的词汇，事实上，比任何党员在日常生活中所使用的新话词汇还要多。与此同时，为了防止有人被古德斯泰恩这一番似是而非哗众取宠的话所蒙蔽，在电屏上他的头像后方，一直在播放着欧亚国军队无穷无尽的方阵——一列又一列神情木然的亚洲人的面孔从屏幕的底部出现，然后消失，被几乎一模一样的别的士兵所取代。这些士兵的军靴单调的步伐声成为了古德斯泰恩咩咩叫的演讲的背景伴奏。

仇恨仪式还没进行三十秒，房间里就有一半的人开始失去自控力破口大骂。那张自我陶醉的绵羊一样的脸庞和它后面欧亚国军队可怕的武力威胁实在令人无法忍受。而且，看到，甚至只是想到古德斯泰恩就会自发引起恐惧与愤怒。他比欧亚国或东亚国更一贯遭到仇视。大洋国总是在和这两个国家中的某一方打仗和与另一方结盟。但奇怪的是，尽管古德斯泰恩被每个人所痛恨唾弃，尽管每天得有上千次，他的那套谬论在讲台和屏幕上，在报纸和书籍里被反驳、攻讦、嘲讽，被人民大众弃之如敝屣——尽管如此，他的影响力似乎从未减弱。总是有人被他蒙骗，甘心受他唆摆。每天都会有受其指使的密探和破坏者被思想警察抓获。他是一支庞大的影子军团的司令，和一帮同谋者成立地下组织，妄图颠覆国家。这个地下组织的名字似乎叫做"兄弟会"。而且谣传有一本可怕的书，概括了一切异端思想，作者就是古德斯泰恩。这本书到处传播但没有书名。人们提到这本书时都会简单地称其为"该书"。不过人们都是通过云里雾里的传闻了解到这些事情的。任何普通党员假如可以避免的话，都不会提起"兄弟会"和"该书"。

到了第二分钟，仇恨仪式达到了癫狂的程度。人们上窜下跳，以最大的嗓门怒吼着，努力想盖过屏幕里发出的声音。那个头发褐黄个头娇小的女人脸涨得通红，嘴巴一翕一张，仿佛是一条搁浅在陆地上的鱼。连奥布莱恩那张威严的脸也涨得通红。他笔直地端坐在椅子上，健壮的胸膛胀了起来，微微颤抖着，似乎在抵御浪涛的侵袭。温斯顿身后那个黑头发的女孩开始叫嚷着："猪猡！猪猡！猪猡！"突然间她拿起一本厚厚的新话词典，朝屏幕扔了过去。词典砸中了古德斯泰恩的鼻子，弹了开来，但无情的声音继续说下去。温斯顿的头脑虽然还很清醒，却发现自己和其他人一起叫嚷着，狠狠地踢着椅子的横档。"两分钟仇恨仪式"的可怕之处在于，一个人并没有被强迫参与其中；恰恰相反，不想参与是根本不可能的事情。只消半分钟的功夫，任何伪装矫饰都变得毫无必要。所有人都像被电击了一样，情不自禁地变成了面目狰狞失声尖叫的疯子，陷入恐惧和怨恨的癫狂状态，一心只想着杀戮、虐待、用大铁锤将别人的脸砸烂。但那股狂暴的情绪虚无缥缈而没有指向，就像焊灯的火焰，可以从一个事物转向另一个事物。因此，有那么一会儿，温斯顿的仇恨并没有冲着古德斯泰恩而去——恰恰相反，他痛恨的是老大哥、党和思想警察。而在这样的时刻，他深深地同情着屏幕上那个被众人嘲弄的孤独的异端者——在这个充满谎言的世界上，那个人是真理和理性唯一的捍卫者。但紧接着，他和身边的人站在了同一立场，他似乎觉得对古德斯泰恩的种种诋毁都是真的。这时候，隐藏在他内心深处对老大哥的仇恨变成了热爱，老大哥似乎变得巍峨高大起来，是战无不胜无所畏惧的守护者，像岩石般屹立不倒，抵御着亚洲的游民部落和古德斯泰恩的侵袭。而古德斯泰恩尽管只是一个孤独无助的人，连是否真的还活在世上也尚未可知，但他就像一个邪恶的巫师，光靠言语的力量就足以将文明摧毁。

　　通过自发的行动，一个人时常能将他的仇恨转移开来。突然间，就像一个人在梦魇中艰难地把头在枕头上扭到一边那样，温斯顿将他的仇恨从屏幕上的那张脸转嫁到了后面那个黑发女孩身上。生动而美妙的幻觉在他的脑海里闪现。他想拿一根橡胶警棍将她活生生打死。他想将她赤身裸体地绑在木桩上，将她乱箭射死，就像圣人塞巴斯蒂安①殉难一样。他要强暴她，在高潮的那一刻割开她的喉咙。而且，他比以往更加清

---

① 圣塞巴斯蒂安（St. Sebastian，？—268），古罗马帝国德奥克里先大帝（Emperor Diocletian）时期的基督教殉道者，传闻是被绑在木桩上，乱箭射死。

楚地意识到为什么他会恨她。他恨她，因为她年轻貌美却没有性欲，因为他想和她上床但从未遂愿，因为她那柔软迷人的腰肢似乎在邀请你的胳膊将其搂住，却只有那条可憎的红色腰带缠在上面，咄咄逼人地标榜着她的纯洁。

仇恨仪式达到了高潮。古德斯泰恩的声音变成了一头羊咩咩咩的叫声，接着，那张脸变成了绵羊的脸。然后，羊脸变成了一个欧亚国士兵，似乎正在逼近，变成可怕的巨人，他的冲锋枪在咆哮，他似乎将从屏幕上一跃而出，前排有几个人真的被吓得坐在椅子上往后畏缩。但就在同时，那个敌人的形象变成了黑发黑须，象征着力量和镇定的老大哥的脸庞，大得几乎充满了整个屏幕，每个人都深深地松了口气。没有人听到老大哥在说什么。那只是几句鼓励的话，在炮声震天的战斗中所说的话，一个字也听不清楚，但只要说出口就足以重新鼓舞起信心。接着，老大哥的脸再次渐渐消失，取而代之的是大字写成的党的三句口号：

战争即和平
自由即奴役
无知即力量

但老大哥的脸似乎在屏幕上停留了几秒钟，仿佛那张脸在每个人的眼球中所形成的印象太过于生动鲜明，无法立刻消逝。那个长着褐黄色头发、身材娇小的女人俯身扑在前面的椅背上，朝着屏幕伸出了双臂，嘴里喃喃自语着："我的救主啊！"然后，她把脸埋在双手之中，显然正在祈祷。

这时，所有人都开始齐声深沉缓慢而有节奏地哼起了

"B—B！……B—B！"①哼了一遍又一遍，哼得很慢，第一个B和第二个B之间停了很久——就像某种蛮荒时代的阴沉沉的呓语，在背景声中似乎可以听到赤足的顿地声和手鼓的节拍声。他们一直哼了大约有三十秒钟，这是在情绪高涨的时候经常听到的叠歌。这不仅是一首歌颂老大哥智慧和威严的赞美诗，更是自我催眠的举动，以有韵律的声音刻意将意识扼杀。温斯顿的心里瓦凉瓦凉的。在"两分钟仇恨仪式"中，他会和大家一起陷入癫狂的状态，但这种似人非人、念咒一般的"B—B！……B—B！"总是让他心里充满了恐惧。当然，他和其他人一起神神叨叨，要做其它事情是不可能的。掩饰你的情感，控制你的脸部表情，别人做什么你也跟着做什么，这些都是本能的反应。但有那么几秒钟，他的眼神似乎出卖了他。而就在这时，那件意味深远的事情发生了——如果那件事情真的发生过的话。

那一瞬间他看到了奥布莱恩的眼睛。奥布莱恩已经站了起来。他摘下了眼镜，正以他那标志性的动作将眼镜放在鼻梁上扶好。但两人的眼睛对视了几分之一秒钟的时间，而就在这短暂的一刹那温斯顿意识到——是的，他**很清楚**！——奥布莱恩和他有着同样的想法。这是错不了的。似乎两人心灵相通，通过眼神传达了彼此内心的想法。"我和你在一起。"奥布莱恩似乎在对他说，"我知道你心里的感受。我完全清楚你轻蔑什么、你仇恨什么、你厌恶什么。但不用担心，我和你在一起！"接着，灵光一闪而逝。奥布莱恩变得和其他人一样面无表情。

---

① B—B 是英文"老大哥"（Big Brother）的字母缩写。

就是这样。他不敢肯定这件事到底有没有发生过。这样的事情从来不会有任何后续进展。这样的事情只是令他坚信，或令他心生希望，在他身边有党的敌人。或许，关于那个庞大的地下组织的传闻确实是真的——或许"兄弟会"真的存在！尽管经历过无数次逮捕、招供和处决，要弄清"兄弟会"到底是不是只是子虚乌有的传闻仍然是不可能的事情。有时候他相信"兄弟会"确有其事，有时候他不相信。根本没有任何证据，只有一些杯弓蛇影的信息： 几句捕风捉影的对话、公厕墙壁上语焉不详的涂鸦——甚至有一次，两个陌生人相遇了，他们的手势看上去似乎是在打暗语。这些纯属猜测： 很有可能这些都是他的臆想。他回到自己的小隔间，没有再去看奥布莱恩一眼。他几乎没有去想如何延续他们俩那一瞬间的交流。即使他知道该怎么去做，这样做也实在是太危险了。就在那一两秒的时间内，两人交流了暧昧的眼神，事情就到此结束。但即使是这样，这也是在幽闭孤独的生活中值得记住的事情。

温斯顿打起精神，坐直了身子，打了个嗝，杜松子酒的味道从胃里涌了出来。

他的眼睛又聚焦在纸上。他发现当他坐在那儿无助地冥思时，手还一直在写个不停，似乎是某种机械动作。而且不再是刚才那潦草笨拙的笔迹。他在光滑的纸上信笔飞扬，以整洁的大字写下了什么呢？——

打倒老大哥
打倒老大哥
打倒老大哥
打倒老大哥

打倒老大哥

一遍又一遍，写满了半页纸。

他不由得慌张起来。这实在是荒唐，因为写下这些字句其实和他开始写日记的行为一样危险，但他很想将这几张纸给撕掉，彻底放弃写日记这件事。

但是，他没有这么做，因为他知道那是没有用的。无论他是写下了"打倒老大哥"，还是制止住自己没有写下这些话，两者并没有什么区别。无论他是继续写日记，还是不再写日记，两者也并没有什么区别。思想警察还是一样会找上他。他已经犯下了——即使他从未用笔在纸上写字，也等同于已经犯下了——包罗万象的严重罪名。他们称之为"思想罪"。思想罪是隐瞒不了的。你或许可以成功地隐藏一阵子，甚至隐藏上几年，但迟早他们都会找上你。

事情总是在晚上发生——逮捕行动总是在晚上发生。你突然间在睡梦中被弄醒，粗糙的手摇着你的肩膀，灯光明晃晃地刺痛你的眼睛，床边围着一圈严肃的脸庞。大部分逮捕没有经过审判，也没有逮捕报告。人们就这么消失了，大部分是在晚上。你的名字从登记册上被勾掉，你的所有履历都被删除，你曾经的存在被彻底否认，然后被遗忘。你被彻底清除毁灭：经常用的那个词是"人间蒸发"。

他陷入了歇斯底里的状态，开始写字，字迹仓促而潦草。

他们会枪毙我我不在乎他们会不会朝我后脑勺开枪我不在乎打倒老大哥他们总是朝你后脑勺开枪我不在乎打倒老大哥——

他靠在椅背上，有点为自己感到羞愧，放下了笔。突然他听到了敲门声，吓了一大跳。

已经来了！他像只老鼠那样一动不动地坐着，怀着枉然的希望：无论外面是谁，希望他敲一下门之后就会走开。但没有用，敲门声一直持续着。最糟糕的情况莫过于迟迟不开门。他的心忐忑不安，像在咚咚咚地打鼓，但由于长年的习惯，或许他的脸上没有流露出一丝表情。他站起身，脚步沉重地朝房门走去。

第二章

温斯顿将手搁在门把上时，看到那本日记本还摊开着搁在桌子上。上面密密麻麻地写着"打倒老大哥"这五个字，字体大得几乎隔着房间就可以看得一清二楚。他怎么会做出这么愚蠢的事情。但他发现，就算他吓得魂飞魄散，他也不愿在墨迹未干的时候把日记本合上，弄脏那光滑的纸面。他倒吸了一口凉气，打开房门，心里顿时涌过一股如释重负的暖流。门外站着一个面容憔悴苍白的女人，头发稀疏，脸上布满了皱纹。

"噢，同志，"她说话时声音很干涩，像在哀声抱怨，"我想我听到你进屋了。你能过来看看我家厨房的水槽吗？它堵住了，而且——"

那是帕森斯太太，同一层楼一位邻居的妻子。（党并不赞成用"太太"这个称呼——你应该称呼每个人为"同志"——但遇到有些女人，这个称呼本能地就会用上。）她大约三十岁，但看上去苍老得多，脸上的褶子让人觉得里面藏污纳垢。温斯顿跟在她后面穿过走廊。几乎每天他都得做这些烦人的业余修理工作。胜利大厦是老公寓，建于1930年前后，就快倒塌了。天花板和墙壁的石膏总是片片剥落，一遇到结霜水管就会爆裂，天一下雪屋顶就会漏水，供热系统虽然没有完全关闭，但总是只供应一半的暖气，目的是为了厉行节约。除非你能自己搞定，否则维修工作得经过高高在上的委员会的批准，就算是修补一面窗玻璃也可能得等上两年。

"当然，这只是因为汤姆不在家。"帕森斯太太含糊地说道。

帕森斯家的公寓比温斯顿的公寓大一些，别有一番脏乱的情形。每件东西看上去都破破烂烂的，似乎被人踩过一脚，仿佛曾有体型庞大的动物到这里肆虐过。体育器械——曲棍球棒、拳击手套、一个爆了的足球、一条里朝外翻转过来的汗淋淋的短裤——全部堆在地板上，桌子上摆满了脏兮兮的碗碟和书页卷了角的健身书籍。墙上挂着青年团和少年侦察队的红旗，还有一张全幅尺寸的老大哥的海报。和往常一样，屋里有一股煮卷心菜的味道，整座大厦都有这股味道，但汗臭味更加浓烈一些——而且你一闻就知道是某个现在不在这儿的人留下的汗味，虽然你说不出为什么会知道这一点。在另一间房里，电屏里还在播放着军乐，有人正拿着一把梳子和一张厕纸吹奏着，努力想跟上军乐的节拍。

"是孩子们。"帕森斯太太略带忧虑地看了房门一眼，"他们今天没出去，当然——"

她总是习惯在说到一半的时候就停下来。厨房那个水槽盛满了浑浊的绿水，就快溢出来了，比卷心菜的味道更难闻。温斯顿跪下来检查水管的角接头。他不喜欢动手，他不喜欢弯下腰，这老是会让他开始咳嗽。帕森斯太太看上去很无助。

"当然，要是汤姆在家的话他一下子就弄好了。"她说道，"他喜欢做这些事情。汤姆的手巧得很。"

帕森斯是温斯顿在真理部的同事。他略显肥胖但很活跃，是个很傻很天真的缺心眼笨蛋——那种完全不会提出质问，一心一意吃苦耐劳的人，比思想警察更加可靠地维持了党的稳定团结。三十五岁的时候他很不情愿地离开了青年团，而之前他是少年侦察队的成员，在超过法定年龄一年之后才加入了青年团。他在真理部从事的是不需要动脑筋的低端工作，不过他是体育委员会和其它委员会的先进分子，积极组织集体远足、自发游行、节约行动和义务劳动。他会抽着烟斗，带着无言的自豪感，告诉你过去四年来他每晚都会去社区中心露个面。无论他去到哪儿，身上总是有一股浓烈的汗味，暗地里提醒你他的生活有多么辛苦，即使他走开后，汗味仍然驱之不散。

"你有扳手吗？"温斯顿问道，摆弄着角接头上的螺帽。

"扳手，"帕森斯太太立刻显得踌躇不定，"我真的不知道。或许孩子们——"

又是一阵靴子的跺地声和吹着梳子发出的巨响，孩子们冲进了客厅。帕森斯太太拿来了扳手。温斯顿放空了积水，强忍着恶心将那团堵塞了水管的头发清理掉。他就着水龙头的冷水尽量将自己的手指洗干净，然后回到另一间房里。

"举起手来！"一个野蛮的声音喊道。

一个英俊而神情凶悍的九岁小男孩从桌子后面蹿了出来，拿着一把玩具自动手枪威胁着他，而他那小两岁的妹妹拿着一块木头摆出同样的姿势。两人都穿着蓝色短裤和灰色衬衣，戴着红领巾，这身打扮是少年侦察队的制服。温斯顿将双手举过头顶，感觉很不自在，因为那个孩子的态度是那么凶狠，完全不像是在玩游戏。

"你是叛徒！"小男孩叫嚷着，"你是思想犯！你是欧亚国的间谍！我会开枪打死你，我会让你人间蒸发，我会把你发配到盐矿去！"

突然间，两个孩子在他身边雀跃叫嚷着："叛徒！""思想犯！"小女孩模仿着哥哥的一举一动。这一幕情形有点吓人，就像在逗老虎幼崽玩一样，很快它们就会长大，变成食人猛兽。那个男孩子的眼里闪烁着刻骨的敌意——显然，他很想踢打温斯顿，而且他知道自己很快就会长大，将想法付诸行动。温斯顿心想，幸好他拿的不是真枪。

帕森斯太太的视线不安地从温斯顿身上转到孩子们身上，然后又转了回去。客厅的采光好一些，他饶有兴味地发现她脸上的褶子里真的藏着污垢。

"他们就是这么吵。"她说道，"他们很失望，因为他们不能去观看绞刑，所以才会这样。我太忙了，不能带他们去，而等汤姆下班回来又太晚了。"

"为什么我们不能去看绞刑？"那个小男孩大声嚷嚷着。

"要去看绞刑！要去看绞刑！"那个小女孩仍在雀跃叫嚷着。

温斯顿记起来了，几个欧亚国的囚犯因战争罪将于今天傍晚在公园里被处以绞刑。这种事情大概每个月会举行一次，是人们喜闻乐见的活动。孩子们总是吵着要去观看行刑的过程。他向帕森斯太太辞别，朝门口走去。但在走廊上还没走出六步远，有什么东西击中了他的后脖子，火辣辣的疼，似乎被一根炽热的铁丝扎了一下。他猛然转过身，刚好看到帕森斯太太把儿子拽进门道，那个小男孩把弹弓藏进口袋里。

"古德斯泰恩！"房门关上的时候，那个小男孩高嚷着。但令温斯顿最惊诧的，是帕森斯太太灰扑扑的脸上那无助而惊恐的神情。

回到公寓里，他快步经过电屏，又坐在桌子旁边，仍在揉着自己的后脖子。电屏里的音乐已经停了。一个字正腔圆的军人般的声音正在宣读刚刚在冰岛和法罗群岛之间抛锚固定的新型漂浮要塞的武器装备介绍，语调似乎有点暴戾。

他想，那个女人带着那两个孩子，生活一定充满了恐惧。再过一两年，他们就会日日夜夜地监视着她，看她有没有离经叛道的行为。如今几乎所有的孩子都那么可怕。最可怕的是，经过类似少年侦察队这样的组织的培养熏陶，他们被系统地改造成无法无天的小恶棍，但他们绝不会反叛党的纪律。恰恰相反，他们热爱党，热爱和党有关的一切：歌曲、游行、旗帜、远足、拿着木头步枪军训、高喊口号、崇拜老大哥——对他们来说，这些都是崇高的游戏的一部分。他们的一切憎恨都指向外界的目标，他们反对国家公敌，反对外国人、叛徒、破坏分子、思想犯。过了三十岁的人都害怕自己的孩子，这几乎成了正常的事情。而这是有理由的，因为基本上每个星期《泰晤士报》都会刊登一幅照片，描述某一个偷听父母谈话的小孩——通常被冠以"少年英雄"的称号——窃听到不可告人的内容，然后向思想警察告发自己的父母。

被弹丸击中的疼痛渐渐平息了。他漫不经心地拿起笔，思索着还要在日记本里写些什么。突然他又想起了奥布莱恩。

几年前——到底多久了？应该是七年前的事了——他梦见自己正走在一间漆黑的房间里。有个人坐在一边，当他经过的时候，对他说道："我们将在没有黑暗的地方相遇。"声音非常平静，几乎可以说是随口说出来的——只是一句表白，而不是命令。他继续走着，没有停下脚步。有趣的是，当时，在梦中，这句话并没有在他心中留下很深刻的印象，直到后来他才渐渐地理解这句话的含义。他记不得是在做梦之前还是做梦之后与奥布莱恩第一次见面。他也不记得什么时候他第一次认出梦中的那个声音就是奥布莱恩的声音。但不管怎样，他认出了他的声音。在漆黑中对他说话的那个人就是奥布莱恩。

温斯顿一直不敢肯定——就算今天早上有过眼神上的交流，他还是不敢肯定到底奥布莱恩是敌是友。甚至可以说这件事似乎并不重要。他们之间相互理解，这比友爱或党员情谊更加重要。他曾说过"我们将在没有黑暗的地方相遇"。温斯顿不知道这句话到底是什么意思，只是知道这句话将以某种方式实现。

电屏里头的声音暂停了。凝滞的空气中传来嘹亮优美的军号声。那个声音几乎刺耳地说道：

"注意！大家请注意！马拉巴前线传来了最新消息。我们的部队在南印度取得大捷。经上级授权，我在此宣布，此次军事行动或许将大大缩短战争的进程。以下是新闻报道——"

温斯顿心想，坏消息要来了。一点不错——在血淋淋地描述欧亚国的军队如何被消灭殆尽，多少多少人被杀被俘之后，电屏里紧接着播出了一则通告：从下个星期起，巧克力的供给配额将从三十克减到二十克。

温斯顿又打了个嗝。杜松子酒的酒力开始消退，他现在只觉得很泄气消沉。电屏——或许是为了庆祝胜利，或许是为了让人们忘却巧克力减量的坏消息——大声地放起了《大洋国，一切都是为了你》。你应该起身肃立。但是，现在他坐在这里，没有人看得见他。

《大洋国，一起都是为了你》变成了轻音乐。温斯顿走到窗边，背对着电屏。天还是晴朗而寒冷。远处，一枚火箭炸弹爆炸了，传来了低沉的巨大回响。如今每星期会有二三十枚火箭炸弹落到伦敦。

下面的街道上，那张破破烂烂的海报被风吹拂着，不停地扑扇，上面"英社"那两个字时隐时现。英社。英社神圣的原则。新话、双重思想、历史的可变性。他觉得似乎自己在海洋底部的丛林里游弋，消失在一个怪异的世界里，而他自己就是一头怪兽。他很孤独。过去已经消逝了，而未来不知道会怎样。他怎么知道现在活着的人当中有没有一个人与他站在同一阵线呢？他又怎么知道党的统治不会永远继续下去呢？他看到了真理部白色的大楼那三句口号，似乎看到了答案：

战争即和平

自由即奴役

无知即力量

他从口袋里掏出一个两毛五的硬币。上面也用小而清晰的字体镌刻了那三句口号，另一面则镌刻着老大哥的头像。即使在硬币上，那双眼睛也在一直盯着你。硬币上、邮票上、书的封面上、旗帜上、海报上、烟盒的包装上——那双眼睛无处不在，一直在盯着你，它的声音包围着你。无论睡着或是醒着，工作或是吃饭，在室内还是在室外，洗澡还是上床——你都无处可逃。你拥有的，只不过是头颅里那几立方厘米的空间。

太阳西斜了，真理部层层叠叠的窗户上不再有阳光闪耀，看上去阴沉沉的，就像一座碉堡上面的枪眼。在它那庞大的金字塔形的阴影下，他的心缩成一团。这座建筑坚不可摧。一千枚火箭炸弹也无法将其轰倒。他的心里再次泛起疑惑，他是为了谁而写日记呢。为了未来，为了过去——为了一个或许只是虚幻的时代。迎接他的不仅会是死亡，而且将会是彻底的毁灭。这本日记将被烧成灰烬，而他则将人间蒸发。只有思想警察会阅读他写了些什么，然后将其销毁，从记忆中消除。当你连一丝痕迹也没有留下，连在一张纸上留下匿名的字句都无法做到时，你又怎么能向未来发出呼吁呢？

电屏鸣响了十四点。他必须在十分钟内离开。他必须在十四点三十分之前回去上班。

奇怪的是，报时的钟声似乎为他平添了新的勇气。他是一具孤独的幽灵，在唠叨着没有人会听到的真相。但只要他说出这些话，从某种意义上说历史的延续性就不会中断。延续人类道统的关键不在于有没有人听到你的话，而在于保持理智的清醒。他回到桌子旁边，浸了浸钢笔，继续写道：

"致未来或过去的人——那时候思想是自由的，那时候的人千姿百态，而且生活并不孤单——那时候还有真理这回事，做过的事情不容抵赖。

一封来自统一的时代，来自孤独的时代，来自老大哥的时代，来自双重思想的时代的信。

此致！"

他已经死了，思忖到他似乎觉得到了现在他才能明确表达自己的思绪，踏出关键性的一步。每一个行为的结果都蕴涵于行为本身。他写道：

"思想罪并不导致死亡；思想罪**就是死亡**。"

现在他已经知道自己是一具行尸走肉，重要的事情就是尽可能久地活下去。他右手的两根手指沾了墨水。就是像这样的细节可能会将你出卖。部里某个好事的狂热党员（或许是一个女人——就像那个长着褐黄色头发的小个子女人或虚构司的黑发女孩）会开始怀疑为什么他会在午休的时候写字，为什么他会用老式的钢笔，他写了些什么——然后跑到某个对口的部门告密。他走到浴室，仔细地用粗糙的深棕色肥皂将墨迹洗干净，那肥皂磨擦着皮肤，感觉就像一层砂纸，用来洗掉墨迹最好不过了。

他把日记本放到抽屉里。想着把它藏起来是没用的，但至少他可以确认它是不是被人发现了。在页脚上摆一根头发未免太过于明显，他用指尖撮起一粒肉眼看得见的白色沙尘，搁在封面的角落里，如果有人动过这本书的话，它就会掉落下来。

第三章

温斯顿梦见了他的母亲。

他觉得母亲失踪的时候，他应该才十或十一岁。她个头高挑，五官轮廓分明，沉默寡言，动作缓慢，长着一头美丽的金发。他对父亲的记忆更加模糊，只依稀记得他又瘦又黑，总是穿着整洁的深色衣服（温斯顿还记得父亲的鞋底非常薄），戴着眼镜。他们两人应该是在五十年代第一波大清洗的时候遇害的。

母亲正坐在他下方很深的地方，怀里抱着他的妹妹。他不记得妹妹长什么样了，只记得她是个孱弱的小婴儿，总是一声不吭，长着一双大大的、亮晶晶的眼睛。她们俩都抬着头看他。她们俩在地底下——好像是在井底或坟墓深处——那个地方已经在他下面，离他很远，而且越沉越深。她们在一艘沉船的雅座上，透过正在变暗的水，抬头看着他。雅座里仍有空气，她们仍可以看到他，而他也看得到她们，但她们就一直往下沉，往下沉，沉到绿色的水里，再过一会儿水就会将她们彻底淹没，再也看不见了。他就在光明和空气中，而她们却快被淹死了。她们沉进水中，是因为他在上面。他知道这一点，而她们也知道这一点。从她们脸上他看得出她们知道这一点。她们的脸上和心里都没有在责备他，只是知道她们必须死去，这样他才能继续活着，而这是不可避免的事情。

他不记得发生了什么事情，但他知道在他的梦中，出于生活所迫，为了让他活下去，母亲和妹妹牺牲了自己的生命。这样的梦，既保留了梦中场景的那种特质，同时却也是一个人精神生活的延续，从中你得以了解到一些事实与理念，而当你醒来时，那些事实与理念似乎仍然新奇而富有价值。现在让温斯顿突然间感到惊诧的是母亲的死。那已经是将近三十年前的事了，从某种意义上说，这种悲伤痛苦的事情不可能再发生了。他觉得悲剧只属于遥远的过去，那时候还有隐私、爱与友谊，那时候一家人会互相扶持，不需要问为什么。回忆起母亲让他心如刀割，因为她至死都爱着他，而那时候他太年轻太自私，无法回报她的爱；因为不知道出于何故，他已经不记得了，她是如何为了坚定不移的个人原则而牺牲了自己。他知道如今这种事情不会再发生了。如今只有恐惧、仇恨和痛苦，却没有精神上的尊严，没有深刻或复杂的悲哀。他似乎在母亲和妹妹大大的眼睛里看到了这一切，她们隔着绿水抬头看着他，她们在水底下数百英寻①的地方，而且还在继续往下沉。

突然间，他置身于夏天的傍晚，站在一块狭窄松软的草皮上，夕阳斜照，大地被镀上一层金辉。他眼前的风景经常在梦境中出现，他不能肯定是否在真实的世界里也见过这番景色。在他醒着的时候，他称之为"黄金国度"。那是一片古老的、兔子啃咬过的田野，有一条小径蜿蜒横穿而过，到处是鼹鼠的土洞。田野对面是参差不齐的篱笆，旁边长着榆树，轻风吹过，树枝微微颤动，茂密的叶子如同女子的秀发轻轻飘拂着。在不远的地方，虽然看不见，但有一条缓缓流淌的清澈的小溪，柳树下的水潭里鲹鱼正在畅游。

---

① 英寻（fathom），英制长度单位。1 英寻=2 码=6 英尺，约合 1.85 米。

那个黑发女孩穿过田野，朝它们走去。似乎只是一个动作，她脱光了身上的衣服，厌嫌地将其扔到一边。她的身躯白皙光滑，但并没有勾起他的欲望——事实上，他几乎没怎么去看她的身躯。在那一刻他的心中激荡着对她将衣服抛到一边的那个动作的钦佩与赞美之情。她的动作是那么优雅洒脱，似乎可以将整个文化和整个思想体系消弭于无形，似乎手臂潇洒地那么一挥，老大哥、党和思想警察全都被视若无物。而那个动作也是属于遥远的过去。温斯顿醒来了，嘴里说出了"莎士比亚"这个名字。

电屏正发出刺耳的鸣笛声，以同样的音调足足响了三十秒。现在是七点十五分，办公室文员的起床时间。温斯顿扭动着身躯下了床——他赤身裸体，因为身为外部党员，他每年只有3 000点的布票，而一套睡衣就要花掉600点——拿起放在椅子上的脏兮兮的汗衫和短裤。三分钟后就是广播体操时间。他猛地咳嗽起来，整个人弓了下去，醒过来后他总是会咳嗽。他的肺都快咳出来了，得仰面躺下来，深深地吸几口气才能恢复呼吸。咳嗽使他的血管膨胀起来，静脉曲张溃疡开始发痒。

"第三十到四十组！"一个尖利的女声叫嚷着，"第三十到四十组！请就位。第三十到四十组！"

温斯顿在电屏前面立正站好，上面已经显示出一个年轻女人的样子，精瘦而结实，穿着束腰衣服和体操鞋。

"曲臂伸展运动！"她高声说道，"和我一起做。一、二、三、四！一、二、三、四！加油，同志，投入一点！一、二、三、四！一、二、三、四！……"

咳嗽虽然很难受，但温斯顿的脑海里还残存着梦境留下的印象，而健身操有节奏的运动多多少少恢复了他的记忆。他机械呆板地前后挥舞着手臂，脸上露出做广播体操时应有的冷漠而愉快的表情，他正在努力回忆童年时的情景。这实在是太难了。五十年代末之前的任何事情都已经模糊不清了。你没有外部记录可以查阅，连你自己的生平也模糊不清。你记得的只是一些或许并没有发生过的大事件，你记得一些事件的细节，却无法捕捉住当时的氛围，而且中间留下了许多空白，你不知道发生了什么事情。所有的一切都变了。连国家的名字和地图上的形状也变了。比方说，一号空降带那时候并不是这个名字。那时候叫英格兰或不列颠。不过，他很肯定伦敦一直都叫伦敦。

温斯顿无法明确地记得他的国家没有在打仗的时候，但在他童年的时候应该有过一段相当长的和平时期，因为他记得小时候发生过一次空袭，大家都猝不及防惊慌失措。或许就是那一次原子弹落到了科尔切斯特。他不记得空袭是怎么回事了，但他记得父亲抓住他的手，仓惶地绕着一段螺旋形的楼梯跑到地底下很深很深很深的地方。楼梯在他的脚下嘎吱发响，走到最后他的双腿实在是累得不行，他开始呜咽痛哭，父子俩只好停下来休息。他的母亲动作缓慢而迷离，被落在后面很远。她抱着他那还是婴儿的妹妹——或许她只是抱着一捆毛毯，他不记得妹妹那时候出生了没有。最后，他们来到一处拥挤嘈杂的地方，他发现那是一个地铁站。

石板地上到处都坐着人，有些人紧紧地挤在一起，坐在上下铺的铁架床上。温斯顿和他的父母亲在地上找了一处地方安顿下来，旁边是一个老汉和一个老妇，并排坐在一张铁架床上。那个老汉穿着一件得体的深色西装，头顶的黑鸭舌帽往后推到了后脑勺上，露出苍苍的白发。他脸色通红，蓝色的眼睛泪汪汪的。他散发着杜松子酒的味道，似乎从他的皮肤里渗出来的不是汗而是杜松子酒，你或许会以为从他眼睛里溢出来的泪水也是醇正的杜松子酒。不过，虽然他有点醉醺醺的，但他也受到真挚而无法忍受的痛苦的折磨。温斯顿以他孩子的心灵感知到可怕的事情刚刚发生了，那是无法原谅也无法弥补的事情。他似乎知道发生了什么事。那个老头挚爱的某个人——或许是他的小孙女——死掉了。每隔几分钟那个老头就重复着说道：

"我们不应该相信他们的。我说过了，老妈，不是吗？这就是相信他们的下场。我一直都这么说。我们不应该相信那帮混蛋的。"

但他们不应该相信哪帮混蛋，温斯顿就不记得了。

从那时起，战争就一直持续下去，但严格来说，已经不是同一场战争了。在他童年的时候，有几个月在伦敦发生了令人十分困惑的巷战，有的战斗他还记得很清楚。但要追溯整个战争时期的历史，说出在什么时候是哪些人在和哪些人打仗是根本不可能的事情，因为没有任何文字记录或口述记录提到过与当前政治联盟不同的政治形势。比方说，现在是 1984 年（假定真的是 1984 年），大洋国与东亚国结盟，正和欧亚国在打仗。无论是公共场合还是私底下的谈话，从来没有人说过这三方势力曾有过不同的合纵连横的情况。事实上，温斯顿清楚地知道，就在四年前，大洋国是与欧亚国结盟，在与东亚国交战。但这只是他刚好记得的一条偷偷私藏的信息，因为他的记忆并没有令人满意地受到控制。按照官方的说法，变更盟友这样的事情从来没有发生过。大洋国正与欧亚国为敌，因此大洋国一直以来都与欧亚国为敌。当前的敌人总是代表绝对的邪恶，因此无论过去还是未来，与之同路都是绝对不可能的。

恐怖的是——当他痛苦地强迫自己的肩膀往后仰时（他们双手托着臀部，以腰部为轴摇晃着身体，这个动作据说能锻炼背部的肌肉），他又一次想到了这个已经浮现过无数回的想法——恐怖的是，或许事实果真如此。如果党能够将魔掌伸到过去，说这件事或那件事**从未发生过**——那不是比酷刑和死刑更加可怕吗？

党说大洋国从未与欧亚国结盟。而他，温斯顿·史密斯，知道就在四年前大洋国曾经一度与欧亚国结盟过。但这一情况哪里有记录呢？这件事只存在于他的脑海里，很快就会被消除掉。如果其他人都接受了党制造的谎言——如果所有的记录都在讲述同一个谎言——那么谎言就会被当成历史，成为真相。"谁控制了过去，"党的口号说道，"谁就控制了未来；而谁控制了现在，谁就能控制过去。"而过去，虽然究其本质可以被改变，但从未被改变过。现在是真实的就永远都是真实的。这是很简单的事情。你要做的事情就是无休止地战胜你自己的记忆。他们称之为"现实控制"，在新话中叫做"双重思想"。

"稍息！"那个女教练嚷道，态度和蔼了一些。

温斯顿将双臂垂在身体两侧，缓缓地深吸了一口气。他的精神陷入了双重思想的迷宫中。他知道，又不知道。真相他完全了然于胸，而他说出口的都是精心构筑的谎言。他同时接受两种互相抵触的想法，他明明知道这两个想法完全冲突，却能两者都相信。以逻辑对抗逻辑；否定道德却又倡导道德；相信民主不可能实现，又相信党是民主的守护神；忘记一切应该忘记的事情，而当有需要的时候又能记得起，然后立刻又将其忘却；而最重要的是，要将同样的思想过程应用于该过程本身。最高境界是这样的：你有意识地让自己陷入无意识状态，然后，又对你刚才所做的自我催眠毫无察觉。就连理解"双重思想"这个词你也需要运用双重思想。

那个女教练又命令他们立正。"现在，我们看看谁能碰到脚指头！"她热情地说道，"同志们，请从臀部开始。一、二！一、二！……"

温斯顿讨厌这个动作，让脚跟到屁股火辣辣的疼，而且最后总是会让他又猛烈咳嗽一番。他顾不上保持冷静而高兴的状态。他觉得其实过去并不只是被篡改了，而是被完全摧毁了。当你只有记忆而没有任何记录时，你怎么能够确认哪怕是最明显的事实呢？他想记起在哪一年他第一次听说老大哥的名字。他觉得那应该是六十年代的事了，但要得到确认根本没有可能。当然，在党史中，从革命伊始老大哥就一直担任领袖和守护者的角色。他的功绩渐渐被越推越前，甚至延伸到光怪陆离的三四十年代，那时候资本家仍戴着奇怪的圆柱形的礼帽，坐着闪闪发亮的小汽车或装着玻璃边厢的马车在街道穿行。他不知道这一幕情形到底是真实的还是杜撰出来的。温斯顿甚至不记得党是什么时候创立的。他相信1960年之前自己没有听说过"英社"这个词，但它在旧话中的形式可能是"英国社会主义"，也就是说——在此之前它就已经存在了。每件事情都消失在迷雾中。有时候，你能清楚地指出某件事是谎言。比方说，党史书籍里说是党发明了飞机，这件事不是真的。他记得很小的时候就有了飞机。但你无法证明什么。根本没有任何证据。生平中只有那么一次，他的手里掌握了确凿的证据，证实历史曾被篡改。而那一次——

"史密斯！"电屏里面那个沙哑的声音嚷道，"6079 号温斯顿·史密斯！是的，就是你！腰弯低一点！你能做得更好的。你没有尽力去做。腰弯低一点！好多了，同志。现在，全体都有，稍息，看着我。"

温斯顿全身上下热汗淋漓。他仍然面无表情。不要表现出不悦！不要表现出憎恨！一个小小的眼神就会将你出卖。他站在那儿，看着那个女教练将双臂举过头顶——动作谈不上优雅，但很简练高效——然后弯下腰，将手指的第一个关节压在脚趾下面。

"看到了吧，同志！这就是我要看到你做到的。再看着我。我三十九岁了，生了四个孩子。现在，看好了。"她又弯下腰，"你看到了吧，我的膝盖没有弯曲。有心的话，你们都可以做到。"站直身子的时候她补充道："任何不到四十五岁的人都绝对可以碰到自己的脚指头。不是每个人都能有奔赴前线浴血奋战的机会，但至少我们都应该保持健康。记住，我们的好男儿正在马拉巴前线奋战！还有漂浮要塞上的水手！想象一下他们所要克服的困难。现在，再试一下。好多了，同志，好多了。"女教练补充了一句鼓励的话，因为温斯顿猛地一俯身，膝盖没有弯曲就碰到了脚趾，这么多年来他第一次做到了。

第四章

一天的工作开始了，温斯顿将讲写器拉到身旁，将话筒上面的灰尘吹走，戴上眼镜，下意识地长长叹了口气，虽然他就在电屏跟前，也抑制不住自己。然后他将已经从办公桌右边的气动输送管中送过来的四个纸卷一一展开订好。

小隔间的三面墙上有三个孔。右边是讲写器和小小的气动输送管，用以传递书面指示；左边是稍大一点的气动输送管，用来传递报纸；而在端壁上有一个长方形的狭槽，外面罩着栅栏，温斯顿一伸手就可以够着。这个东西是用来处理废纸的。整座大楼有数以千计，甚至数以万计这样的狭槽。不仅每个房间都有，而且走廊里隔几步远就有一个。不知道为什么，它们被戏称为"记忆洞"。当一个人知道某份文件需要销毁，甚至看到一张废纸掉在地上时，他的本能反应就是掀起最近的记忆洞的栅栏，把要销毁的文档或废纸扔进去，一股热气流就会将东西运到隐藏在大楼某处的巨大火炉那里销毁。

温斯顿审视着那四张展开了的纸，每张纸上面只有一两行字，都是以简略的行话写成的——不是地道的新话，但大部分是新话的词汇——这是真理部内部通用的语言。内容如下：

《泰晤士报》17.3.84　修正老大哥非洲讲话误报
《泰晤士报》19.12.83　三年计划83年第四季度预测误印勘正本期

《泰晤士报》14.2.84　修正富部巧克力误报

《泰晤士报》3.12.83　报道老大哥当日命令双倍不好提及非人全部重写归档前送交审阅

温斯顿带着一丝满足感将第四则信息放到一边。这是一件需要高度细致和责任感的工作，得放到最后才进行。另外三件工作都是例行公事，但第二件工作或许意味着单调乏味地审阅一连串数字。

温斯顿按下电屏上的"过期刊物"这个按钮，要求把应该修正的《泰晤士报》刊目送过来，刚过几分钟气动输送管就把它们送来了。他所收到的信息指明了哪些文章或新闻报道的内容由于某种缘故需要进行更改，用官方语言来说，是进行修正。比方说，三月十七号的《泰晤士报》刊登了前一天老大哥的讲话，他预测说南印度前线的局势将会保持平稳，而欧亚国不久将在北非发起进攻。结果呢，欧亚国最高指战部偏偏避开北非，在南印度发起进攻。因此，重新撰写老大哥的讲话非常必要，要能塑造他料事如神的形象。还有一次，十二月十九日的《泰晤士报》刊登了官方对 1983 年第四季度同时也是第九个三年计划第六季度各种消费品产量的预测。而今天这期杂志刊登了实际产量的报道，预测的每一个数字都错得很离谱。温斯顿的工作是修正原来预测的数据，使它们和后来的数字相一致。第三则信息指出了一个非常简单的纰漏，只消几分钟的工夫就可以搞定。不久前，就在二月份，富足部许下了承诺（用官方的词汇讲，"确保"），说在 1984 年全年巧克力的定量供应不会削减。事实上，正如温斯顿所预料到的，从这周末开始巧克力的定量供应从三十克削减到了二十克。而他需要做的，就是将原来的承诺改成一则警告，说四月份的时候如有必要，定量供应将会减少。

温斯顿处理完每一则信息后，就将他口述记录下来的更正文字夹在相对应的《泰晤士报》刊目里，然后将它放回气动输送管。接着，几乎是出于下意识的动作，他将最初送来的指示和自己写了字的纸条统统扔进记忆洞里面，付之一炬。

这些气动输送管通向看不见的迷宫，他不知道里面具体会发生什么事情，但他大体知道会是怎么一回事。当哪一期需要更正的《泰晤士报》所有的修改文字都已提交并校勘完毕后，该期刊物就会被重新印刷，原来的刊物被销毁，由修正过的版本取代，进入档案。这一从不间断的修改过程不仅应用于新闻报纸，而且应用于书籍、期刊、小册子、海报、传单、电影、音轨、卡通和相片——任何一种有政治意义或意识形态意义的文字材料或档案。日复一日，甚至分分秒秒，历史总是被不断修正、与时俱进。这样一来，党所作出的每一个预测都可以通过档案得以证实是正确英明的。而任何新闻或意见，只要与当前的需要不相一致，都不得存于记录中。所有的历史都被不断改写，只要有必要，就将原有的史实推翻，重新书写内容。一旦完事，没有人能够证实历史曾经被篡改过。记录司规模最为庞大的部门要比温斯顿现在上班的办公室大得多，里面有专人负责追踪收集所有业已被取代的书籍、报纸以及其它档案资料，并将其销毁。有几期《泰晤士报》由于政治联盟的变动或老大哥的预言没能准确实现，被改了十来次之多，仍然以原先的刊号摆放在档案中，没有一份原来的版本能指证它曾被篡改过。书籍也遭受被召回并反复改写的命运，然后重新发行，没有人能够指出里面的内容已被篡改。就连温斯顿收到的那些书面指示也从未提及或暗示要进行信息伪造，上面只是说要对疏漏、笔误、印刷错误或引用错误进行修正，为的是使报道更加准确，而且温斯顿处理完工作后就会立刻将那些书面指示销毁。

但事实上，在修改富足部的数字时，他觉得这根本称不上是捏造事实，只是用一则胡说八道的信息替代另一则胡说八道的信息。你所处理的材料与现实世界根本八竿子打不着。原先的数据和经过修正的数据全都是虚构出来的。很多时候，你就在自己的脑海里凭空想象。比如说，富足部预计本季度靴子的产量是 1.45 亿双，而实际产量只有 6 200 万双。而温斯顿将预测的数字修正为 5 700 万双，这样一来就满足了超额完成生产目标的要求。但无论是 6 200 万还是 5 700 万还是 1.45 亿，统统都不是事实。很有可能，根本一双靴子也没有制造出来。更有可能的是，没有人知道到底生产了多少双靴子，对此也毫不在乎。每个人所知道的，就是每个季度名义上都有天文数字一般的靴子被生产出来，而大洋国或许得有一半的人民没有鞋穿。每一个记录在案的事实，事无大小，也都是如此。一切都消失在朦朦胧胧的世界里，到最后，连年份和日期都无法加以确认。

温斯顿瞥了一眼大厅。在对面的小隔间里，一个下巴发青、打扮得油光水亮的小男人正在忙碌地工作。他叫提洛岑，膝盖上放着一份折起来的报纸，嘴巴紧挨着讲写器的话筒。看样子他似乎不想让别人听到他正在对着电屏说些什么。他抬头看了一眼，眼镜闪过一道仇恨的光芒，直指温斯顿这个方向。

温斯顿和提洛岑不熟，也不知道他在从事什么工作。记录司的工作人员不会谈论自己的工作。在长方形、没有安窗户的大厅里有两排小隔间，不停地响着纸张的沙沙声和对着讲写器压着声音说话的嗡嗡声。这里有十几个工作人员，虽然温斯顿每天看见他们在走廊里匆忙奔走或在"两分钟仇恨仪式"中手舞足蹈，却连他们的名字都不知道。他知道他隔壁小隔间里那个长着褐黄色头发、身材娇小的女人每天奔波忙碌，她要做的事情就是追踪并删除报刊上面已经人间蒸发者的名字，因为这些人被视为从未在这个世界上存在过。由她做这份工作再合适不过了，因为她自己的丈夫几年前也人间蒸发了。隔着几个小隔间坐着一个斯文萎顿、似乎正在做白日梦的家伙，他的名字叫安普弗斯，长着毛茸茸的耳朵，非常擅长韵律诗和格律诗。他正在篡改那些在意识形态方面犯了错误但出于某种原因必须保留在诗集中的诗歌——他们将篡改过的作品称为修订本。而这间大约有五十个工作人员的大厅只是庞大复杂的记录司里的一个小科室，一个小小的细胞而已。在它的前后上下左右，还有无数其他工作人员在从事难以想象的复杂工作。这里有极为宽敞的印刷车间，部门编辑和排版专家在装备精良的工作室里伪造相片；这里有电屏节目部门，工程师、制片人和一队队精心挑选的仿声特型演员在这里工作；这里有许多书目文员，他们的工作就只是列出需要被召回的书目和期刊的清单；这里有巨大的贮藏室，用以保存已经修正过的档案；还有隐蔽起来的火炉，用于销毁原来的那些书刊报纸。在某个匿名的地方，负责指挥工作的主脑人物正在调度安排所有的工作，制定政策，指示历史的哪一个部分应该保存，哪一个部分应该加以篡改，哪一个部分不应该继续存在。

而记录司本身只是真理部的一个部门而已。真理部的主要职责不是重新构建历史，而是向大洋国的公民供应报纸、电影、课本、电屏节目、戏剧、小说——各种各样的信息、指导或娱乐，从一尊雕像到一则口号，从一首韵律诗到一部传记作品，从小孩子的拼音课本到一册新话词典。真理部不仅要满足党的各种需求，而且还有另外一班人马在为无产阶级谋福利。这里有一个包罗万象的独立部门，专门负责处理无产阶级文学、音乐、戏剧和娱乐。这个部门编撰毫无价值的报纸，里面除了运动、犯罪和占星术之外几乎没有其它内容，此外还有诲淫诲盗的五便士一本的短篇小说、色情电影和缠绵悱恻的情歌，这些全都是由一个类似于万花筒、名叫"创作器"的机械设备创作而成的。甚至还有一个科室——在新话中的名字叫色情科——专门制作低俗无比的色情内容，密封之后被运走，除了负责制作的人外，党员一律不得翻阅。

温斯顿在工作时，三则信息从气动传送管里滑了出来，但任务都很简单，在"两分钟仇恨仪式"打断工作之前，他已经将它们处理好了。"仇恨仪式"结束后，他回到自己的小隔间，从架子上拿下新话词典，将讲写器推到一边，擦拭干净眼镜，然后开始进行今天早上主要的工作。

温斯顿生活中最大的乐趣就是寄情于他的工作。大部分工作是枯燥乏味的例行公事，但有的工作错综复杂，很有难度，让你醉心其中，就像在解一道数学题时会忘乎所以一样——你得精心伪造信息，没有什么可以作为指导，你只能凭借着自己对英社原则的理解，并猜测党会要你怎么处理。温斯顿很擅长这种事情。有时候他甚至被安排了修正《泰晤士报》社论的工作，这些社论完全是用新话撰写而成的。他展开刚才放在一边的那则信息，里面的内容如下：

《泰晤士报》3.12.83　报道老大哥当日命令双倍不好提及非人全部重写归档前提交审阅

在旧话（或标准英语）中，这则信息或许可以这么解读：

"1983年12月3日《泰晤士报》关于老大哥命令的报道非常令人不满意，里面提到的个体根本不存在于这个世界上。全文重新改写，并在归档之前将稿件送交上级审阅。"

温斯顿将那篇出了岔子的文章通读了一遍。似乎当天老大哥的命令主要是在褒扬一个名叫FFCC的机构所做的工作。这个机构为漂浮要塞的水手和船员供应香烟和其它慰藉。一个名叫威特斯的同志是身居要职的内部党员，被单独点名并予以授勋嘉奖，荣获二等功勋奖章。

三个月后，FFCC突然无缘无故被撤销了。可以想象得到，威特斯和他的下属如今声名狼藉，但这件事在报刊或电屏都没有报道。这是意料之中的情况，因为政治犯被审判或被公开谴责是罕有的事情。在大清洗中，成千上万的人被牵涉其中，叛徒和思想犯受到公开审判，并可怜巴巴地坦白自己的罪行，最后被处决，但这种特殊的公审几年才发生一次。更普遍的现象是，那些反党分子凭空消失了，从此音讯全无。他们身上到底发生了什么事情无人知晓。他们当中或许有的还活着。在温斯顿认识的人中，不算上他的父母亲，有三十个陆续消失了。

温斯顿轻轻地用回形针挠了挠鼻子。在对面的小隔间里，提洛岑仍然鬼鬼祟祟地趴在讲写器旁边。他把头抬起了一会儿，眼镜又闪烁着那充满敌意的光芒。温斯顿不知道提洛岑同志是不是在从事着和自己同样的工作。这是完全有可能的事情。太棘手敏感的工作从来不会交给单独一个人处理，但另一方面，交给一个团队去做又等于公开承认捏造事实的行径正在发生。很有可能，有十来个人正在同台竞技，撰写不同版本的老大哥讲话，然后内部党员的某位主脑人物会从中挑选一个版本，加以编辑，然后经过一番必要的交互引用的复杂流程，最后，被选中的谎言就会成为永久记录，成为真理。

温斯顿不知道为什么威特斯会身败名裂。或许是因为贪污或失职；或许老大哥只是将一个太受欢迎的下属清理掉；或许威特斯或某个他身边的人被怀疑有异端倾向；又或许——这是最有可能的情况——这种事情之所以发生，是因为清洗和人间蒸发是政府机制中必要的组成部分。信息中唯一确凿的线索是"讲述非人"这四个字，这意味着威特斯已经死了。当有人被捕的时候，你不能理所当然地认为他们死定了。有时候被捕的人会被释放，活上个一年半载，然后再被处决。很多时候，你明明以为已经死了很久的人会像幽灵一样在公审中出现，招供出几百个同伙之后再次消失，这一次就再也不会出现了。但威特斯已经是一个"非人"。他已不复存在，他从未存在过。温斯顿判定，仅仅将老大哥讲话的口风调转过来并不够。最好是将讲话内容改头换面，变得与原来的主题毫无关联。

他可以把这篇演讲写成司空见惯的对叛徒和思想犯的谴责，但这未免有点过于明显，而捏造前线战事大捷，或第九个三年计划获得超额生产的胜利或许牵涉太多的档案记录。他要做的，是写一篇完全虚构的文章。突然间，他有了灵感，决定塑造某个叫奥吉维同志的形象，该同志最近在战斗中英勇牺性。有时候老大哥会在当日的命令中褒扬某个出身寒微的普通党员，他认为他们的生平与牺牲是其他党员应该追随的榜样。那天他应该在褒扬奥吉维同志。事实上，根本没有奥吉维同志这么一个人，但几行报道和几张伪造的相片就可以将其塑造出来。

温斯顿想了一会儿，然后把讲写器拉到身边，开始以熟悉的老大哥的文风撰写文章。老大哥的文风很有军人风格，又有点矫情，因为他很喜欢用设问句，然后立刻作出回答（同志们，从这件事情中我们可以得到什么教训？教训就是——这是英社基本原则的体现——等等等等），很容易进行模仿。

三岁的时候，奥吉维同志就只玩军鼓、冲锋枪和模型直升飞机等玩具。六岁的时候——经特别批准，比规定早了一年——他加入了少年侦察队。九岁的时候他已经成为队伍里的指导员。十一岁的时候，他向思想警察揭发了自己的叔叔，因为他无意间听到了叔叔和别人在说话，他觉得里面有犯罪倾向。十七岁的时候，他已经成为了反性爱青年同盟的区组织领导。十九岁的时候，他设计出了一种手雷，方案被和平部采纳，在第一次武器实验中一颗手雷就炸死了三十一个欧亚国的战俘。二十三岁的时候，他在战斗中牺牲。当时他带着重要文件驾驶直升飞机飞越印度洋，几架敌机穷追不舍，他将机关枪绑在身上增加重量，从直升飞机上跳到海里，连同那些重要文件一起葬身大海——老大哥说，这样的牺牲实为万人所景仰。老大哥还对奥吉维同志生平的纯洁和一心一意进行了高度评价。他是个彻底的禁欲主义者，不抽烟，没有娱乐，坚持每天在体育馆里锻炼一小时，并且发誓终身不娶，因为他觉得婚姻和照顾家庭会让他无法二十四小时全情投入工作。在他的谈话中只有英社的原则思想，他以战胜欧亚国的敌人为生命中唯一的目标，积极追捕间谍、工贼、思想犯和叛徒。

温斯顿在内心里挣扎着是否要授予奥吉维同志功勋奖章，最后他决定不这么做，因为这会增加不必要的档案交互引用工作。

他又瞥了一眼对面小隔间的竞争者。他似乎知道提洛岑也在忙于同一件任务。他不知道谁的文章最后会被采纳，但他坚信会是自己的文章。一小时之前，他还没虚构出奥吉维同志，而现在他已经成为了事实。他觉得奇怪的是，你只能创造死人，却无法创造活人。奥吉维同志从未存在于现在，但存在于过去，而当伪造行为被遗忘时，历史中就真有其人，就像查理曼大帝或恺撒大帝一样，有着确凿的史实加以证明。

第五章

食堂在地底下的深处，天花板很低矮。排队吃午饭的人慢慢地往前挪。房间里已经满是人了，嘈杂的声音震耳欲聋。从柜台的栅栏里，炖汤的蒸汽扑面而来，带着一股酸酸的金属味道，但掩盖不住胜利牌杜松子酒的酒味。在房间的远端有一个小吧台，其实就是在墙上挖了个洞。在那里可以买到杜松子酒，一毛钱就能喝上一大口。

"可找到我要找的人了。"温斯顿身后冒出一个声音。

他转过身，原来是他的朋友塞姆，在研究司上班。或许，"朋友"这个词不是很贴切。如今你没有朋友，只有同志，但有的同志要比别的同志相处起来更开心一些。塞姆是个语言学者，研究新话的专家。事实上，他是编撰第十一版新话词典的庞大专家团中的一员。他身材瘦小，个头还没有温斯顿大，长着深色的头发和大而外凸的眼睛，带着哀愁而嘲讽的意味，和你说话的时候似乎在审视着你的脸庞。

"我想问你还有刮胡刀片吗？"他问道。

"一片也没有！"温斯顿有点内疚，回答得很急，"我哪儿都找遍了，但就是找不到刀片。"

每个人都在找你要刮胡刀片。事实上，他有两片没有用过的刀片，他一直攒着没用。刀片紧缺已经持续好几个月了。无论是什么时候，总会有一些生活必需品是党的商店无法供应的，有时候是羊肉，有时候是羊毛织品，有时候是鞋带，而现在是刮胡刀片。如果真要找的话，你只能近乎偷偷摸摸地到"自由"市场去碰碰运气。

"同一片刀片我已经用了六个星期了。"他又撒了个谎。

队伍又往前挪了一下。大家停下来后他又转身对着塞姆。每个人都拿着一个油腻腻的金属盘子，是从柜台尽头那堆盘子里拿过来的。

"昨天你去看处决囚犯的绞刑了吗？"塞姆问道。

"我在工作。"温斯顿漫不经心地说道，"我想观看电影的时候可以看到。"

"看电影可没那么带劲儿。"塞姆说道。

他那双带着嘲讽意味的眼睛在温斯顿的脸上游移不定，那双眼睛似乎在说："我知道你。我看穿你了。我很清楚为什么你不去看处决囚犯的绞刑。"塞姆是个正统而恶毒的知识分子。他会以一种令人讨厌的沾沾自喜又心满意足的态度大谈直升飞机轰炸敌人的村庄、思想犯的审判与交待罪行，以及在友爱部地牢里的秘密处决。和他说话你总得费很大的劲儿让他离开那些话题，如果可能的话，让他谈论一下关于新话的专业术语，在这方面他是权威，而且内容很有趣。温斯顿微微转过头，避开那双漆黑的大眼睛的审视。

"那次绞刑蛮好看的。"塞姆回忆说，"我觉得他们把囚犯的腿绑在一起有点扫兴。我喜欢看他们踢腿的样子。而最好看的是，到最后舌头完全伸了出来，而且是蓝色的——鲜艳的蓝色。让我着迷的正是这一细节。"

"下一位！"那个拿着长柄勺、穿着白围裙的无产者叫嚷着。

温斯顿和塞姆将他们的盘子从栅栏下面推过去。盘子上立刻倒满了平时吃的午餐——一小碗灰红色的炖汤、一块面包、一小块奶酪、一杯没有加奶的胜利牌咖啡和一块糖精。

"那边有一张桌子，就在电屏底下。"塞姆说道，"我们走过去时顺便买一杯杜松子酒。"

杜松子酒倒进了没有把手的瓷杯里。两人穿过拥挤的房间，把盘子放在金属桌面上。有人在桌子的一个角落洒了些汤水，看上去脏兮兮的，像是呕吐的秽物。温斯顿拿起他那杯杜松子酒，停了一下，鼓起勇气将里面那闻起来有股汽油味的液体吞了下去。他眨巴着眼睛，挤出眼里的泪水，突然发现自己饿了。他开始大勺大勺地喝着炖汤，里面乱七八糟，有几块海绵状的粉红色的东西，应该是人造肉。直到炖汤吃得干干净净之后，两人才继续说话。温斯顿左后方的桌子旁边有人正在喋喋不休地说个不停，语速很快，而且急促含糊，就像鸭子嘎嘎嘎的叫声，在房间的响声中显得很刺耳。

"词典进行得怎么样了？"温斯顿抬高了嗓门以压过噪声。

"很慢。"塞姆回答，"我负责编撰形容词。真是太美妙了。"

一提起新话他的精神立刻为之一振。他把自己的盛汤小碗推到一边，一只秀气的手拿起面包，另一只手拿起奶酪，前倾着身子，这样他就可以不用扯着嗓门说话。

"第十一版将是具有决定性意义的一版。"他说道，"我们将彻底完善新话——它将具备最终的语言形态，成为大家唯一通用的语言。当我们完成这本词典后，像你这样的人就得从头开始学起了。我敢说你以为我们主要的工作是发明新的词汇。根本不是这样！我们在摧毁词汇——每天我们都在摧毁数以十计乃至数以百计的词汇。我们将语言简化为最基本的结构。第十一版词典里的每一个词到2050年都不会被淘汰。"

他饥饿地咬着面包，吃了好几口后才带着学究的热情继续说话。他那张黝黑枯瘦的脸眉飞色舞，他的眼睛不再带着嘲讽的神情，变得蒙眬迷离起来。

"摧毁词汇真是太美妙了。当然，删除最多的是动词和形容词，但名词中也有好几百个可以清除掉。不只是同义词，还有反义词。说到底，一个词只是作为另一个词的对立面而存在又有什么必要呢？一个词本身就蕴含了它的对立面。以'好'这个词为例吧，如果有'好'这个词，'坏'这个词有存在的必要吗？'不好'就可以表达出反面的意思了嘛，还更好呢，因为它就是'好'的对立面，而'坏'则不一定是这个意思。又比如说，如果你想表达比'好'更强烈的意味，那一连串语义模糊一无是处的词汇，如'优秀'和'杰出'什么的，又有什么存在的意义呢？'加好'就足以表达这个意思，如果你还想加强语义，说'倍加好'就可以了。当然，我们已经在使用这些语词了，但到了新话的终极阶段，其它语言形式将彻底消失。到了最后，'好'与'坏'的概念将只有六个词语加以表示——而事实上，就只是一个词。温斯顿，难道你不觉得这很美妙吗？当然，这是源于老大哥的想法。"他想了一下，补充了这么一句。

听到老大哥的名字，温斯顿的脸上显现出热切的神情，但是塞姆立刻察觉得出他不够热情洋溢。

"你还没有真正理解新话，温斯顿。"他几乎是以伤心的口吻说道，"即使当你在书写新话的时候，你的内心仍在以旧话进行思维。我读过几篇你发表于《泰晤士报》的文章，写得不错，但那些是经过翻译的作品。你的心里仍在坚持旧话，坚持那些模糊不清而没有意义的细微含义。你无法理解摧毁单词的美妙之处。你知道吗？新话是世界上唯一一门词汇在逐年减少的语言。"

当然，温斯顿知道这一点。他微笑着，觉得自己最好不要开口说话。塞姆又咬了一口那块黑漆漆的面包，稍稍嚼了嚼，然后继续说道：

"难道你不明白，新话的目的就是为了限制思想的范围？到最后我们将使思想犯罪成为几乎不可能的事情，因为届时将没有表达犯罪的词语。任何需要表达的概念都只会用一个词语进行表达，含义非常明确，所有的附属含义都会被抹除和遗忘。在第十一版这本词典里，我们已经就快实现这一点了。但这个过程会很漫长，到你我死后很久仍将继续。每一年的词汇都会减少，而意识的范围也会随之逐渐缩小。当然，即使是现在，一个人也没有理由和借口犯下思想罪，这是能否自律和现实控制的问题。但到最后自律和现实控制将没有必要。当语言臻于完美时，革命就将大功告成。新话就是英社，而英社就是新话。"带着神秘的满足感，他补充道："温斯顿，你有没有想过，等到 2050 年，活着的人将没有一个能明白我们现在正在进行的对话？"

"除了——"温斯顿疑惑地想说些什么，但打断了自己的话。

"除了那些无产者"这句话已经在他的舌尖打转，但他制止了自己，因为他不能肯定这句话会不会有离经叛道的意味。但是，塞姆已经知道他想说什么。

"无产者谈不上是人，"他轻描淡写地说道，"到了 2050

年——或许更早——旧话所蕴含的所有知识将会消失。从前所有的文学作品都已经被统统销毁了。乔叟、莎士比亚、弥尔顿、拜伦——他们将只存在于新话的版本中，不仅内容会有所改变，而且会变得与它们原本的内容完全相反。甚至连党的文学作品也会改变。甚至连口号也会改变。连自由的概念都已经消失了，又何来'自由即奴役'这句口号呢？整个思维方式将会发生改变。事实上，以后不会有我们现在所理解的思考这回事。正统思想意味着不思考——无须思考。正统思想就是无意识。"

突然间，温斯顿想到，真到了那么一天，塞姆就会人间蒸发。他确信这一点。塞姆太聪明了，他看得太透，而且说得太直白了。党不喜欢这样的人。终有一天他会突然消失。这个命运就写在他的脸上。

温斯顿吃完了自己的面包和奶酪。他坐在椅子上，稍微侧转身，喝着他那杯咖啡。在他左边隔壁的桌子边，那个说话声很刺耳的男人仍在说个不停。一个年轻女人背对着温斯顿坐着，或许是他的秘书，正在倾听他所说的话，看上去似乎他说什么她都热烈认同。不时地，温斯顿听到"我觉得你说得太对了，我同意你的看法"这样的话，声音很年轻，而且带着女性的傻气。但即使那个女孩正在说话，那个男人的声音也从未中断过一刻。温斯顿见过这个男的，但除了他在虚构司担任要职之外，对他一无所知。他约莫三十岁，脖子很有肌肉，嘴巴大而灵活。他的头微微往后仰，他坐的那个角度刚好让他的眼镜被灯光射到，温斯顿只看到两个空白的圆片，而看不到眼睛。有点让人觉得害怕的是，从他嘴里滔滔不绝说出口的话中几乎一个字也听不清楚，温斯顿只听到这么一句——"最终彻底消灭古德斯泰恩主义"——说得非常快，似乎全部连在一起，就像一行铸在一起的铅字。至于其它内容，那只是一通叽里呱啦的噪音。但是，虽然你听不清那个男的在说些什么，但你很清楚大体上的内容。或许他正在痛斥古德斯泰恩，并要求对思想犯和破坏分子采取更加严厉的措施；或许他正在严厉谴责欧亚国军队的暴行；或许他正在歌颂老大哥或马拉巴前线的英雄——这些都无关紧要。无论他说了些什么，你都可以肯定地说每个字都合乎正统思想，体现了纯粹的英社精神。温斯顿看着那张没有眼睛，嘴巴迅速张合着的脸庞，有种奇怪的感觉，似乎他不是一个真人，而是一具人偶。他说话根本没有经过大脑，直接就脱口而出。他说出的内容是由字句组成的，但那并不是真正意义上的说话：那是无意识下的神神叨叨，就像一只鸭子在嘎嘎嘎地叫。

塞姆沉默了一会儿，拿着他那把汤勺蘸着洒在桌子上的汤汁画图案。另一张桌子边的那个男的还在嘎嘎嘎地说个不停，虽然周围很嘈杂，但还是能听得很清楚。

塞姆说道："新话里有这么一个词，我不知道你知不知道：'鸭讲'，就像鸭子一样聒噪。这个词非常有趣，有两种截然相反的意思，用在敌人身上是贬义，而用在你认同的人身上则是褒义。"

毫无疑问，塞姆将会人间蒸发，温斯顿心里又这么想，觉得有点悲伤，虽然他很清楚塞姆看不起他，而且不大喜欢他，只要被他找到因由的话，他一定会告发自己是个思想犯。塞姆有点不大对头。他太聪明，不懂得收敛、高傲自大，也不懂得装疯卖傻保护自己。你不能说他怀有异端思想。他信奉英社的原则，他崇拜老大哥，他为胜利而欢呼，他仇恨异端，不仅是出于真心实意，而且态度非常狂热，能够紧跟时势，一般党员根本望尘莫及。但是，他总是有一副玩世不恭的派头，总是说一些最好不该说的事情，他读过太多的书，还总是去画家和音乐家聚集的栗子树咖啡厅。虽然法律没有明文规定也没有不成文的规矩禁止经常光顾栗子树咖啡厅，但那个地方笼罩着阴云。那些身败名裂的老一辈革命领导人在被最终清洗之前经常会去那里。据说，古德斯泰恩本人多年前有时就光顾过那里。塞姆的命运会是怎样并不难预料，但是有一件事可以肯定：要是塞姆察觉到温斯顿藏在心头的那些秘密想法，哪怕只有三秒钟，他也会立刻向思想警察告发他。当然，每个人都会这么做，但塞姆会比其他人更加积极主动。光有热情是不够的，正统思想应该是无意识的。

塞姆抬头看了一下。"帕森斯来了，"他说道。

他的语气似乎在补充说："那个该死的傻瓜。"和温斯顿同住在胜利大厦的帕森斯正穿过房间走来——他中等个头，身材略胖，长着一头金发和一张青蛙般的面孔。他三十五岁，脖子和腰身已经长出了一圈圈的赘肉，但动作依然轻快如小男孩。他的样子就像一个大块头的小孩，虽然他穿着制服，但看到他你就不禁会想象他穿着少年侦察队那身蓝色短裤和灰色衬衣，戴着红领巾的样子。一想起他，你总会在脑海里浮现出他那胖嘟嘟的膝盖和卷起袖子的粗短胳膊。事实上，在集体远足或其它体育活动中，只要一有机会帕森斯就会换上短裤。他热情洋溢地和两人打招呼："你好，你好！"然后坐了下来，身上散发出浓烈的汗臭味，红扑扑的脸上挂满了汗珠。他那股汗臭味实在是太呛人了。在社区中心看到湿漉漉的球拍把手你就会知道他刚打过乒乓球。塞姆拿出了一张纸条，上面写了长长的一行字，正拿着一支墨水铅笔检阅着上面的内容。

"看看他，吃午饭的时候还在工作。"帕森斯推搡着温斯顿，"真是积极，呃？你在看什么呢，老伙计？我猜都是些对我来说太费脑筋的东西。史密斯，老伙计，我告诉你哦，我一直在找你呢。你忘了交钱给我。"

"交什么钱？"温斯顿下意识地去掏钱。一个人的工资大约得有四分之一用于支付各种自愿的捐款，名目繁多，很难一一记录。

"为了仇恨周筹款。你知道的——家家户户都得捐钱。我是我们那栋楼的司库。我们将全情投入——上演一出好戏。告诉你吧，要是胜利大厦的旗帜不是整条街最大的，那肯定不是我的错。你答应过要给我两块钱。"

温斯顿掏出两张皱巴巴脏兮兮的钞票，递给了帕森斯，他在一个小本子里作了记录，字写得很端正，就像文盲写字一样。

"顺便说一下，老伙计，"他说道，"我听说我家那个小兔崽子昨天用弹弓打到你了，我狠狠地训斥了他一顿。我警告他要是再敢捣蛋的话就把弹弓没收。"

"我想他没能去看行刑有点不高兴。"温斯顿说道。

"啊，对哦——我要说的是，这体现了正确的态度，不是吗？他们俩都很调皮捣蛋，两个都是这样，但积极性可真是没的说！当然，他们一心想着就是少年侦察队和战争。你知道我家那个小女孩上星期六队里组织去伯坎姆斯提德远足的时候做了什么事吗？她叫上另外两个女孩，从远足活动里溜开，整整一个下午都在跟踪一个古怪的男子。她们足足尾随着他走了两个小时，穿过树林，然后到了亚莫沙姆的时候向巡逻队告发了他。”

“她们干吗要这么做？”温斯顿问道，心里有点吃惊。帕森斯带着胜利的口吻继续说道：

“我女儿肯定他是敌人的间谍——或许是利用降落伞空降过来的。但关键是这一点，老伙计。你觉得是什么让她对他起了疑心吗？她注意到他穿着一双样子很奇怪的鞋——她说她从未见过有人穿那样的鞋。因此，他有可能是外国人。她只是个七岁的小姑娘，很聪明吧？”

“那个男的怎么样了？”温斯顿问道。

“啊，这个我可就不知道了。但我可不会觉得奇怪，如果他——”帕森斯摆出步枪瞄准的姿势，嗒了一下舌头，模拟开枪的声音。

塞姆仍在读着那张纸，漫不经心地说道：“干得好。”

“我们当然不能掉以轻心。”温斯顿附和着。

“我想说的是，毕竟我们正在打仗。”帕森斯说道。

似乎为了印证他的话，他们头顶上的电屏传出了军号声。不过，这一次不是在宣布军事胜利，只是宣布富足部的一则通告。

“同志们！”一个年轻人热情洋溢地说道，“请注意，同志们！我们向你们传达一则好消息。我们迎来了生产线战斗的胜利！各类消费品的产量数字表明，生活水平比起去年提高了起码百分之二十。今天上午，大洋国举国上下自发举行了游行仪式，员工们走出工厂和办公室，高举旗帜走上街头，向老大哥表达对这一喜讯的感激和爱戴，在他的英明领导下，我们过上了幸福的新生活。以下是完成统计的数字。粮食产量——”

“我们幸福的新生活”这个词组重复了好几遍。最近富足部很喜欢用这个词组。军号声让帕森斯正襟危坐，专注而严肃地倾听着新闻报告，看上去很受启发，又有点无聊。他搞不清那些数字，但他知道它们带来了富足繁荣。他掏出一根脏兮兮的大烟斗，里面装着半烟斗焦黑的烟草。烟草每周限量供应一百克，很少有人能将烟斗装满。温斯顿正抽着一根胜利牌香烟，小心翼翼地横握着烟管。明天才有新的烟草发放，而他只剩下四根香烟了。现在他正将远处的噪音从耳朵里过滤掉，专注于电屏里传出来的报道。似乎群众自发组织游行，感谢老大哥将巧克力的供应增加到了每周二十克。而他知道昨天刚刚宣布巧克力的定量供应减少到了每周二十克。才过了二十四小时，他们就已经相信了吗？是的，他们相信了。帕森斯轻松地相信了，因为他蠢得像头牲畜。另外一张桌子边那个看不见眼睛的男人狂热地相信了，要是有人说上周的供应是三十克，将会受到义愤填膺的斥责，并将人间蒸发。而塞姆运用双重思想，也相信了。那么，是不是就只有他一个人仍记得这件事？

电屏继续传出不可思议的统计数据。和去年相比，粮食多了，衣服多了，房子多了，家具多了，饭锅多了，燃料多了，船只多了，直升飞机多了，书籍多了，孩子多了——什么东西都多了，除了疾病、犯罪和精神病。年复一年，分分秒秒，所有的个体和事物都在蓬勃地发展。和塞姆刚刚做的那样，温斯顿拿起汤勺，舀着洒落在桌子上的灰白色的肉汤，拉出一丝长长的痕迹画着图案。他满怀愤怒地思索着物质生活的方方面面。情况一直都是这样吗？食物一直都是这种味道吗？他环顾着食堂。天花板很低矮，房间里挤满了人。由于被无数身体摩擦过，四面墙壁都很脏。破破烂烂的金属桌椅摆得非常近，坐着的时候手肘总会碰到一起，而且汤勺是弯曲的，盘子都是缺了口的，白色的杯子都是粗制滥造的，每样东西都油腻腻的，裂缝里满是尘垢。到处都弥漫着一股混合着劣质杜松子酒、劣质咖啡、带着金属味的汤水和脏衣服的酸臭味。你的肚子和皮肤总是在提出抗议，心里有一种上当受骗、被剥夺了应有的东西的感觉。的确，他不记得情况有过大不一样的时候。他只记得任何时候饭都吃不饱，身上穿的内衣和袜子一直满是破洞，家具总是破破烂烂的，房间总是没有暖气，地铁总是挤满了人，房子总是摇摇欲坠，面包总是黑漆漆的，茶水总是味道寡淡，咖啡总是很难喝，而烟总是不够抽——除了人工合成的杜松子酒外，没有什么东西价格便宜而且数量充足。当然，随着年岁渐长，情况越来越糟糕。当一个人由于生活是那么不便、那么肮脏、物资那么稀缺而觉得难过，由于漫长的冬天、黏糊糊的袜子、从不运作的电梯、冰冷的水、粗糙的肥皂、老是会掉烟草的香烟、总是有股怪味的食物而觉得难过时，这些难道不足以表明生活本不应该如此吗？为什么一个人非得记得很久很久以前的情况曾经很不一样，他才会觉得无法忍受呢？

他又环顾着食堂。几乎每个人都那么丑陋，即使不穿着那身蓝色的制服也好看不到哪里去。在房间的远处，有一个身材瘦小、长得像蟑螂的男人正在喝着咖啡，一双小眼睛总是在狐疑地左顾右盼。温斯顿心想，如果你不去看周围情况的话，你会轻易地相信党所倡导的理想体格真的存在，甚至大部分人都是如此——身材高大肌肉发达的青年男子和金发大胸的年轻女郎，全都充满活力，肌肤晒成古铜色、无忧无虑。事实上，据他看到的情况判断，一号空降带的大部分人都身材瘦小、肤色黝黑，而且相貌丑陋。为什么各个部门里会有这么多长得像蟑螂的人：个子矮胖的小男人，早早就开始发福，腿脚很短，动作敏捷而鬼鬼祟祟，大胖脸上长着小眼睛，神情令人捉摸不定。在党的统治下，这种人似乎混得最好。

随着另一声嘹亮的军号响起，富足部的通告结束了，取而代之的是轻快的音乐。帕森斯被一连串数字鼓舞起热情，将烟斗从嘴里抽了出来。

"今年富足部干得真不赖。"他后知后觉地晃了晃脑袋，"顺便说一下，史密斯老伙计，我想你应该没有刀片让给我吧？"

"一片也没有。"温斯顿回答，"我自己用同一片刀片都用了六个星期了。"

"啊，好吧——只是问问而已，老伙计。"

"抱歉。"温斯顿回答。

在富足部发布通告时，隔壁桌子的聒噪声暂时停止了，现在又像刚才一样大声地说个不停。不知道为什么，温斯顿突然发现自己在想着帕森斯太太，想着她那头卷发和脸上的褶子里的污垢。再过两年，那两个孩子就会向思想警察告发她。帕森斯太太将会人间蒸发，塞姆也会人间蒸发，温斯顿也会人间蒸发，奥布莱恩也会人间蒸发，而帕森斯则永远不会人间蒸发，那个看不见眼睛老是聒噪不停的家伙不会人间蒸发。那些在部门迷宫一样的走廊里穿梭自如、长得像蟑螂一样的小男人也不会人间蒸发。那个黑发女孩，那个来自虚构司的女孩——她也永远不会人间蒸发。他似乎本能地知道谁能幸存，谁又会死去，但到底是什么让人幸存下来，这是说不清道不明的事情。

这时他被吓了一大跳，从遐想中清醒过来。隔壁桌子的女孩半转过身，正在看着他。她就是那个黑发女孩。她正侧着身子看他，神情很专注好奇。两人四目交投，她立刻转头看着别处。

温斯顿的脊梁开始冒出冷汗，心里觉得很恐惧，这种感觉稍纵即逝，但在他心里留下了挥之不去的阴影。为什么她在看着他？为什么她一直在跟踪他？不幸的是，他不记得当他坐下来的时候她是已经坐在那边的桌旁了呢，还是后来才过来的。但昨天在进行"两分钟仇恨仪式"时，不知出于何故，她就坐在他身后。很有可能她真正的意图是监听他，听他是否叫嚷得够大声。

他原先的想法又回来了：或许她并不是思想警察，而是业余的密探，而这种人是最危险的。他不知道她观察他有多久了，或许只是五分钟，很有可能他没有好好控制自己的言谈举止。在公共场合或在电屏的视线范围内走神是极其危险的事情。最细小的事情也会出卖你。一个紧张的抽搐、无意识的焦虑神情、习惯性的喃喃自语——任何反常或有事隐瞒的蛛丝马迹。不管怎样，脸上露出不恰当的表情（譬如说，当听到宣布胜利的消息时露出狐疑的神情）本身就是犯罪。在新话中甚至专门有一个词对其进行表述：这个词叫"脸罪"。

那个女孩又背对着他。或许，她其实并没有在跟踪他，或许连续两天她和他坐得那么近只是出于巧合。他把香烟给掐灭了，小心翼翼地放在桌边。工作结束后他再把烟抽完，假如他能让烟草还留在里面的话。邻桌的那个人很有可能是思想警察的密探，三天之内他可能就会身陷友爱部的地牢，但一个烟头也不能浪费。塞姆把他那张纸折好后放在口袋里。帕森斯又开始说话了。

"老伙计，我告诉过你吗，"他咬着烟斗，得意地笑了起来，"我那两个小鬼朝市场那个老妇人的裙子放火的事情？因为他们看到她用老大哥的海报包裹香肠。他们跟在她后面，用一盒火柴点火烧着她的裙子。我想她被烧伤了，伤得不轻。真是小混蛋，是吧？但这就是火辣辣的热情！那是现在他们训练少年侦察队的先进手段之一——比我那时候棒多了。你知道他们现在给他们配备什么最新款式的设备吗？通过钥匙孔进行窃听的号角状助听器！我家那小姑娘有一天晚上就带了一个回家——在我家的客厅门口试了一下，她觉得比起用耳朵听清晰度提高了一倍。当然，那只是玩具。但这能培养他们正确的观念，是吧？"

这时电屏响起尖利的哨声。这是回岗位工作的信号。三个人都站了起来，争着去搭电梯，温斯顿的那根烟里剩下的烟丝都掉光了。

第六章

温斯顿在日记里写道：

"三年前，一个漆黑的夜晚，在一座大型火车站旁边的窄巷里，她正站在墙里的门道旁边，头顶就是一盏街灯，灯光昏暗。她的脸很年轻，浓妆艳抹。吸引我的正是那层脂粉，白得像一张面具，还有那张涂得很鲜红的嘴。女党员从来不化妆。街上没有其他人，也没有电屏。她开价两块钱。我——"

这时他写不下去了。他闭上眼睛，手指揉着眼窝，将那一幕反复出现的情景给挤压出来。扯着嗓门吼出一连串脏话成为几乎难以抵挡的诱惑，或者以头撞墙，踢翻桌子，将墨水瓶扔出窗外——做什么暴烈、吵闹或痛苦的事情都无所谓，只要能将一直在折磨他的回忆暂时忘却就好了。

他觉得，你最大的敌人就是你自己的心智。在任何时候，你心里的压力很可能会转化为肉眼看得出的症状。他想起了几周前在街上路过时见到的一个人。那个人相貌普通，是个党员，年纪约莫三十五到四十岁，个头又高又瘦，拎着一个公文包。两人相距几米的时候，那个男人的左边脸颊突然由于痉挛而扭曲起来。两人擦身而过时他的脸再度扭曲：就那么抽搐颤抖了一下，就像相机的快门咔嚓一下就过去了，但显然是习惯性的举动。他记得自己当时心里想着：这个可怜的家伙完蛋了。而令人觉得恐惧的是，这其实很有可能是下意识的动作。而最要命的危险是说梦话。他觉得这根本没办法防备。

他吸了口气，继续写道：

"我和她走进门道，穿过后院，来到地下室的厨房。墙边放着一张床，桌子上摆了一盏灯，灯光调得很暗。她——"

他觉得牙齿发软，他想作呕。和那个女人在地下室厨房的时候，他想起了自己的妻子凯瑟琳。温斯顿已经结婚了——结过婚，或者说仍然处于已婚的状态，因为他知道自己的妻子还没死。他似乎又闻到了地下室厨房闷热的味道，那是一股混合着甲虫、脏衣服和廉价香水，臭不可当的味道，但很有吸引力，因为没有女党员会用香水，你也想象不出她们会这么做。只有无产者们会用香水。在他的心目中，香水味和通奸总是联系在一起。

他跟着那个女人走了，那是两年来他第一次出轨。当然，和妓女苟合是严令禁止的，但有时候你会鼓起勇气违反这一规定。这种事情很危险，但不至于关乎生死。招妓被抓会被判进劳改营五年，如果没有其它罪名的话，这就是最高的刑罚。而招妓是很容易的事情，只要你能不被逮到。在贫民区到处都是愿意卖身的女人。有的出一瓶杜松子酒就可以成交——无产者们被禁止喝酒。暗地里党甚至倾向于鼓励卖淫，因为本能无法完全压抑，而卖淫是宣泄的途径之一。纯粹的肉体放纵并不是什么严重的罪行，但不得公开，也不能享受快乐，只能嫖那些下层阶级的女人。而党员之间的淫乱才是不可容忍的罪行。但是——虽然在大清洗中总是有人会坦白自己犯了这样的罪行——很难想象这样的事情真的会发生。

党的目的不仅仅是要阻止男人和女人结成彼此忠诚的关系——这种关系不利于党的控制。党真正秘而不宣的目的是剥夺性行为的一切欢愉。无论是在婚内还是婚外，真正的敌人与其说是爱情，不如说是情欲。党员的婚姻必须经过受指派的委员会的同意，而且，那些似乎是出于肉体上互相吸引而希望结合的伴侣总是无法得到结婚许可——虽然这条规定从未明确地加以宣布。婚姻唯一受到认可的目的是生育孩子，为党服务。性交被视为恶心的小手术，就像灌肠一样。这一点当然没有加以明确的文字表述，但从孩提时期开始就以间接的方式对每一个党员的意识进行潜移默化的灌输。甚至有类似于青年反性爱同盟的组织鼓吹男女应该彻底单身。所有的孩子应该由人工授精（在新话中称之为"人授"）而孕育出来，并由公共机构抚养。温斯顿知道虽然这一构思无法真正实现，但它与党的意识形态是一致的。党在尝试扼杀性爱的本能，如果扼杀不了，那就将其扭曲，将其污名化。他不知道为什么会这样，但这似乎是天经地义的事情。党的工作在女人身上卓有成效。

他又想起了凯瑟琳。他们已经分居有九年、十年——或将近十一年了。他很少想到她，真是奇怪。有时候连续好几天他会忘记自己已经结过婚了。他们一起生活的时间大约是十五个月。党不允许离婚，但假如没有小孩的话鼓励分居。

凯瑟琳是个金发女郎，个头很高，身材笔挺，举止优雅。她长着一张凶悍的、鹰一般的脸庞，隐约有点贵族气质，但脑袋里其实空空如也。和她结婚没多久，他就发现——或许这是因为他了解她甚于了解其他人的缘故——她在方方面面都是他所遇见的人中最愚蠢、粗俗、无知的一个。她的想法没有一句不是党的口号，只要是党的命令，无论多么愚昧透顶的内容她都可以全盘接受。他在心里给她取了个绰号，叫"人体留声机"。但要不是为了一件事情，或许他愿意和她一直生活下去——性爱。

只要他一碰她，她似乎就会畏畏缩缩，全身僵硬。抱着她就像抱着一个有关节的木偶。奇怪的是，即使当她将他搂在怀里时，他总是觉得同时她也在用尽全身力气将他推开。她全身的肌肉收缩得紧紧的，让他产生了这种感觉。她会紧闭双眼躺在那儿，既不抵抗，也不配合，只是默默承受，实在是令人十分尴尬，而再过一会儿，感觉就会糟糕透顶。但即使是这样，要是两人商量好井水不犯河水的话，他也愿意和她一起生活下去。但奇怪的是，凯瑟琳拒绝这么做。她说如果可以的话，他们必须生一个小孩。于是，只要情况许可，他们会每周固定做爱一次。她甚至会在早上提醒他，似乎在交代某件晚上必须完成、不容遗忘的任务。她为这件事起了两个名字，一个是"生小孩"，另一个是"我们对党的责任"（是的，她真的这么说）。很快，当指定做爱的那一天临近的时候他就会觉得惶恐不安。不过，幸运的是，他们一直没有小孩。最后她同意放弃尝试，很快两人就分居了。

温斯顿静静地叹了口气，又拿起笔，写道：

"她往床上一躺，毫无前奏，以你所能想象的最粗俗不堪的姿势撩起自己的裙子。我——"

他见到自己站在昏暗的灯光下，鼻孔里闻到臭虫和廉价香水的味道，甚至到了这个时候，他还在想着凯瑟琳白皙的身体，在党的催眠下永远都是性冷感，令他的心中充斥着挫折感和愤恨。为什么事情总是得变成这样？为什么他不能拥有自己的女人，而是得隔上几年就做这些肮脏的事情泄欲？但真正的恋爱几乎是不可想象的事情。女党员都是这样。在她们身上，贞洁就像对党的忠诚一样根深蒂固。通过精心设计的早期引导，通过游戏和浇冷水，通过学校、少年侦察队和青年团喋喋不休的思想灌输，通过讲座、游行、歌曲、口号和军乐，她们已经没有了与生俱来的感情。他的理性告诉他一定会有例外，但他打心眼里不相信这个推论。正如党所希望的，她们一个个都冷若冰霜。除了被爱之外，他更渴望做到的，是打破那座贞节牌坊，即使这辈子只有那么一回也愿意。成功地做一次爱就是对体制的反叛。欲望就是思想罪。要是他能成功地唤醒凯瑟琳的性欲就好了，感觉就像在引诱她进行通奸，虽然她是他的妻子。

但故事还得继续写下去。他写道：

"我点亮灯，在光亮中看着她——"

从漆黑一片中转到煤油灯微弱的灯光下，光线似乎特别明亮。他第一次清楚地看见这个女人。他朝她走近了一步，然后停了下来，心里充满了欲望和恐惧。他痛苦地意识到自己到这儿来冒着多么大的风险。很有可能巡逻队会将他逮捕，或许他们这时就在门外等候着。他只想走开，放弃他到这儿来想要做的事情——！

这些必须写下来，必须坦白地说出来。在灯光下，他突然看到那个女人是那么苍老。她的脸上涂着厚厚的脂粉，看上去似乎开裂了，像一张硬纸板面具。她的头发里有许多道白绺，而真正可怕的是，她的嘴略微张开着，里面空洞而漆黑，她连一颗牙齿也没有。

他以潦草的笔迹写道：

"在灯光下，我看见她是个很老的女人，起码得有五十岁了。但我还是走上前，把她给操了。"

他又用手指揉着眼睑。最后他还是写下来了，但他的心情还是那么糟。这个疗法根本没有作用。他只想扯高嗓门破口大骂一通。

第七章

"假如希望尚在的话，"温斯顿写道，"希望就在无产者们身上。"

假如真的还有希望的话，希望一定在无产者们身上，因为无产者们数量众多却被视若无物，他们占据了大洋国人口的百分之八十五，只有他们才能积蓄起摧毁党的力量。党是不可能从内部被推翻的。它的敌人，即使它真的有敌人，根本无法团结在一起，甚至无法相互识别。即使传说中的兄弟会真的存在——或许它真的存在——它也根本无法号召起大量的会员，顶多只能三三两两行事。造反只不过是眼神的交流，声调的变化，最多只是偶尔耳语几句。但假如无产者们能意识到自身力量的话，根本不需要进行什么密谋策划。他们只需要站起来，抖一抖身子，就像一匹马抖掉身上的马虱。如果他们愿意的话，明天早上他们就能将党彻底摧毁。迟早他们会这么做的，不是吗？但是——！

他想起有一回他在一条熙熙攘攘的街道上走着，前面不远处一条小巷子那里响起了几百个女人的声音，那是震耳欲聋的吼叫声，夹杂着愤怒与绝望，深沉而洪亮的"噢—哦—哦—哦—噢"的叫声响个不停，就像钟声在回荡一样。他的心猛地一跳。开始了！他心想：暴动开始了！无产者们终于揭竿而起了！他赶到出事的地点，看到两三百个女人正围着街市的摊位，面容如丧考妣，似乎是一艘沉船上面临灭顶之灾的乘客。

就在这时，集体性的绝望演化为纷纷扰扰的个人之间的争吵。事情似乎是这样的：有一个摊位在卖锡炖锅，都是些劣质的货品，一碰就破，但任何锅碗瓢盆无论何时都很难买到。现在货突然间卖光了，那些买到了炖锅的女人想拿着东西走人，却被其他女人推来搡去，还有几十个女人围着摊位聒噪，指责摊主偏心，说还有炖锅存放在别的地方。接着又是一番大吵大闹。两个胖乎乎的女人，其中一个披头散发，紧紧抓住一口炖锅不放，想从另一个女人的手里将其夺过来。两人争来抢去，然后炖锅的把手脱落了。温斯顿厌恶地看着她们。但是，刚才不过几百个嗓子在吼叫，声音就足以惊天动地！为什么她们在真正重要的大事上却从不那样怒吼呢？

他写道：

"他们不到觉悟的时候，绝不会进行反抗；而他们不进行反抗，就绝对不会觉悟。"

他觉得这句话简直就像是从党的课本里抄录下来的。当然，党宣称无产者们已经从桎梏中获得了解放。在革命之前，他们遭受资本家无情的压迫，他们饿着肚子，忍受鞭笞，女人被迫在煤矿里工作（事实上，女人仍然在煤矿里工作），小孩子们六岁就被卖到工厂里当童工。而与此同时，按照双重思想的原则，党教导无产者们他们生来就低人一等，得像动物一样乖乖听话，服从几条简单的命令。事实上，人们对无产者们的情况所知甚少。根本没有必要去了解他们的情况，只要他们继续工作和繁衍，他们做其它什么事情并不重要。他们自生自灭，就像阿根廷的草原上自由放牧的牲畜，回归一种对他们来说似乎合乎天性的古老生活模式。他们被生下来，在贫民窟长大，十二岁就开始工作，经历短暂的充满魅力和性欲的青春岁月，二十岁就结婚，三十岁就步入中年，大部分人在六十岁的时候就死去。他们从事沉重的体力劳动，照顾家庭和孩子，和邻居吵架，看电影，看足球，喝啤酒，最感兴趣的事情是赌博，这些就是他们所关心的事情。控制他们并不困难。他们当中总是混杂着几个思想警察的密探，传播虚假的传闻，锁定几个有能力闹事的危险分子，将他们消灭。但没有人向他们灌输党的意识形态。无产者们不应该有强烈的政治情感。他们只需要有朴素的爱国主义情怀，在必要的时候能激励他们接受更长时间的工作或分量更少的物资供应就够了。即使有时候心生不满，他们也无从发泄，因为他们没有宏观的理念，只能找一些鸡毛蒜皮的事情撒气，那些宏观意义上的邪恶总是被他们忽略。大部分无产者家里甚至没有电屏。连警察也很少干涉过问他们的事务。伦敦的犯罪现象很严重，窃贼、强盗、妓女、毒贩和骗子构成了自己的地下世界，但因为这些事情只发生在无产者的圈子里，因此无足轻重。在所有的道德问题上他们可以奉行旧时的诫律约束。党的禁欲主义并不会强加在他们身上。无产者们滥交不会受到惩罚，还可以离婚。他们甚至可以信奉宗教崇拜，如果他们表现出对于宗教崇拜的需求。他们从不会受到猜疑。正如党的口号所说的："无产者和动物享有自由。"

温斯顿弯下腰，小心翼翼地挠了挠静脉曲张溃疡的部位，那里又开始发痒了。你总是绕不开一个问题，那就是：你根本无从知道革命之前的生活到底是怎样的。他从抽屉里拿出一本孩子的历史课本，是从帕森斯太太那里借来的，开始将一篇课文抄进日记本里。

"在旧社会（原文如此），在光荣的革命之前，伦敦并不是我们今天所认识的那个美丽的城市。它是一个黑暗、肮脏、悲惨的地方，几乎没有人能吃上饱饭，数十万穷人没有鞋穿，甚至连栖身之处都没有。和你们差不多大的孩子们每天工作十二个小时，要是他们干活稍慢一些的话，狠毒的老板就会拿着鞭子抽打他们，而且只给他们吃发馊的面包屑和清水。然而，就在遍地赤贫之中有几座华丽的宅邸，里面住着富人，有三十个奴仆在服侍他们。这些富人就是资本家。他们身材肥胖，相貌丑陋，面目狰狞，就像下页的图片所描绘的那样。你可以看到那个人穿着黑色的长外套，那叫礼服；戴着古怪的、亮晶晶的、烟囱一样的帽子，那叫高礼帽。这就是资本家的装束，其他人不许穿上这身衣服。世界上任何东西都归资本家们所有，除了他们以外，每个人都是他们的奴隶。他们拥有所有的土地、所有的房屋、所有的工厂和所有的金钱。不服从他们的人将被抓进监狱；或者，他们可以让他失业，最后活活饿死。普通人和资本家说话时必须点头哈腰，摘下自己的帽子，称呼他为'老爷'。资本家们的头子被称为'国王'，而且——"

但他知道接下来会说些什么。书里将提到身穿法袍的主教、身穿貂皮大衣的法官、枷锁、镣铐、老虎凳、九尾鞭、市长大人的晚宴、亲吻教皇脚指头的仪式，还有名为"初夜权"的传统。根据法律规定，每一个资本家都有权利睡任何一个在他的工厂里做工的女人。这一点或许在给小孩子看的课本里不会提及。

你怎么知道这些内容有多少是谎言呢？或许，比起革命之前，如今普通人的生活真的要好一些。唯一的反面证据只是你自己内心无声的抗议。你本能地知道你的生活条件根本无法忍受，而在别的时候情况肯定不会是这样。现在生活真正的本质令他感到震惊的不是其残酷和没有安全感，而是如此萧条、肮脏、萎靡不振。看看你的周围，生活非但根本不像电屏喋喋不休的谎言所描述的那般美好，而且与党所要达至的理想也有着天壤之别。即使对于一个党员来说，生活的许多方面也根本与政治扯不上关系，只是埋头干着枯燥乏味的工作，坐地铁时拼命挤出一块地方，缝补一只破袜子，乞讨一块糖精片，节约一个烟屁股。党所宣传的理想世界是一个宏伟壮丽却非常可怕的世界——钢铁和混凝土的世界，由丑陋的机器和骇人听闻的武器构成的世界——生活在这个国度里的只有战士和狂热的信徒，整整齐齐地迈步前进，思想统一，口号统一，不停地工作、战斗、胜利、迫害——三亿人都长着同样的脸。现实生活正在走向衰败，在萧条的城市里人们连饭都吃不饱，趿着破了洞的鞋子脚步蹒跚地走来走去。他们住的是十九世纪的房屋，经过修修补补，总是散发着卷心菜和公厕的恶臭。他似乎看到了伦敦的全景，一座广袤而荒凉的城市，堆放着上百万个垃圾桶，还有一张帕森斯太太的相片，上面是一张满面皱纹头发稀疏的脸，无助地捅着堵塞了的下水管道。

他又往下伸手挠了挠脚踝。电屏夜以继日以各种数据轰炸你的耳朵，证明如今人们食物多了，衣服多了，房子好了，娱乐丰富了——比起五十年前的人来说，他们的寿命长了，工作时间短了，体格更大了，更健康了，更强壮了，更开心了，更聪明了，受教育程度更高了。这些话没有一个字能得到证实或证伪。比方说，党宣称如今百分之四十的成年无产者能识字，而在革命前，据说这个数字只有百分之十五。党还说，如今的婴儿死亡率每千人只有一百六十起，而革命前的数字曾经高达三百起，如此这般这般。这种情形就像一道方程式里有两个未知数。很有可能，历史书上所说的每个字，甚至连那些人们不加质疑就接受的事情，都纯属子虚乌有。据他所知，以前可能根本没有"初夜权"这一法规，也没有资本家这种人物，也没有高礼帽这种服饰。

一切都消失在朦胧中。过去被篡改了，而篡改过去这件事情又被忘却了，谎言成为了真相。这辈子只有那么一回，他掌握了确凿的、无可抵赖的证据，足以指证一桩伪造案——而且是在事情发生**之后**，这是最重要的。这个证据他握在手中，足足握了三十秒。那应该是在 1973 年——应该就在那时候，他和凯瑟琳就是在那时候分居的。但那个真正重要的日期得再往前推个七八年。

事件始于六十年代中叶。在这一时期发生了几次大规模的清洗运动，早期的革命领导人被消灭殆尽。到了 1970 年，除了老大哥本人，其他人无一幸存。那些人都被揭发检举是叛徒和反革命分子。古德斯泰恩逃跑了，躲在没人知道的地方。而其他人中，除了一小部分人失踪之外，大部分人经过声势浩大的公审，招供了自己的罪行后被处决了。最后的幸存者中有三个人，名叫琼斯、阿尔伦森和鲁斯福德。这三个人应该是在 1965 年被捕的。和许多人一样，他们失踪了一年左右，没有人知道他们是生是死，接着，突然间他们被揪了出来，和往常一样，他们乖乖认罪。他们招供曾向敌人提供情报（那时候的敌人也是欧亚国），贪污公款，谋害多位深受信赖的党员，早在革命开始之前就阴谋反对老大哥的领导，并进行了多起破坏活动，戕害了数十万人的性命。坦白了这些罪行后，他们得到了赦免，恢复了党籍，委以头衔很大但其实没有实权的职务。三人都在《泰晤士报》里发表了长长的自我批评文章，分析自己叛党的原因，并发誓会改过自新。

在他们被释放后，过了一段时间，温斯顿曾在栗子树咖啡厅见到他们三人。他记得当自己的眼角瞥见这三人时，心里觉得十分震惊诧异。他们的年纪都比他大很多，是旧社会的老古董，是党往昔的峥嵘岁月硕果仅存的几位重要人物。地下斗争和内战所塑造的魅力在他们身上仍依稀可辨。虽然那时候史实和日期已经开始变得模糊不清，但他觉得自己听说他们三人的名字要比听说老大哥的名字还要早了几年。但他们是罪犯、敌人和不可接触的人，在一两年之内将肯定被消灭。落入思想警察手里的人从来没有一个能够逃脱。他们已经是等候被送回坟墓的死尸。

他们身边的几张桌子一个人也没有。被别人看见与这些人接近可不是明哲保身之举。他们静静地坐着，身前摆放着加了丁香的杜松子酒，这是该咖啡厅的特色饮品。在这三个人中，鲁斯福德的样貌令温斯顿感触最深。鲁斯福德曾经是著名讽刺漫画家，在革命之前和革命时期，他那些富有感染力的漫画激起了民众的义愤。即使到了现在，他的漫画作品时不时仍会在《泰晤士报》刊登发表。这些作品都是对他早期风格的模仿，奇怪的是，这些新作毫无生命力，一点儿也不吸引人。它们总是在老调重弹——贫民窟的住房、饥肠辘辘的孩子、巷战、戴着高礼帽的资本家——即使在街垒上那些资本家仍然戴着高礼帽，不停地进行着绝望的努力，想回到过去。他是个丑陋的男人，长着满头油腻腻的灰发，脸上的眼袋很重，而且皱皱巴巴的，嘴唇厚而外凸。他应该曾经是非常强壮的男人，现在他那庞大的身躯已经松松垮垮的，正朝四面八方散架。他似乎会在你眼前分崩离析，就像看着一座大山坍塌下来。

那时是十五点钟，店里很冷清。温斯顿不记得为什么他会在那个时候去咖啡厅。店里几乎空荡荡的，电屏正在播放着轻快的音乐，三个人坐在角落里，几乎一动不动，一声不吭。服务员不需要吩咐就给他们续上杜松子酒。他们旁边的桌子上有一个棋盘，棋子都摆好了，但没有人下棋。接着，大约有半分钟的时间，几面电屏发生了改变。里面播放的曲子变了，音乐的调子也变了。有什么东西加了进来——但到底是什么东西实在是很难形容。那是一种沙哑刺耳，带着调侃意味的奇怪调子，温斯顿在心里称之为黄调子。然后，电屏里面传出了歌声：

> "在栗子树的树荫下，
> 我出卖了你，你出卖了我。
> 他们躺在那头，我们躺在这头，
> 躺在栗子树的树荫下。"

那三个人不为所动。但当温斯顿再端详着鲁斯福德憔悴的脸庞时，却看到他的眼睛里泪汪汪的。他第一次注意到，阿尔伦森和鲁斯福德的鼻子都被揍扁了，他不禁打了个冷战，却又不知道**为什么**会打冷战。

没过多久，这三个人又被逮捕了。他们似乎刚被释放就在酝酿新的阴谋。在第二次审判中，他们再一次招供了所有旧的罪行，还供出了一连串新的罪行。他们被处决了，他们的命运被登入党史，以儆效尤。大约五年后，即1973年，气动输送管送来一叠文件，掉在温斯顿的桌子上，他将文件展开，发现里面有一张纸，显然是从别的文件堆里掉下来的，然后被遗忘了。他一摊开那张纸就意识到里面的信息很重要。那是从大约十年前的《泰晤士报》撕下来的半页纸——是那页纸的上半截，因此包括了日期——里面有一张党赴纽约开会的代表团成员的相片。团体照中间最显眼的三个人正是琼斯、阿尔伦森和鲁斯福德。的确就是他们三人，可能在最底下的说明文字里就有他们的名字。

问题的关键是，在两次审判中，这三个人都承认当天他们在欧亚国境内。他们从加拿大一个秘密机场飞往西伯利亚某个集合地点，与欧亚国总参谋部的成员秘密会晤，向他们透露了重大军事秘密。温斯顿之所以记得这个日子，是因为那天碰巧是仲夏节，但整件事的详情一定也记录在其它无数地方。合理的结论只有一个。那就是，那些供词都是谎言。

当然，这算不上什么重大发现。即便是在那个时候，温斯顿也不认为在大清洗中被消灭的那些人真的犯下了被指控的那些罪名。但这是确凿无疑的证据，是业已被摧毁的过去残存的碎片，就像在不应该出现的土层里挖出了一片化石骨骼，解构了整个地质理论。如果能将其公之于世，并将其重要性阐明的话，足以将党轰得粉碎。

当时他继续工作。他一看到相片就知道其蕴含的意义，立刻用另一张纸将其盖住。幸运的是，当他展开相片的时候，从电屏的角度看，它是上下颠倒的。

他将草稿本放在膝盖上，然后把椅子往后推，尽可能远离电屏。让自己面无表情并不难，你甚至可以努力控制自己的呼吸，但你无法控制自己的心跳，而电屏非常灵敏，可以察觉到这一点。他等待了估计有十分钟之久，心里备受折磨，害怕会有变故发生——桌子上突然吹过一股风——暴露他的秘密。接着，他没有揭开那张相片上面的纸，将其连同其它废纸扔进了记忆洞里面。或许一分钟后它就已经化为灰烬了。

那是十或十一年前的事情了。如果发生在今天，他或许会保存那张相片。奇怪的是，那张相片曾经就在他的手里这件事时至今日仍对他具有重大的意义，虽然那张相片本身和它所记录的事件只是存在于他的记忆中。他在心里想，党对历史的控制没有那么强大了吗？就因为一纸曾经存在过但已经不再存在的证据？

但到了今天，就算从灰烬中可以将那张相片还原，它也可能无法成为证据。在他发现那页纸的时候，大洋国已经不再和欧亚国打仗，因此，那三个人一定是向东亚国的密探泄露了国家机密。在那时之后，局势又发生了变化——两次，三次，他不记得多少次了，那些招供很有可能被一再重写，直到原来的事实和日期根本不再重要。历史不仅被篡改，而且是不停地被篡改。最令他难受的，让他感觉像在做噩梦的事情是，他从不明白为什么党要进行如此工程浩大的篡改。显然，篡改过去可以带来直接的好处，但其最终目的是一个神秘的谜团。他又拿起笔，继续写道：

"我知道如何篡改历史，但我不明白为什么要篡改历史。"

他怀疑，他以前怀疑过很多次，自己究竟是不是一个疯子。或许疯子只是表明他是少数派。曾经一度，相信地球绕着太阳转是疯狂的表现，而在今天，相信历史不容被篡改也是疯狂的表现。或许只有他一个人怀着这一信念，而如果只有他一个人这么想，那他就是一个疯子。但想到自己是个疯子并没有让他觉得很困扰；可怕的是，他有可能是错的。

他拿起那本儿童历史书，看着卷首插图老大哥的肖像。那双具有催眠魔力的眼睛直视着他的眼睛。似乎有一股巨大的力量在压迫着你——有什么东西穿透了你的头颅，在你的大脑里肆虐，让你吓得放弃自己的信仰，几乎说服你去否定自己的感官所掌握的证据。最后，党会宣布二加二等于五，而你不得不相信这是对的。他们迟早都会宣布这一点，这是不可避免的，他们所处的位置必然会要求这么做。他们的哲学不仅暗地里否认经验的真实性，而且还否认外部现实的存在。常识成了异端思想中的异端思想。而可怕的事情并不在于如果你心怀异志他们会杀掉你，可怕的是，他们可能是对的。因为，归根结底，我们怎么知道二加二等于四？怎么知道地心引力在起作用？怎么知道历史是不容篡改的？如果历史和外部世界只是存在于意识中，如果意识本身是可以被控制的，那又该怎么办？

但是，不是这样的！他的勇气似乎自发地坚定起来。无缘无故地，奥布莱恩的脸浮现在他的脑海里。他比以往更加坚定地认为奥布莱恩和他站在同一阵线。他也是为了奥布莱恩在写日记——致奥布莱恩。这是一封没人会读的长信，但却是写给某个人的，因此也获得了生机。

党告诉你不要相信自己亲眼所见亲耳所闻的证据。这是党的终极命令。一想到他所对抗的强权，想到任何一个党的知识分子都可以轻而易举地将他驳倒，想到那些他无法理解更谈不上回应的精妙论述，他的心就沉了下来。但是，他是正确的！他们是错的，而他是对的。他必须捍卫那些不言自明的、傻气而真实的事情。自明之理是真实的，一定要顶住！真实的世界是存在的，它的法则是不容改变的。石头是坚硬的，水是湿漉漉的，没有支撑的物体会往地心坠落。他觉得自己正和奥布莱恩说话，也在阐述一则重要的公理。怀着这份心情，他写道：

"自由就是可以说出二加二等于四。在此基础上，一切得以构建。"

第八章

　　楼道的尽头飘散出烘焙咖啡豆的香气，弥漫着整条街道——那是真正的咖啡，而不是胜利牌咖啡。温斯顿不由自主地停了下来。或许有两秒钟的时间，他回到了已经差不多快被遗忘的童年世界。接着，一扇门关上了，香味随之被隔绝，就像声音一样。

　　他在人行道上走了好几公里路了，他的静脉曲张溃疡在阵阵作祟。这是三个星期内他第二次错过社区中心晚上的活动。非常不明智的举动，因为你清楚地知道你在中心的出席次数会有人精心登记。原则上说，党员是没有闲暇时间的，除了在床上，不会有独处的时候。当他不在工作、吃饭或睡觉时，他应该参与某项集体活动，而做任何体现出不合群倾向的事情，即使是独自散步，也总是会带来危险。新话里有一个词汇：自我生活，意思是个人主义和怪癖。但今天晚上他从部里出来，四月份清爽的空气引诱着他，蔚蓝的夜空是今年以来最暖和的。突然间，社区中心冗长吵闹的夜晚、那些无聊而累人的游戏、那些讲座、那些在杜松子酒的刺激下喋喋不休的表达同志情谊的说辞似乎变得无法忍受。冲动之下，他离开巴士车站，走进伦敦迷宫般的大街小巷里，先是朝南走，然后朝东走，然后又朝北走，他根本没有在意自己在往哪个方向走，走着走着，他在陌生的街道中迷路了。

　　他在日记中写道："假如希望尚在的话，希望就在无产者们身上。"他一直想着这句话，这句话既体现了神秘的真理，又明显很荒谬。他来到了在以前的圣潘克拉斯车站北边和东边的那些土黄色的贫民窟。他正沿着一条鹅卵石街道走着，两边是双层的房屋，破落的门道直接通向人行道，不知怎么地，让人觉得像是老鼠洞。鹅卵石街道上到处是肮脏的水潭。黑漆漆的门道里里外外和左右两旁狭窄的陋巷里到处都是人，数目之多令人吃惊——嘴巴涂着粗劣的唇膏、发育完全的女孩，追求这些女孩子的年轻人，还有那些走路摇摇摆摆的胖大嫂，让你知道那些女孩子再过十年会变成什么样子，还有迈着八字脚步履蹒跚、弓腰驼背的老人，还有衣衫褴褛光着脚丫的孩童，正在水潭里玩耍，被他们的母亲一喝骂便作鸟兽散。街上大约有四分之一的窗户是破的，钉上了木板。大部分人没有去注意温斯顿，有几个人怀着戒备而好奇的心情盯着他看。两个相貌丑陋的妇人双臂交叉抱在围裙上，前臂的肤色像砖头一样红润，正在门道外边说话。温斯顿走近时听到了谈话的只言片语。

"'是的，'我对她说，'你说得没错，'我说。'但假如换了你是我，你的做法也会和我一样。说别人是非很容易，'我说，'但你是站着说话不腰疼。'"

"啊，"另一个女人说道，"说得太对了。就是这么一回事。"

尖利的声音戛然而止。两个女人沉默而仇视地看着他经过。但确切来说那并非敌意，只是一种戒备，一时间僵住了，就像经过她们身边的是一只不常见的动物。在这样的街道很少见到党员蓝色的制服。事实上，在这种地方抛头露面不是明智之举，除非你真的有事到这里来。如果碰巧遇见巡逻队的话，他们或许会拦住你。"请出示证件，同志。你在这里干什么？

你什么时候下班的？你回家经常走这条路吗？"——等等等等。虽然没有任何规定说回家不能走不经常走的路，但如果思想警察听到了风声，肯定会引起他们的注意。

突然间整条街喧闹起来。四面八方传来了报警的尖叫声。人们像兔子一样窜进门道里。在温斯顿前面不远的地方，一个年轻的女人从门道里冲出来，抓起一个正在水潭里玩水的孩子，将围裙裹在他身上，然后又冲了回去，动作一气呵成。与此同时，一个穿着好像六角手风琴的黑色西装的男子从一条小巷子里窜了出来，正朝温斯顿跑过来，激动地指着天空。

"蒸汽机！"他叫嚷着，"小心，首长！头顶会爆炸的！快趴下！"

也不知道为什么，无产者们给火箭炸弹起了个绰号叫"蒸汽机"。温斯顿立刻面朝下趴倒在地。无产者们警告你有炸弹的时候可不是在开玩笑。他们似乎拥有某种本能，可以提前几秒钟知道一枚火箭炸弹正飞过来，虽然火箭炸弹的速度比声音还要快。温斯顿用前臂护着头，一声巨响似乎将人行道掀了起来，他的背上落了一些轻飘飘的东西。当他站起身时，他发现身上满是玻璃碎片，是离他最近的一扇窗户掉落下来的。

他继续走着。炸弹摧毁了街道二百米外的几座房屋。一道黑烟直冲天际，下面弥漫着一团墙灰构成的尘云，一群人已经围在废墟边。在他前面的人行道上有一小堆墙灰，中间有一团猩红色的东西，他走了过去，看到那是一只齐腕断掉的人手。除了鲜血淋漓的折断处外，那只手一片惨白，就像是用石膏做成的。

他把这只手踢进阴沟里，然后，为了避开人群，转进了右边的小巷子里。三四分钟后他已经离开了被炸的区域，这里一样那么肮脏，人来人往，生活照常进行，似乎什么事情也没有发生。已经快二十点了，那些无产者们经常光顾的喝酒的地方（他们称之为"酒馆"）已经坐满了顾客。脏兮兮的弹簧门总是无休止地开了又关，关了又开，传出一股尿液、锯末和酸啤酒的味道。在突出的房子前厅里，三个男人站在一起，挨得很近，中间那个人拿着一份折叠的报纸，另外两个人挨着他的肩膀在读报。还没等他走近看清他们脸上的表情，温斯顿就看得出他们是那么全神贯注。显然，他们正在阅读一则事关重要的报道。离他们还有几步远，这三个人突然炸开了，其中两个人激烈地争吵着，似乎就要打起来了。

"你他妈的就不能听我说吗？我告诉过你尾数是七的号码有十四个月没有中过了！"

"中过！"

"没中过！我家里有这两年来中奖的数字，全都写在一张纸上。每次我都按时记录了下来。我告诉过你尾数是七的号码中不了——"

"中过了，七中过了！我可以把那个该死的数字说给你听。后面三位数是四零七。那是二月份的事情了——二月份的第二周。"

"操你奶奶的二月！我全都黑纸白字登记下来了。我告诉你，没有哪个数字——"

"哦，别吵了！"另外一个人说道。

他们正在谈论彩票。温斯顿走出三十米外，然后回头看了一下。他们仍在争执不休，脸上的表情非常激动。彩票每星期会派出丰厚的奖金，是无产者们非常关注的公共事件。对于数以百万计的无产者来说，彩票即使不是他们继续生存下去的唯一理由，也是他们的主要慰藉。他们为之欢乐，为之疯狂，忘记了痛苦，激发起聪明才智。谈起彩票，连几乎不识字的文盲也能进行精密的运算，而且记忆力极其惊人。有一群人就靠贩卖彩票提示、结果预测和吉祥物谋生。温斯顿的工作与彩票运营没有关系，那是富足部的事情，但他知道（事实上，每个党员都知道）奖金其实大部分是虚构的。只有小奖会拿出真金白银来，那些获得大奖的人都是子虚乌有的人物。大洋国境内的地区之间没有相互联系，这一点不难安排。

但假如希望尚在的话，希望就在无产者们身上。你只能坚持这一点。当你将这一理念以文字进行表达时，听起来很有道理，而当你看着人行道上从你身边经过的那些人时，这句话就变成了一种对信仰的考验。他转进去的那条小巷是下坡路。他觉得自己以前来过这里，还知道旁边就有一条主干道。前面传来了一阵吆喝声。小巷猛地拐了一个大弯，尽头是一段台阶，通往一条低洼的小巷，几个摊主正在贩卖萎蔫的蔬菜。这时温斯顿记起了自己身处何处。这条小巷一直通往大街，不用走五分钟就是下一个拐角，那里有一间旧货店，他曾经光顾过，买了用来当日记本的那本空白的小册子。而不远处还有一间小文具店，他在那里买了笔杆和墨水。

他在台阶顶部停了一会儿。巷子对面是一间昏暗肮脏的小酒吧，窗户像结了霜，但其实那是一层灰尘。一个年纪很大的老头弓着腰，但仍然行动敏捷，白胡须向前挺翘着，像是一只虾的长须。他推开弹簧门，走了进去。温斯顿站在那儿看着，心想那个老头应该至少有八十岁了，革命发生时应该已经人到中年。他和其他岁数差不多的人是如今仅存的经历过资本主义世界的人。在党内，思想是在革命之前形成的人已经为数不多了。经历了五六十年代的大清洗，老一辈的革命者已经被消灭殆尽，剩下的少数几个很久以前就已经被吓破了胆，精神上彻底投降了。如果说，活着的人当中还有谁能向你真实地描述本世纪早前的情形的话，那个人只会是一名无产者。突然间，温斯顿的脑海里浮现出他抄在日记本里的那篇历史课文，心里涌起一阵疯狂的冲动。他会走进那间酒馆，和那个老头攀谈，向他提问。他会问他："请告诉我你童年时的生活。那时候生活到底怎么样？与现在相比，以前的生活到底是好是坏？"

他匆忙地走下台阶，穿过窄巷，担心再过一会儿自己就害怕了。这当然是疯狂的举动。和往常一样，没有明文规定不能和无产者交谈或光顾他们的酒馆，但这个行动太不同寻常，一定会引起注意。如果巡逻队出现的话，他会找借口说自己一时觉得头晕，但他们应该不会相信他。他推开门，一股酸啤酒恶臭的味道扑面而来。他走进酒馆的时候，嗡嗡嗡的说话声音量降低了一半。他感觉得到身后每个人都在看着他那身蓝色的制服。房间的另一头原本正在进行飞镖比赛，中断了大约三十秒。他跟踪的那个老头正站在吧台旁边，和酒保起了争执。那个酒保是个年轻的大块头，身材肥胖，长着一个鹰钩鼻，双臂非常粗壮。另外一群人站在周围，手里拿着酒杯，正看热闹。

"我已经够客气地问你了，不是吗？"那个老头咄咄逼人地挺直了肩膀，"而你告诉我这间操蛋的酒吧没有一品脱的酒杯？"

那个酒保倾着身子，指尖撑着吧台，问道："那到底什么是一品脱？"

"看看他！他自称是酒保，却不知道一品脱是什么！哎呀，一品脱就是半夸脱，四夸脱就是一加仑。你可得从头学起。"

"这些我可从来没听说过。"那个酒保说道,"一升或半升——我们这里就是这么算的。酒杯就在你前面的架子上。"

"我要喝一品脱。"那个老头固执地说道,"给我一品脱就这么难吗?我年轻时那会儿可没有这些乱七八糟的升不升的。"

"你年轻时那会儿我们都还住在树顶呢。"那个酒保说道,瞥了其他酒客一眼。

大家哄堂大笑,温斯顿进来时所引发的不安情绪似乎烟消云散。老头那张满是花白胡碴的脸涨得通红。他转过身,嘴里嘟囔着,与温斯顿撞个满怀。温斯顿轻轻地拉着他的胳膊。

"我可以请您喝一杯吗?"他问道。

"您真是位绅士,"老头子再次挺直了肩膀,似乎没有注意到温斯顿那身蓝色制服。"一品脱!"他对那个酒保大声说道,"一品脱爽啤。"

那个酒保往两个厚玻璃杯里各倒了半升啤酒,刚才他已经在吧台下的水桶里把这两个杯子洗了一下。在无产者的酒馆你只能喝到啤酒。无产者们是不该喝杜松子酒的,虽然他们要喝到杜松子酒并不难。飞镖游戏又进行得如火如荼,围着吧台的那些酒客开始谈论起彩票。温斯顿的出现被暂时遗忘了。在窗户下面有一张桌子,他和那个老头可以聊天,不用担心被别人听到。这是非常危险的事情,但起码房间里没有电屏,这一点他一进来就看清楚了。

"要是您能请我喝上一品脱就好了,"老头子将杯子摆在身前,坐了下来,嘟囔着说道,"半升可不够。根本不过瘾。整一升又太多了。搞得我尿频,而且价格还不便宜。"

"您年轻那会儿一定目睹了很多巨大的变化吧。"温斯顿试探着问道。

那个老头淡蓝色的眼睛从飞镖盘转到吧台，从吧台又转到男厕所的房门，似乎他以为要说的是这间酒馆所经历的变化。

"那时候啤酒好喝一些，"最后他说道，"而且便宜一些！那时候我还是个小伙子，淡味麦芽啤酒——我们以前称之为爽啤——四便士一品脱。当然，那是战争之前的事情了。"

"是哪一场战争？"温斯顿问道。

"所有的战争。"老头含糊地回答。他举起酒杯，肩膀又挺直起来，"为您的健康干杯！"

他那枯瘦的喉咙上突起的喉结令人惊讶地上下快速移动着，啤酒喝完了。温斯顿走回吧台，又端来了两杯半升的啤酒。那个老头似乎忘记了说过自己喝不了一升的话。

"您比我年纪大多了。"温斯顿说道，"在我出生之前您一定已经成年了。您记得革命之前的日子是怎样的。像我这个年纪的人根本不知道那时候的事情。我们只能通过读书去了解，但书上说的不一定就是真相。我想听听这方面您的看法。历史书上说革命以前的生活与现在的生活完全是天壤之别。那时候有最可怕的压迫、不公和贫困，比我们所能想象的情况还要糟。就在伦敦，许多人从出生到死去从未吃过一顿饱饭。他们当中有一半甚至没有鞋穿。他们每天工作十二个小时，九岁就辍学，十个人睡一间房，而与此同时，有一小部分人，大约几千个吧——他们被称为资本家——享有金钱与权力。他们拥有一切可以拥有的事物。他们住在深宅大院里，有三十个奴仆伺候，出入有汽车和马车代步，喝的是香槟，戴的是高礼帽——"

那个老头突然来了精神。

"高礼帽！！"他说道，"你提到这样东西真是有趣。昨天我也听到有人在说同样的事情，不知道为什么。我只是在想，我有好多年没有见过高礼帽了。它们已经过时了。上一次我见到高礼帽是在我嫂子的葬礼上。那是——我不能告诉你是什么时候，但应该是五十年前的事情了。当然，那顶帽子只是租来应景的，你懂的。"

"高礼帽倒不是很重要。"温斯顿耐心地说道，"重要的是，这些资本家——他们和律师、主教等等寄生在他们身上的人一道，是世界的主宰。所有事情都是为了他们的利益而服务。而你们——普通的民众和工人——是他们的奴隶。他们可以对你们为所欲为。他们可以将你们像牲口那样运往加拿大。如果他们愿意的话，可以睡你们的女儿。他们一声令下就可以叫人拿九尾鞭抽你。当你经过他们身边时，你必须摘下帽子。每个资本家去哪儿都带着一帮走狗，他们——"

那个老头又来了精神。

"走狗！"他说道，"又是一个我很久没听过的词语。走狗！这常常让我想起过去，真的，我想起——噢，猴年马月的事情了——星期天下午我经常去海德公园听演讲。救世军、罗马天主教信徒、犹太人、印度人——那里什么人都有。有一个家伙——嗯，名字我说不上了，但真是能说会道。把他们骂了个狗血淋头！'走狗！'他说道，'资产阶级的走狗！统治阶级的奴才！'寄生虫——他还这样痛骂他们。还有豺狼——他痛斥他们为豺狼。当然，他骂的是工党，你懂的。"

温斯顿觉得两人的谈话根本牛头不对马嘴。

"我想了解的是这个，"他说道，"你觉得比起从前，你现在享有更多的自由吗？你更有作为一个人的尊严吗？以前那些富人，那些高高在上的人——"

"是上议院。"那个老头缅怀地插了一句。

"上议院，如果你喜欢这么说的话。我要问的是，就因为他们是有钱人而你是穷人，这些人真的当你是劣等生物一样对待吗？比方说，你真的得称呼他们为'老爷'，经过他们的时候得摘下帽子吗？"

那个老头似乎在沉思。他喝了四分之一杯啤酒，然后才回答道：

"是的。他们喜欢你对着他们碰碰帽檐以示尊敬。我不喜欢这么做，但我总是得这么做。或许你可以说这是出于被迫。"

"这些人和他们的走狗是不是经常——我只是在引述从历史书上了解到的情况——是不是很经常将你从人行道上推到阴沟里？"

"他们当中有一个人推过我一次。"那个老头说道，"我还记得，就像是昨天的事情。那天是赛艇之夜——到了赛艇之夜总是特别喧闹——我在沙夫茨伯里大街撞到了一个年轻人。他是一位绅士——穿着衬衣和黑色大衣，戴着高礼帽。他正歪歪斜斜地走在人行道上，我不小心撞到了他。他说道：'你走路长眼睛了吗？'我说道：'你以为这该死的人行道被你买下了？'他说道：'你再顶嘴我他妈把你的头给拧掉。'我顶了一句：'你喝醉了。我给你半分钟，赶快滚开。'你相信吗，他伸手朝我的胸口推了一把，差点没把我推搡到一辆巴士的车轱辘下面。我那时候还年轻，这一下可把我惹毛了，要不是——"

温斯顿觉得很无助。这个老头的回忆尽是些鸡毛蒜皮的琐事。你就算盘问他一整天也问不到任何有用的信息。或许，党的历史某种程度上是真的——甚至或许句句是真。他最后试探着问了一句。

"或许我没有说清楚，"他说道，"我想说的是，你活了这么久，前半辈子生活在革命前，比方说1925年，你已经成人了，你觉得在你的回忆中，1925年的生活比现在是好一些呢，还是糟糕一些呢？如果你可以选择的话，你是希望生活在那时候还是现在？"

那个老头若有所思地看着飞镖盘。他喝完了啤酒，喝得比刚才慢了一些。当他开口说话的时候，他的神态宽容而深思熟虑，似乎啤酒让他宁静了下来。

"我知道你想要我怎么回答。"他说道，"你希望我说，要是我能再年轻一回会怎么样。如果你去问别人，大部分人都会说他们恨不得再年轻一回。年轻人身壮力健，多好。等你到了我这把年纪，你就知道是什么滋味了。我腿脚不好，膀胱有毛病，一晚上要起六七次床。但说归说，年老也有年老的好处。你不会再有那些烦恼。不需要找女人，这可是件大好事。我已经有三十年没碰过女人了，信不信由你。而且，我也没有找女人的心思了。"

温斯顿后仰着靠在窗台上。再说下去也没有用。他正准备再买两杯啤酒时，那个老头突然站起身，迈着碎步急匆匆地跑进酒吧边上那间臭烘烘的厕所里。那额外的半升啤酒已经对他起作用了。温斯顿坐在那儿，盯着他的空酒杯看了一两分钟，还没等自己意识过来，他已经走在街道上了。他心想，最多二十年之后，"革命之前的生活比起现在是好是坏"这个重大而简单的问题将再也没办法回答。但事实上，即使是现在也回答不了这个问题，因为从旧社会存活下来的为数不多的人并没有能力去比较两个时代。他们记得上百万件不相干的事情：和工友吵架、寻找丢失的单车充气泵、一个久已不在人世的姐妹脸上的表情、七十年前一个早上刮起了旋风，而所有重要的事实他们却视而不见。他们就像蚂蚁，能看见细小的东西，却看不到宏大的事物。当记忆无能为力，而书面的记录都经过篡改的时候——当这些事情发生的时候，你只能接受党的说法：人类的生活条件已经得到了改善，因为根本不曾存在，也永远不可能存在任何衡量的标准。

这时，他的思绪突然停止了。他停下脚步，抬头看了一下。他正在一条窄巷里，旁边有几间阴暗的小店，散布于民居当中。他的头顶上方有三个褪色的金属球，看上去似乎曾经镀过一层金漆。他似乎认得这个地方。当然认得！他就是站在这间旧货店外面买了那本日记本的。

他的心里很害怕。从一开始，买日记本就是鲁莽的举动，他发过誓不会再走近这个地方。但是，他稍一走神，他的脚就自发带他回到了这里。他开始记日记就是希望能防止这种自杀冲动。与此同时，他注意到，虽然已经快二十一点了，但这间店还在营业。他觉得在人行道上流连比走进店里更加容易惹人怀疑，于是走进门道里面。如果被人盘问的话，他就搪塞说他过来看看有没有刮胡刀卖。

老板刚刚点着了悬挂着的油灯，灯里散发出一股不干净但很友好的味道。他是个年近六旬的老人，年老体衰，弓腰驼背，鼻子很长，看上去很亲切，温和的眼睛被厚厚的眼镜扭曲了。他的头发几乎都白了，但眉毛还很浓密乌黑。他的眼镜、他那温和而忙乱的举止和那身陈旧的黑天鹅绒外套让他看上去有点知识分子的气息，似乎他是个饱读诗书的文人，又或许是个音乐家。他的声音很柔和，但有点嘶哑，而且他的口音不像大部分无产者那么粗俗。

"您在人行道上我就认出来了。"他立刻说道，"您是那位买了那本年轻太太的纪念册的绅士。那本纪念册用的是好纸，确实如此。以前叫奶油纸。像那样的纸已经不再制造了——噢，我敢说有五十年了。"他从眼镜的上方打量着温斯顿，"有什么我可以为您效劳的吗？或者说，您只是想随便看看？"

"我只是路过。"温斯顿含糊地说道，"进来看一看。没什么特别想买的。"

"那也没关系，"店主说道，"因为我想我没什么东西可以令您满意。"他挥了挥柔软的手掌以示歉意。"您看到这里的情况了，您可以说这是一间空店。告诉您一个秘密，古董买卖行将末路了。再也没有人要买东西，也没有库存了。家具、瓷器、玻璃器皿，东西都被砸坏了。当然，那些金属器皿大部分被熔掉了。我已经好几年没见过一个黄铜烛台了。"

事实上，狭小的房间里堆满了东西，让人觉得不舒服，但几乎没有稍微值钱一点的东西。地板的空间非常挤，因为四面墙边都堆放着不计其数、积满了灰尘的画框。橱窗里摆放着几个盘子，上面放着螺钉和螺母、钝了的凿子、破了刃的铅笔刀、根本连走都不走了的生锈的手表，还有其它杂七杂八的垃圾货色。不过，角落里的一张小桌子上倒是摆着一些小玩意儿——涂漆的鼻烟盒、玛瑙胸针什么的——看上去似乎会有什么有趣的东西在里面。温斯顿朝那张桌子走去，他的目光落在一样圆溜溜的东西上，在灯光下它闪烁着柔和的光芒。他把那东西拿了起来。

那是一块厚重的玻璃，一面是弧形的，另一面是平的，几乎呈半球状。这块玻璃的色泽和纹理显得特别柔和，就像雨水一样。在最里面，有一样奇怪的粉红色盘旋状的物体，被弧形的表面放大了，像一朵玫瑰花，又像是一朵海葵。

"这是什么？"温斯顿问道，他觉得很着迷。

"那是珊瑚，是的。"老人回答，"应该是来自印度洋，以前总是拿来镶嵌在玻璃里面。那东西起码得有上百年了，看样子或许还更有年头。"

"真是漂亮。"温斯顿说道。

"确实很漂亮。"店主带着欣赏的神情说道，"但现在这种东西不多了。"他咳了一下，"好吧，如果您刚好想把它买下的话，要价是四块钱。我记得这件东西原本卖八英镑，八英镑是——嗯，我算不出来，但那可是不菲的价格。但现在还有谁在乎真正的古董呢——即使是剩下的为数不多的那几件？"

温斯顿立刻付了四块钱，把这件心所向往的东西放进口袋里。这东西吸引他的并不是它外表的美，而是它似乎拥有一种不同于当前这个时代的气质。这块柔和如雨水的玻璃和他以前见过的玻璃很不一样。这东西之所以吸引他，是因为它看似一无用处。不过他可以猜测出这东西原本应该是个镇纸。他的口袋里沉甸甸的，但幸运的是没有突起一大块。作为一个党员，拥有这么一件东西是很奇怪，甚至是背叛原则的事情。任何古老而漂亮的东西都是可疑的物品。收下那四块钱，老头似乎开心多了。温斯顿意识到他原本三块钱，甚至两块钱就愿意出售。

"楼上还有一间房，您介不介意看一看？"他说道，"没什么东西，就几件古董。要是上去的话我们可以把灯点着。"

他又点了一盏灯，弓着背慢慢地引着路上了陡峭而腐朽的楼梯，沿着一条狭窄的走廊来到一个房间。房间没有对着街道，不过可以看到铺着鹅卵石的院子和林立的烟囱。温斯顿注意到房间里家具的摆设很有居家气息。地板上有一块地毯，墙上挂着一两幅画，壁炉边还有一张让人慵懒地深陷进去的扶手椅。一个玻璃面板刻着十二小时的老式时钟正在壁炉上面滴答滴答地走着。窗户下面有一张大床，几乎占据了房间四分之一的面积，上面还铺着床垫。

"我们一直住在这儿，直到我妻子死去。"老人略带歉意地说道，"我把家具一点一点变卖掉。现在只剩下一张漂亮的桃花心木睡床，如果你能把臭虫赶掉的话至少会是一张好床。不过我敢说你会发现它有点笨重。"

他把灯高高举起，照亮了整个房间，在昏暗柔和的灯光下，房间看上去特别诱人。温斯顿心里掠过一个念头，或许以几块钱一周的价格租下这里是一件很轻松的事情，如果他敢冒这个险的话。这是一个不可能实现的疯狂想法，甫一想起就立刻被否决了，但这个房间勾起了他心中某种向往之情，某种遥远的回忆。他似乎知道坐在这么一个房间里会有怎样的感觉：坐在火堆旁边的扶手椅上，脚搁在壁炉的围栏上，铁架上摆着一个水壶，享受孤独而安宁的感觉，没有人在注视你，没有声音在烦你，只有水壶烧水的声音和时钟友好的嘀嗒声。

"这里没有电屏！"他忍不住喃喃自语。

"啊，"老头说道，"我从来没装过那种东西。太贵了。而且我觉得似乎没有那个必要。现在角落那边有一张蛮好的折叠脚桌子。当然，想折叠起来的话你得装上新的铰链。"

另一个角落里有一个小书架，温斯顿已经被吸引过去了。上面除了垃圾什么也没有。搜书毁书的行动在各个地方执行得很彻底，连无产者居住的区域也不例外。在大洋国任何一处地方都很难找到一本 1960 年前印刷的书。老头仍举着灯，站在壁炉另一边一幅镶着檀木画框的画作前，正对着床。

"哦，如果您刚好对旧画作感兴趣的话——"他轻声细语地说道。

温斯顿走了过来，端详着画作。那是一幅钢版雕刻画，画着一座椭圆形的建筑，有长方形的窗户，前边还有一座小塔楼。建筑四周围着栅栏，后边似乎有一座雕像。温斯顿看了一会儿，这幅画似乎有点熟悉，但他不记得那座雕像。

"画框钉在墙上了。"老头说道，"但我可以帮您取出来，我保证可以。"

"我认识那座建筑。"温斯顿最后说道，"现在已经是废墟了。就在司法殿外面的街道正中间。"

"是的，就在法庭外面。被炸弹炸毁了——噢，很多年前的事了。它曾经是一座教堂，名字叫圣克莱蒙·丹尼斯教堂。"他带着抱歉的笑容，似乎想起了什么有点好笑的事情，补充说道："钟声传自圣克莱蒙，说着橘子和柠檬！"

"什么意思？"温斯顿问道。

"噢——'钟声传自圣克莱蒙，说着橘子和柠檬。'那是我小时候的一首童谣。怎么唱的我忘记了，但我知道最后一句，'蜡烛引你到床头，落下斧子砍掉头。'就像舞蹈一样。他们伸出手臂让你从下面钻过去，当他们唱到'落下斧子砍掉头'时就会把手落下来将你逮住。歌谣里尽是教堂的名字，伦敦所有的教堂都在里头——是所有主要的教堂。"

温斯顿猜想这座教堂建于哪个世纪。要确定伦敦一幢建筑物的年份总是很困难的事情。任何宏伟壮观的建筑物，只要外观看上去比较新，就会被宣称是革命之后才修建的，而任何一看就知道是革命之前就有的建筑，则被归为虚无飘渺的中世纪的遗址。资本主义时期的那几个世纪被认为没有创造出任何有价值的东西。和书本一样，一个人别想从建筑风格中了解到任何历史。雕像、铭文、纪念碑、街名——任何可能让人了解过去的线索都被窜改了。

"我还不知道它曾经是座教堂。"他说道。

"事实上，还有很多这样的建筑遗留了下来。"老头说道，"但都被改作其它用途了。嗯，那首童谣是怎么唱来着？啊！我想起来了！

'钟声传自圣克莱蒙，说着橘子和柠檬。

钟声传自圣马丁，说你欠我三法新。'

我就只记得这么多了。法新是一种小铜币，跟一分钱硬币有点像。"

"圣马丁教堂在哪儿？"温斯顿问道。

"圣马丁教堂？它还在。在胜利广场那里，就在画廊隔壁，前面有一个三角形门廊、几根柱子和一段宽阔的台阶。"

温斯顿熟悉那个地方。那是一座博物馆，用来进行各种宣传展示活动——等比例缩小的火箭炸弹、漂浮要塞、展现敌人暴行的蜡像雕塑等等。

"那里原本叫做'农田里的圣马丁教堂'，"老头补充道，"但我不记得那里有农田。"

温斯顿没有买下那幅画。这可比那个玻璃纸镇更惹人注意，而且根本不可能带回家，除非把它从画框里拆下来。但他多待了几分钟，和那个老头聊天。他了解到老头的名字不是威克斯——店面上的字写着是威克斯——而是查林顿。查林顿先生六十三岁，似乎是个鳏夫，经营这间小店有三十年了。在此期间他一直想把橱窗上的名字改过来，但从未付诸行动。两人谈话的时候，那首只记得一半的童谣一直在温斯顿的脑海里回荡。"钟声传自圣克莱蒙，说着橘子和柠檬。钟声传自圣马丁，说你欠我三法新！"太好玩了，当你自言自语的时候，你似乎真的听到了钟声。在伦敦这座失落的都市，那几口钟仍然散落在这里或那里，改头换面，被人所遗忘。从一座幽灵般的塔楼到下一座塔楼，他似乎听到了钟鸣的声音，虽然在他的回忆中，他这辈子从未听到教堂的钟声响过。

他告别查林顿先生，独自走下楼梯，不想让这个老人看到他在走出店门之前鬼鬼祟祟侦察街道的样子。他已经打定了主意，等过一段时间——比如说一个月吧——他会冒险再光顾这间小店。这或许比逃避社区中心晚上的活动更加危险。买了那本日记本，而且在根本不知道店老板信不信得过的情况下，又干了这么一件蠢事。然而——！

是的，他心里想着他会再回来一趟。他会再买些漂亮但没有用处的东西。他会买下那幅圣克莱蒙·丹尼斯教堂钢版雕刻画，从画框里取下来，然后藏在制服外套下面带回家。他会让查林顿先生把整首童谣给回忆起来。就连租下房间这个疯狂的想法也时而在他的脑海里浮现。有大约五秒钟的时间，欢快的情绪让他忘乎所以，放松了警惕，没有往窗户外面张望一眼就走到人行道上。他甚至开始哼起即兴的调子，

"钟声传自圣克莱蒙，说着橘子和柠檬。钟声传自圣马丁，说你欠我——"

突然间，他的心似乎凝成了冰块，而肠子似乎化成了水。一个穿着蓝色制服的人影正从人行道那边走了过来，距离不到十米。就是那个来自虚构处的黑发女孩。灯光很昏暗，但认出她并不难。她直视着他的脸，然后继续快步走着，就像没看到他一样。

温斯顿全身僵住了几秒钟，挪不了步子。接着他拐往右边，迈着沉重的步子走了开去，一时没有注意到自己走错了方向。不管怎样，有一个问题得到了解答。现在他清楚地知道那个女孩在跟踪他。她一定是跟踪他到这儿来的，因为根本不可能有这么凑巧的事情：她刚好在同一天晚上出来散步，刚好来到同一条与党员们居住的区域相隔几公里远的昏暗后街。这也未免太巧合了。她到底是思想警察的密探，还是只是一个好管闲事的业余间谍都无关紧要。她在监视他，这就够要命的了。或许她还见到了他走进酒馆。

走路变得很艰难。每走一步口袋里的那块玻璃都会撞着他的大腿，他很想把它拿出来扔掉算了。最糟糕的是他的肚子疼得要命。有几分钟他感觉如果再不去厕所的话他就会死掉。但像这样的城区没有公厕。然后阵痛过去了，留下隐隐作痛的感觉。

这条路是死胡同。温斯顿停下脚步，站了几秒钟，心里思索着该怎么办，然后转身开始顺原路回去。这时他想到和那个女的擦肩而过不过是三分钟之前的事情，如果他跑过去的话，或许可以赶上她。他可以跟踪她，等走到一处僻静的地方就拿一块鹅卵石砸烂她的脑袋。他口袋里那块玻璃的分量就足以拿来当凶器。但他立刻放弃了这个想法，因为哪怕只是想一想任何需要付出体力的事情，他都觉得受不了。他根本跑不动，无力施暴。而且她年轻力壮，能保护自己。他还想快点赶去社区中心，在那儿呆到关门为止，这样就能勉强制造不在场证据。但这也是不可能的事情。他觉得非常倦怠，只想赶快回家，然后坐下来静一静。

回到家时已经过了二十二点。二十三点三十分大楼就会熄灯。他走进厨房，喝了几乎满满一茶杯胜利牌杜松子酒。然后他走到凹陷处的桌子那里，坐了下来，从抽屉里拿出日记本。但他没有立刻打开。电屏里传出一个女人刺耳的声音，正在尖声高唱着一首爱国歌曲。他坐在那儿，盯着日记本大理石花纹的封面，想将歌声从意识中摈除出去，但根本没有用。

他们会在晚上过来抓你，总是在晚上。在他们抓到你之前，你最好自杀。毫无疑问，有些人就是这么做的。许多失踪其实是源于自杀。但在一个根本无法找到枪支或快速而致命的毒药的世界里，自杀需要莫大的勇气。他有些惊讶地想到疼痛和恐惧这两个生理功能真是毫无意义，以及当一个人需要努力挣扎的时候身体总会发僵这一恼人的情况。假如他动作快点的话，他可以将那个黑发女孩杀人灭口，但由于情况极度危险，他失去了反应的能力。他意识到，危机到来时，你要与之战斗的不是外部的敌人，而是自己的身躯。即使到了现在，虽然喝了杜松子酒，他的肚子仍在隐隐作痛，连保持思维连贯都做不到。他发现，在一切有壮烈或悲剧色彩的场景中，情况都是这样的。在战场中、在刑房里、在沉船上，你为之奋斗的事情总是会被忘记，因为你的身体膨胀起来，充斥整个宇宙。即使你没有因为恐惧而吓得全身麻木或痛苦得尖声哀号，你的生活也会变成一场时刻不停地与饥饿、寒冷、失眠、胃酸或牙疼作斗争的噩梦。

他打开日记本。写下一些东西很重要。电屏里的那个女人开始唱一首新歌。她的歌声似乎钻进了他的大脑中，像锯齿状的玻璃碎片。他试着去想奥布莱恩，日记是为了他或给他看才写的，但他开始幻想思想警察把他抓走之后会发生什么事情。要是他们当场把你杀掉那还好，杀身成仁是你所期盼的事情。但在死之前（没有人说过这些事情，但每个人都知道），你得经历招供的例行程序：在地板上匍匐蠕动，哀号求饶，你的骨头被打断，牙齿被打掉，头发上沾满了血痂。

既然结果都是一样的，为什么你得忍受酷刑？为什么不能提前几天或几周了结自己的生命？没有人能逃脱侦查，没有人能不招供罪行。一旦犯了思想罪，你就在劫难逃。为什么以后一定要去经历那番恐惧，既然它改变不了什么？

他又试着回忆奥布莱恩的样子，这一次比刚才成功了一些。奥布莱恩曾经对他说过："我们将在没有黑暗的地方相遇。"他知道这句话是什么意思，或者说，他以为自己知道。没有黑暗的地方指的是想象中的未来，永远无法亲眼目睹，但通过先知先觉，你能以某种神秘的方式参与其中。但电屏的声音一直在他的耳边缭绕，他无法继续思考。他把一支烟放进嘴里。一半烟草立刻掉到他的舌头上，带着一点灰尘，很难将其吐出来。老大哥的脸浮现在他的脑海中，取代了奥布莱恩的脸。就像几天前他所做的一样，他从口袋里掏出一个硬币，端详着它。那张脸在看着他，神情凝重而平静，就像一尊守护神。但是，隐藏在黑色的八字胡后面的到底是怎样的微笑呢？那几句话就像一口丧钟的钟声回到他的心头：

战争即和平

自由即奴役

无知即力量

第二部

第一章

现在是上午中段，温斯顿离开他的小隔间去上厕所。

灯火通明的长长的走廊那头，一个孤独的人影正朝他走来。是那个黑发女孩。自从那天晚上他在旧货店外面碰见她之后，已经四天过去了。当她走近时，他看到她的右臂挂在吊带上，距离远一点的时候不大显眼，因为吊带和她的制服颜色一样。或许她在捣鼓一台专门草拟小说情节的大型万花筒时把手给压折了。这种事故在虚构处经常发生。

两人相距约莫四米远时，那个女孩脚步踉跄了一下，几乎面朝下栽倒在地。她痛苦地惨叫一声。她摔倒时一定刚好碰到了受伤的右臂。温斯顿停下脚步。那个女孩跪在地上，脸色蜡黄，衬得她的嘴唇更加鲜红。她的眼睛直勾勾地盯着他，眼神楚楚可怜，看上去似乎害怕多于疼痛。

温斯顿的心里涌起一股奇怪的感觉。在他面前是个一心想毁掉他的敌人，但又是一个正忍受着或许是骨折痛楚的女人。他本能地走上前想对她施以援手。在他看到她那缠着绷带的右臂摔到地上时，他自己也似乎感同身受。

"你受伤了？"他问道。

"没事。摔到胳膊了。过一会儿就好。"

她说话时似乎心在怦怦乱跳，脸色变得非常苍白。

"你没摔着吧？"

"没事，我很好。痛一阵子就过去了。"

她朝他伸出那只没受伤的手，他拉着她站起身。她的脸恢复了一丝血色，看上去好多了。

"没事。"她重复了一遍，"只是手腕撞了一下。谢谢你，同志！"

道完谢之后，她继续朝原来的方向走去，脚步依然很轻快，似乎什么事也没有发生。整件事的过程或许还不到半分钟。对他们来说喜怒不形于色已经成为本能般的习惯，而且这件事发生时两人就站在一面电屏前边。但是，要想掩饰那一刹那的惊愕实在是很不容易，因为在他搀扶女孩起来那不到两三秒钟的时间里，她往他的手里塞了一个东西。显然，她是故意摔倒的。那个东西很小很扁，经过厕所时他将它塞进口袋里，用指尖摸索着。那是一张纸条，折成了一个小方块。

站在小便器前边时，他用手指将纸条打开。显然，上面应该写了字。他很想拿着纸条走进一间厕位，立刻读一读上面写了什么。但他心里很清楚那是非常愚蠢的事情。你不知道哪个地方不被电屏时刻不停地监视着。

他回到自己的小隔间，坐了下来，把那张纸条随意地塞进桌子上其它纸条里面，戴上眼镜，把讲写器拉到身前。"五分钟，"他告诫自己，"五分钟，起码得等上五分钟！"他的心在胸膛里怦怦乱跳，发出惊人的巨响。幸运的是，他手头这件工作只是例行公事——对长长一列数字进行修正，不需要精神高度集中。

纸上所写的内容一定与政治有关。他觉得只有两种情况。第一种情况更有可能，那就是，正如他所害怕的，那个女孩是思想警察的密探。他不知道为什么思想警察要选择以这种方式传递信息，但他们一定有他们的理由。上面所写的内容可能是一则威胁、一张传票、一条自杀命令、一个陷阱。但还有一种情况，虽然可能性不大，虽然他徒劳地想要将其强压下去，但它的声音依然一直在脑海里回荡。那就是，这则信息根本不是思想警察传达给他的，而是来自某个地下组织。或许兄弟会真的存在！或许那个女孩就是兄弟会的成员！毫无疑问，这个想法很荒唐，但当纸条塞进他的手里时，他的脑海中就掠过了这么一个念头。过了几分钟，他才想到前一种更合理的解释。即便到了现在，虽然他的理智告诫自己这则信息或许意味着死亡——但他依然不相信会是这样，仍然怀着不切实际的希望，心里怦怦乱跳。他好不容易才控制住自己的声音不至于发颤，对着讲写器念出那一连串数字。

他把业已完成的文稿卷起来，放进气动输送管里。八分钟过去了。他扶好搭在鼻梁上的眼镜，长叹一声，将下一批工作文件拿过来，那张纸条就搁在上面。他摊开纸条，上面以稚嫩的大字写着：

我爱你

他惊诧莫名，足足愣了好几秒钟，甚至没有想到将这足以罗织罪名的东西扔进记忆洞里。等到他把纸条扔进记忆洞里时，虽然他清楚地知道流露出太大的兴趣非常危险，但他无法抵制住再读一遍的诱惑，想再确认一下上面真的写了那三个字。

那天上午接下来的时间，他根本没有心思工作。比专注于一连串琐碎工作更困难的是，他必须对着电屏掩饰他的激动。他觉得似乎肚子里燃烧着熊熊烈火。在那间闷热、拥挤而嘈杂的食堂里吃午饭成了一种折磨。他原本希望吃午饭时能独自清静一会儿，但运气真是糟糕，那个白痴帕森斯就坐在他旁边，身上的汗臭味几乎将炖汤的味道完全掩盖了。他不停地谈论着仇恨周的筹备工作。他特别热衷于一个纸扎的老大哥头像模型，那东西宽达两米，将由他女儿那组少年侦察队动手制作。令人心烦的是，周围那么多人七嘴八舌地说话，温斯顿根本听不清楚帕森斯在说些什么，总是不得不让他再复述一遍那些无聊的言语。他只看到那个女孩一眼，和另外两个女孩坐在食堂远端的一张桌子旁边。她似乎没有看见他，而他也没有再朝那个方向望去。

下午的情况好多了。刚吃完午饭就来了一份很困难细致的工作，需要心无旁骛干上几个小时才能完成。他要修正几份两年前的生产报告，对内部党员圈中某位如今前途黯淡的大人物发起攻诘。温斯顿很擅长这种工作，他将那个女孩从脑海里摈除出去，这种状态维持了足足两个多小时。然后，他记起了她的脸，心里燃起一股无法抑制的希望独处的迫切冲动。他必须独处，否则他没办法想清楚这一番柳暗花明的新变化。今晚他得去社区中心。在食堂里他狼吞虎咽地吃完索然无味的晚饭，匆匆赶到社区中心，参加庄严而愚蠢的"讨论小组"活动，打了两局乒乓球，喝了几杯杜松子酒，坐了半个小时听一场名为《英社与象棋》的讲座。他觉得实在是很无聊，但他一次也没有想到过逃避社区中心的活动。看到"我爱你"那三个字，他的心中洋溢着活下来的愿望，他突然觉得为一些琐事而冒险是那么傻气。直到二十三点钟他才回到家里，躺在床上——在漆黑中只要你默不作声，即使对着电屏也是安全的——他可以不受干扰地琢磨事情。

有一个实际问题亟待解决：如何与那个女孩接触，并安排和她见面。他不再去想会不会是她布下圈套想害他。他知道这不会是陷阱，因为从她给他递纸条时那明确无疑的激动表情就可以知道这一点。显然，她自己吓得半死。他根本没有想过拒绝她的求爱。五天前他还在幻想着拿一块鹅卵石砸破她的脑袋，但那已经不重要了。他幻想着在梦中见过的她那年轻赤裸的身躯。他曾经认为她是一个傻瓜，和其他人没什么两样，头脑里装满了谎言和仇恨，心肠冷若冰霜。想到他或许会失去她，那个白皙年轻的身躯或许会从他身边溜走，他就觉得心急火燎！他最害怕的事情莫过于，要是他没有赶快和她联系的话，她可能会改变心意。但要安排两人见面实在是太困难了。这就像下象棋时在被人家将死的情况下还要走一步棋一样。无论你走到哪儿，电屏总是在监视着你。事实上，读完那张纸条五分钟内他就设想了一切与她取得联系的方式，但现在他有充裕的时间进行思考，他一一思索着这些联系方式，仿佛正把一堆工具摆放在桌子上一样。

显然，像今天早上那样的见面不可能重演。要是她在记录司工作的话情况会相对简单一些，但他不是很清楚虚构司的楼层位于哪里，而且他也没有借口去那里。要是他知道她住在哪儿，她什么时候下班，他或许能想方设法在她回家的路上和她见面。但尾随她回家不安全，因为这意味着在真理部外面游荡，肯定会引起怀疑。至于寄信，这想都不用想。写信已经没有秘密可言，所有的信件在递送过程中都会按照惯例被拆开来。事实上，很少有人会写信。至于有时候非要写信捎话，他们会寄打印好的明信片，里面有大段大段的内容，然后你再把不相关的话给剔除掉。而且他不知道那个女孩的名字，也不知道她的地址。最后他认为食堂是最安全的地点。如果他能和她单独坐一张桌子，就在食堂的中间，别离电屏太近，周围响着嗡嗡嗡的说话声——如果这种情况能持续三十秒的话，他们或许可以聊上几句。

这件事发生后的一星期里，生活就像一个无休止的梦境。第二天直到他要走了，她才来到食堂，这时哨声已经吹响了。或许她被调到晚班了。两人经过时没有看对方一眼。之后的那天她在往常的时间来到食堂里，但和三个女孩在一块儿，而且就坐在电屏下边。接下来的三天她根本没有出现。他的整个身心似乎敏感得让他无法忍受，近乎透明，让每个动作、每个声音、每个接触、他不得不说或不得不听的每个字都变成了一种痛苦。就算在睡梦中他也无法摆脱她的倩影。那几天他没有打开日记本。工作成了他的寄托，能让他连续不断地忘记自我十分钟。他根本不知道她到底出了什么事情。他不能去打听消息。或许她已经人间蒸发了，或许她已经自杀了，或许她被调派到大洋国的边疆，而最糟糕也是最有可能的是，她已经改变心意了，决定避开他。

之后的那天她又出现了。她的手臂没有挂着吊带，手腕的部位包了一圈石膏。见到她让他觉得心头的大石终于落了下来，忍不住直勾勾地盯着她看了几秒钟。再接下来的那天，他几乎就能和她搭上话了。当他走进食堂时，她正独自坐在离墙很远的一张桌子那里。时间还早，食堂里人不是很多。队伍慢慢向前挪，温斯顿就快到柜台那里了，这时队伍停了两分钟，因为前面有人在抱怨没有分到糖精片。但当温斯顿拿到他那碟饭菜，朝她那张桌子走过去时，那个女孩仍独自一人。他神态自若地朝她走去，眼睛搜寻着她身边那张桌子有没有空位坐。

两人的距离只有三米远，再过两秒钟就行了。这时身后有人在叫他，"史密斯！"他假装没有听见。"史密斯！"那个声音喊得更大声了。伪装是没有用的。他转过身。那是一个长得很傻帽的金发青年，名叫威尔什，两人其实不是很熟。威尔什正邀请他到自己那张桌子的空位那里去。拒绝可不安全。被认出来之后，他不能再去和一个单身女孩搭台，那样太引人注意了。他露出友好的笑容，坐了下来。那张长着一头金发、傻乎乎的脸也冲他笑着。温斯顿幻想着自己拿着一把斧头将那张脸从中间劈开。几分钟后，有人到那个女孩子的桌子那里搭台。

但她一定看见他朝她走去，或许她知道这意味着什么。第二天，他刻意早到食堂。她果然坐在几乎相同位置的一张桌子那里，而且又是独自一人。队伍里头排在他前面的那个人是个动作敏捷的小个子，长得像只甲虫，扁平的脸上长着两只猜忌狐疑的小眼睛。温斯顿拿着托盘转过身，看到那个小个子正径直朝那个女孩的桌子走去。他的希望又破灭了。在更远处的一张桌子那里有一个空位，但看上去那个小个子打定了心思要找一张最空的桌子让自己坐得舒服一些。温斯顿跟在他后面，心里瓦凉瓦凉的。如果他不能和那个女孩子单独相处就没有意义了。这时传来一声巨响。那个小个子摔了个四仰八叉，盘子飞掉了，汤水和咖啡在地板上留下两道痕迹。他挣扎着爬起来，狠狠地瞪了温斯顿一眼，显然，他怀疑是温斯顿把他绊倒的。但什么事情也没有发生。五秒钟后，温斯顿忐忑不安地和那个女孩子坐在同一张桌子边。

他没有看她，放下盘子，立刻开始吃饭。赶在别人坐过来之前和她说话是最重要的事情，但他的心里怕得要死。自从那次她主动联系他已经过去一个星期了。或许她已经改变了心意，她一定已经改变了心意！这种事情是不可能有好结局的，这种事情是不会在现实生活里发生的。要不是他看到那个耳朵毛茸茸的诗人安普弗斯托着盘子在食堂里慢悠悠地打转，想找一个地方坐下来，他可能会吓得根本说不出话来。不知道为什么，安普弗斯有点喜欢温斯顿。要是被他看到的话，他肯定会到这张桌子边坐下来的。他只有一分钟的时间采取行动。温斯顿和那个女孩都在慢条斯理地吃着饭。他们吃的是很稀的炖汤，事实上那只是扁豆清汤。温斯顿压低声音，开始说话。两人都没有抬头，慢条斯理地用汤勺将稀汤舀进嘴里，在喝汤的间隙以低沉而毫无情感的语调交流几句最有必要表达的话。

"你几点下班？"

"十八点三十。"

"在哪儿见面？"

"胜利广场，纪念碑旁边。"

"那里到处是电屏。"

"要是人多就没关系。"

"有暗号吗？"

"不用。除非你看到我和很多人在一起，否则别靠近我。不要看着我，走在我身边就好。"

"几点钟？"

"十九点钟。"

"好的。"

安普弗斯没有看到温斯顿，坐在另一张桌子旁边。两人没有再说话，就像两个陌生人相对坐在同一张桌子边，没有再看对方一眼。那个女孩很快吃完午饭离开了，而温斯顿留了下来，抽了一支烟。

在约定的时间之前，温斯顿就来到了胜利广场。他在那根巨大的凹槽纹纪念柱的基座边转悠。最上方是老大哥的雕像，朝南而立，目光直指他曾经在一号空降带战役中消灭欧亚国战机的天空（而几年前那是东亚国的战机）。在前面的街道上有一尊骑士策马的雕像，据说这表现的是奥利弗·克伦威尔①。约定时间过了五分钟，那个女孩还没有出现。温斯顿再一次感受到那种可怕的恐惧感。她不来了，她已经改变心意了！他信步走到广场北面，认出那是圣马丁教堂，心里掠过一丝喜悦。这里的几口钟曾发出"你欠我三法新"的钟声。接着，他看到那个女孩站在纪念碑的基座那里，正在阅读一张绕着柱子螺旋上升的海报，或者她是在假装阅读。他得等到有更多人出现才能走近她，以策安全。山形墙下遍布着电屏。这时响起了叫嚷声，左边某个地方传来重型车辆逼近的声音。突然间大家似乎都在跑着横穿广场，那个女孩敏捷地绕过基座的几尊狮子雕塑，融入了人群。温斯顿跟在后面。他一边跑一边从叫嚷声中了解到，原来是一批欧亚国的囚犯正被押解过来。

　　广场南边已经人头涌动。换了是平时，温斯顿遇到任何混乱的场面就会本能地往外躲，这一次却拼命地往里面硬挤硬撞硬闯，直奔人群中心而去。很快他距离那个女孩只有一臂之遥，但一个体格庞大的无产者和另一个体格几乎同样庞大，应该是他妻子的女人挡住了他的去路，两人构成了一堵似乎不可逾越的人墙。温斯顿先是侧着身子往里面钻，然后猛地一顶，

---

①　奥利弗·克伦威尔（Oliver Cromwell，1599—1658），英国政治家、军事家，十七世纪英国资产阶级革命领袖人物，在英国内战中战胜国王查理一世，并将其处死，成立英联邦共和体制，被册封为英格兰、威尔士、爱尔兰、苏格兰护国公，掌握军政大权，于1658年病逝。

将肩膀插入两人中间。有那么一会儿，他感觉似乎五脏六腑被那两个肥厚多肉的大屁股给挤成了肉酱。然后他拼命挤了过去，出了一身汗。他来到那个女孩的身边。两人肩并肩站在一起，眼睛直勾勾地望着正前方。

长长一列卡车正缓缓驶过街头，神情木然的卫兵配备着冲锋枪，笔直挺立着守住每辆车的四个角落。卡车上，个头瘦小黄皮肤的囚犯穿着破旧的草绿色囚服，蹲坐着紧紧簇拥在一块儿。他们那悲伤的蒙古人种的脸庞木然地望着卡车的外边。卡车时不时颠簸一下，传来叮叮当当的金属声：所有的囚犯都戴着脚镣。满载着悲伤脸孔的卡车一辆接一辆地驶过。温斯顿知道他们就在眼前，但只能断断续续地看见他们。那个女孩的肩膀和肘部以下的小臂和他紧贴在一块。她的脸颊和他的脸颊贴得那么近，几乎可以感觉到她的体温。和在食堂里的情形一样，她立刻掌握了主动。她开始像刚才那样面无表情，嘴唇几乎没怎么动，嗫嚅着低声说起话来，周围的人声和卡车的轰隆声轻易地掩盖了她的声音。

"你听得见我说话吗？"

"听得见。"

"星期天下午你有空吗？"

"有空。"

"那听好了。你一定得记住。去帕丁顿车站——"

他惊讶地听到她以军事行动般的精确程度列明了他必须走的路线。乘半小时火车，出火车站左拐，沿马路走两公里，过一道顶梁不见了的大门，取小径横穿田地，再走一段长了青草的小路，再走一条灌木丛间的小道，见到上有青苔的枯树就是会合地点。地图似乎印在了她的脑袋里。"你都能记住吗？"

最后她喃喃问道。

"能。"

"你转左，然后转右，接着再转左。大门的上面没有顶梁。"

"好的。什么时候？"

"十五点钟。你可能得等一会儿。我会走另一条路去那儿。你真的全都记住了吗？"

"记住了。"

"那就赶快从我身边离开吧。"

她无须告诉他这么做。但两人都没办法从人群里挤出去。卡车仍在鱼贯而过，人们仍在津津有味地看热闹。一开始有几个人在发出嘘声，但那些都是站在人群里的党员，很快就停止了。全场的气氛只是很好奇。外国人，无论是来自欧亚国还是东亚国，都是某种奇怪的生物。他们从未见过穿着囚服之外其它衣服的外国人，而即使是囚徒也只是偶尔惊鸿一瞥。没有人知道他们会有怎样的下场，只知道有几个会被以战犯的罪名处以绞刑，而其他人就凭空消失了，或许被送进了劳改营。蒙古人种的圆脸被更具欧洲特征、长着胡须、肮脏疲惫的面孔所取代。胡子拉碴的颧骨上，那一双双眼睛直视着温斯顿的眼睛，有几双眼睛显得特别专注，然后就一掠而过。押送的车队快走完了。在最后一辆卡车上他看到一个老头，脸上覆盖着花白的毛发，笔挺地站立着，两只手腕交叉搁在身前，似乎他已经习惯了手腕被绑在一起。差不多是温斯顿和那个女孩告别的时候了。但在最后一刻，乘着人群仍然包围着他们俩，她的手摸到了他的手，轻轻将其握住。

两人手拉着手大约不到十秒钟，却似乎过了很久。他好整以暇，感受着她手上的每一寸细节。他摸到了修长的手指、秀气的指甲、起了几个老茧的手掌和手腕下面光滑的皮肤。摸着它他就知道它看上去是什么样子的。就在这时，他想起自己还不知道那个女孩的眼眸是什么颜色的。或许是棕色的，但有的黑发人种长着蓝色的眼眸。转过头看她会是非常不明智的举动。两人紧握着手，在人群的挤迫下没人看得见。他们静静地望着前面。与温斯顿的眼睛四目相投的不是那个女孩的眼睛，而是那个年迈囚犯的眼睛，透过乱蓬蓬的头发，哀愁地看着他。

第二章

温斯顿走在明暗不定的小径上，走到树枝分开的地方，就像步入一潭金色的阳光中。在他左边的树丛下长着一片风信子。空气似乎在亲吻着他的肌肤。今天是五月二日。林子深处传来鸽子咕咕咕的叫声。

他来得有点早。一路上没遇到什么困难。那个女孩应该很有经验，因此他也不像正常情况下那么害怕。她应该值得信赖，能找到一处安全的地方。大体上说，你不能以为到了郊区就比在伦敦安全。当然，这里没有电屏，但到处都有隐藏的麦克风，你的声音可能会被监听并辨认出来；而且，独自出行很难不引起注意。出行距离不超过一百公里不需要给护照盖章，但有时候巡逻队会在火车站转悠，只要有党员被他们发现，就会检查他们的文件，查问一些令人难堪的问题。不过，他没有遇到巡逻队，离开火车站后一路上他谨慎地往身后张望，确保没有被跟踪。火车上坐满了无产者，因为夏天到了，大家都像过节一样高兴。他搭乘的是一节硬座车厢，有一大家子，从牙齿掉光了的太奶奶到一个月大的小婴孩，把里面坐得满满当当的。他们下午准备到住在郊区的亲家那里串门，还毫无顾忌地告诉温斯顿要去弄点黑市黄油。

小路宽了一些，没过一会儿他来到了她告诉过他的小径，其实只是灌木丛间的一条供牲畜走的通道。他没有手表，但应该还不到十五点钟。脚下的风信子长得那么茂密，根本不可能绕开。他弯下腰，拾起几朵花，想消磨一点时间，而且他想采一束花，待会儿见面时送给那个女孩子。他采了一大束花，闻着那淡淡的、略微有点难闻的味道。这时，身后响起一个声音，吓得他手足冰凉，那绝对是树枝被脚踩到的声音。他继续采花，这是最明智的举动。来人可能是那个女孩，也有可能他一直都在被人跟踪。四处张望就是心里有鬼的表现。他采了一朵又一朵。一只手轻轻地搭在他的肩膀上。

他抬头一看，是那个女孩。她摇摇头，显然是警告他不要出声，然后穿过灌木丛，迅速引路沿着窄窄的小径走进林子里。显然，她走过这条路，因为她似乎是出于习惯地避开了湿软的地段。温斯顿跟在后面，仍然紧握着那束花。他的第一感觉是松了口气，但看着走在他前面那苗条而强壮的身躯，还有那条紧得刚好勒出她臀部曲线的猩红色腰带，自惭形秽的感觉就重重地压在他的心头。即使到了现在，她似乎也很有可能会转过身看他一眼，然后就打退堂鼓了。甜美的空气和青翠的绿叶让他有点害怕。从火车站出发这一路走来，五月的阳光让他觉得自己是那么肮脏憔悴，像一只宅居动物，皮肤的毛孔里堆积着伦敦的煤灰。他突然想到，直到现在她可能还从未在光天化日之下见过他的模样。他们来到她提到过的那棵倒下的枯树。那个女孩跳过枯树，将看似没有开口的灌木丛一把推开。温斯顿跟在后面，发现两人置身于一处天然的空地。这是一座小小的草丘，周围是高高的树苗，将其遮掩得严严实实。那个女孩停下脚步，转过身来。

"我们到了。"她说道。

两人面面相觑，距离只有几步远，但他不敢走近她。

"我不想在路上说话，"她继续说道，"担心那里可能藏着麦克风。我认为可能没有，但也可能有，说不定会被那些猪猡中的一头听出你的声音。到了这儿我们就安全了。"

他仍然没有勇气接近她，傻兮兮地重复了一句："到了这儿我们就安全了吗？"

"是的。看看这些树。这些都是白蜡木，曾经被砍倒，现在又长成了一片树林。每一棵树都不及手腕粗，根本不足以藏匿麦克风。而且我以前来过这儿。"

两人只是在说话。现在他总算能鼓起勇气接近她了。她笔挺地站在他面前，脸上露出微笑，看上去有点嘲讽的意味，似乎她正在疑惑着他怎么迟迟不采取行动。那些风信子花散落一地，两人似乎不由自主地倒了下来。他拉着她的手。

"你相信吗？"他说道，"直到此刻我才知道你的眼睛是什么颜色的。"他注意到那是棕色的，而且颜色很浅，眼睫毛颜色很深。"现在你已经看到我真正的模样了，你觉得我难看吗？"

"不难看。"

"我三十九岁了。我有一个无法解除关系的妻子。我患了静脉曲张，装了五颗假牙。"

"我不在乎。"那个女孩说道。

接下来，说不清楚是谁主动，她已经身处他的怀抱中了。一开始的时候他什么也感觉不到，只觉得这太不可思议了。她那年轻的身躯紧紧地贴着他的身躯，浓密的黑发摩挲着他的脸庞。噢！她仰着脸，他正亲吻着她那宽阔而红润的嘴巴。她的手臂搂着他的脖子，叫他"亲爱的"、"宝贝"和"情哥哥"。他把她拉到地上，而她根本不加抵抗，由得他对她为所欲为。但事实上他没有肉体上的快感，只是觉得触摸到了她，只是觉

一九八四　　119

得不可思议和自豪。他很高兴能一亲芳泽，但他并没有肉体上的欲望。事情来得太快了，年轻貌美的她让他心里很害怕。他习惯了没有女人的生活——他不知道为什么会这样。那个女孩起身掇拾了一下，将一朵风信子从头发里拣出来，挨着他坐了下来，双臂搂着他的腰。

"不要紧，亲爱的。不用着急。我们有整整一个下午。这是个绝好的藏身之处，不是吗？有一次集体远足的时候我发现了这里。要是有人走近的话，一百米外你就可以察觉。"

"你叫什么名字？"温斯顿问道。

"朱莉娅。我知道你叫温斯顿——温斯顿·史密斯。"

"你怎么知道的？"

"我想我侦察信息的能力要比你强，亲爱的。告诉我，当我给你递纸条时你是怎么看我的？"

他不想对她说谎，而且，先把最糟糕的一面说出来不失为一种示爱的手段。

"我讨厌看到你。"他说道，"我想强奸你，然后把你杀掉。两周前我还想着拿一块鹅卵石将你的脑袋砸烂。如果你真想知道的话，我以为你和思想警察是一伙儿的。"

那个女孩开心地笑了，显然觉得这句话是对她伪装得那么好的赞美。

"我怎么会是思想警察！你不是真的这么想吧？"

"嗯，那倒不尽然，但你的样貌——因为你年轻、健康、朝气蓬勃，你懂的——我觉得或许……"

"你以为我是一个好党员，言行纯洁，参加升旗仪式、游行、喊口号、体育比赛和集体远足什么的。你觉得一有机会我就会告发你是思想犯，把你害死是吧？"

"是的，我就是这么想的。许多年轻女孩子都是这样，你知道的。"

"都怨这该死的东西。"她说道，摘下那条青年反性爱同盟的猩红色腰带，将其扔到一根树枝上。然后，摸到自己的腰似乎让她想起了什么，她从大衣口袋里掏出了一小块巧克力，掰成两半，一半给了温斯顿。还没接过手他就闻得出那不是普通的巧克力。那东西颜色很深，而且闪闪发亮，包着银箔。巧克力通常是暗棕色的，一碰就碎，吃起来的味道，怎么形容好呢？就像烧垃圾发出的烟味。但偶尔他会吃到像她拿来的这种巧克力。刚闻到它的香味就勾起了他难以道明的回忆，但这段记忆的情感很强烈，而且会触发痛苦。

"这东西你是从哪儿弄到的呢？"他问道。

"黑市那里。"她漫不经心地回答，"事实上，我是那种女孩——看上去是。我擅长体育，我是少年侦察队的中队长，我每星期有三个晚上到青年反性爱同盟做义工。我花了无数小时在伦敦到处张贴他们那些该死的传单。我总是担任游行队伍的旗手。我总是看上去热情洋溢，从不推卸责任。我总是和群众一起高呼口号。我只想说，这是自保的唯一途径。"

那块巧克力的第一块碎片在温斯顿的舌尖融化了。味道好极了。但是那段记忆依然在他的意识边缘徘徊，就像你在眼角瞥见一样东西，能明显感觉得到，但又看不清轮廓。他将这段回忆从脑海里驱走，只知道那是一件他虽然后悔但覆水难收的事情。

"你很年轻。"他说道，"你比我小十到十五岁。像我这样的男人有什么吸引你的呢？"

"是你脸上的一种气质。我觉得我值得冒一次险。我很会识别那些不合群的人。我一见到你就知道你和**他们**不一样。"

他们似乎指的是党员，特别是内部党员。提起他们这些人时，她肆无忌惮地公然表达自己的嘲讽和仇恨，让他觉得很不自在，虽然他知道在这里比在任何地方都安全。让他惊诧不已的是，她说起话来非常粗俗。党员是不应该说脏话的，温斯顿自己就很少说脏话，至少不会大声说出口。但是，只要朱莉娅一提到党，尤其一提到内部党员，就一定会用上那些你在穷街陋巷里看到的用粉笔写的那些字眼。他不讨厌这样。这只是她对党及其一切作风深恶痛绝的表现，而且似乎是很自然健康的事情，就像马闻到劣质干草会打响鼻一样。两人离开了空地，又走在斑斑驳驳的树荫下，只要地方宽得足以并肩而行就会以手臂互搂着腰。他注意到，那条腰带取下来之后，她的腰肢变得更加柔软婀娜。他们一直低声说话。朱莉娅说，出了空地后最好保持安静。很快他们就来到小林子边上。她拦住了他。

"别走进开阔地。可能会有人在监视。我们一直躲在树后面就不会有事。"

两人正站在榛子树丛的阴影下。阳光经过无数的叶子的过滤，晒在脸上仍觉得发烫。温斯顿眺望着远方的田野，望了好一阵子，好奇而诧异地发现自己认得这里。那是一片古老的牧场，牧草被啃得只剩根茬，一条小径蜿蜒横穿而过，到处有鼹鼠打的土洞。对面是参差不齐的树篱，榆树的枝条在轻风吹拂下微微颤动，茂密的叶子如同女子的秀发轻轻飘拂着。附近，虽然不在视野之内，肯定有一条小溪，注入绿色的池塘，里面有鲦鱼在悠游，不是吗？

"这附近是不是有一条小溪？"他低声问道。

"是的，确实有一条小溪。就在下一片田野的边上。里面有鱼，个头挺大。你可以看着它们躺在柳荫下的池塘里，摇晃着尾巴。"

"这简直就是黄金国度。"他喃喃自语着。

"黄金国度？"

"没什么，真的。有时候我在梦里见过这一幅风景。"

"看哪！"朱莉娅低声说道。

一只画眉栖息在不到五米外的一根树枝上，几乎和他们的脸部一样高。或许它没有看见他们。它在日光下，而他们躲在阴影里。它张开翅膀，然后仔细地将翅膀收拢，将头俯低了一会儿，似乎在向太阳顶礼膜拜，然后开始唱出动人的歌曲。在静谧的下午，歌声之嘹亮令人惊诧。温斯顿和朱莉娅搂在一起，入迷地倾听着。婉转曲折的歌声持续了好几分钟，从未重复过一次，似乎这只鸟有意在展现它美妙的歌喉。有时候它会停下几秒钟，伸展开翅膀，然后又收拢起来，鼓胀起长着斑点的胸膛，然后继续开始放声歌唱。温斯顿带着一丝敬意看着它。那只鸟在为了谁，为了什么而歌唱呢？没有伴偶，没有情敌在看着它。是什么促使它站在孤寂的林中无来由地放声歌唱呢？他怀疑附近就藏匿着一个麦克风。他和朱莉娅说话一直很小声，麦克风应该没有录下他们说了些什么，但它可能录下了画眉的歌声。或许，在窃听设备的另一头，某个长得像甲虫的小男人正入神地倾听着——倾听着那美妙的歌声。但渐渐地，歌声将一切思索逐出他的脑海。它就像某种流淌的液体，流进他的心田，和被树叶过滤的阳光夹杂在一起。他停止了思考，只让自己静静地感受着。在他的臂弯下，那个女孩的腰肢是那么柔软温暖。他将她转过身，两人胸膛贴着胸膛，两人的身子似乎融为一体。无论他的手摸到哪里，那里就像流水一样柔顺。两人的嘴紧紧贴在一起，这一次的感觉和刚才猛烈的亲吻感觉很不一样。当他们将脸颊分开时，两人都深深地叹了口气。那只鸟吓了一跳，扑腾着翅膀飞走了。

温斯顿的嘴唇凑到她的耳边。"来吧。"他低声说道。

"这儿不行。"她低声回答，"回藏身的地方去。那儿安全一些。"

很快两人顺着原路回到空地那里，路上偶尔踩到了几根小树枝。一走进白蜡树的小圈子内，她就转过身面对着他。两人呼吸急促，但她的嘴角边又挂着微笑。她站在那儿看了他一会儿，然后伸手拉开她那件制服的拉链。是的！就像他在梦里所看到的那样，就像他想象的那样迅速。她脱掉身上的衣服，而当她将衣服扔到一边时，她的姿态就是那么潇洒，似乎整个文明都为之倾覆。她的胴体在日头下闪烁着白光。但有那么一会儿他并没有去看她的身体，他的眼睛紧紧地盯着她的脸，那张脸上长着雀斑，露出淡然的勇敢微笑。他跪在她面前，拉着她的手。

"你以前做过这种事吗？"

"当然做过，好几百次了——嗯，总得有好几十次吧。"

"和党员做？"

"是的，基本上都是和党员做。"

"和内部党员做吗？"

"不，我可不和那些猪猡做。但很多人**愿意做**，假如他们有机会的话。内部党员可不像他们装出来的那么圣洁。"

他的心猛地一跳。这种事情她已经做过好几十次了。他希望那会是几百次——几千次。任何只要意味着堕落腐化的事情总会让他心生希望。谁知道呢，或许党的内部已经腐朽了，它所奉行的那吃苦耐劳和忘我奉献的精神其实只是掩盖其邪恶的伪装。他巴不得能将麻风或梅毒传播给所有党员！只要能将党腐蚀、削弱、破坏，什么事情他都愿意做！他拉着她跪下来，这样两人就脸对着脸跪在一起。

"听着，你有过的男人越多，我就越爱你。你明白吗？"

"是的，完全明白。"

"我痛恨纯洁。我痛恨美德！我不希望有任何美德存在于任何地方。我希望每个人都烂到骨子里去。"

"那我最适合你不过了，亲爱的。我已经烂到骨子里去了。"

"你喜欢做这种事情吗？我不只是在说我，我是说这件事情本身。"

"我非常喜欢。"

这番话正是他最想听到的。不仅仅是对一个人的爱慕，更是兽性的本能，纯粹的、无差别的欲望——那正是可以将党撕成碎片的力量。他将她摁倒在草坪上，压在那丛风信子上面。这一次轻轻松松就成功了。很快，他们胸膛的起伏减缓到正常的速度，带着愉悦而无助的感觉，两人分开了。日头似乎变得更晒了。两人都昏昏欲睡。他摸到那件丢弃在地上的制服，盖在她的身上。两人很快睡着了，睡了大约半个小时。

温斯顿先醒了过来。他坐起身，看着那张长着雀斑的脸。她仍平静地睡着，头枕在自己的手掌上。除了她的嘴，你不能说她长得很美。如果你仔细端详的话，她的眼睛周围有一两道皱纹，深色的短发特别浓密柔软。他突然想到自己还不知道她姓什么，住在哪里。

这具年轻而强健的身体正在睡梦中，那么无助，勾起他的爱怜和保护欲。但他在那棵榛子树下听那只画眉唱歌时所感受到的那种停止了思考的温存感并没有回来。他将制服拉到一边，观察着她柔滑白皙的侧身。他心里想着，在以前，一个男人看着一个女人的身体，心里就会勾起爱慕，就是这么自然。但现在你无法拥有纯粹的爱或纯粹的欲望。没有任何感情是纯粹的，因为一切都夹杂着恐惧与仇恨。他们的拥抱就是一场战斗，他们的高潮就是一场胜利。这是对党发起的进攻。这是一种政治行为。

第三章

"我们可以再来这儿一趟。"朱莉娅说道,"藏身之处使用两次应该不会有事。当然,得隔上一两个月再说。"

醒来之后她整个人的态度就变了,变得警觉而严肃。她穿上衣服,将那条猩红色的腰带系在腰上,开始安排回程的细节。将这种事情留给她去安排似乎是天经地义的事情。显然,她的干练狡黠是温斯顿所望尘莫及的,而且她似乎非常熟悉伦敦附近的郊区,这是无数次集体远足所积累的知识。她向他指示的路线与来时的路线很不一样,他得去另一个火车站。她说道:"千万不能和过来的时候同一条路线回家,"似乎在阐明一条重要的原则。一会儿她先走,温斯顿等上半小时再离开。

她指定了四天后两人下班见面的地方。那是贫民区的一条街道,那里有一个露天市场,总是熙熙攘攘热闹嘈杂。她会在摊位之间流连,假装在找鞋带或毛线。如果她认为情况安全的话,在他走近的时候她会打个喷嚏,如果不安全,他就径直走过去,假装不认识她。但运气好的话,混在人群中聊上一刻钟并安排下次见面应该不会有危险。

待他熟记完指示后,她说道:"现在我得走了。我十九点三十分得回去,在青年反性爱同盟里待上两小时派发传单什么的。真是讨厌,不是吗?帮我梳理一下,好吗?我头发里有没有小树枝?你肯定吗?再见,我的爱人,再见!"

她投入他的怀抱中,热烈地亲吻了他一会儿,然后拨开白蜡树丛，悄无声息地消失在林子里头。即使到了现在，他还是不知道她姓什么或住哪里。但是，这不要紧，因为他们绝不会在室内见面，或进行任何书面的沟通交流。

后来，他们再没有回去林子里的那块小空地。整个五月他们只找到另一次机会做爱。朱莉娅知道还有一个隐蔽的地方，在一处几乎荒弃的郊区业已破败不堪的教堂的钟楼上，三十年前一枚原子弹曾经炸中这附近。一旦你到了那儿，你就会很安全，但到那儿去的过程非常危险。其它时候他们只能在街上碰面，每个晚上都得去不同的地方，每次见面从未超过半个小时。在大街上他们总是可以勉强说说话。两人在熙熙攘攘的人行道上走着，没有并排走，也从不去看对方一眼，时不时说上一句，就像灯塔的灯光一闪一灭似的，一遇到穿党员制服的人走近或接近电屏时就突然保持沉默，然后过了几分钟后再把说了一半的句子继续说完，然后，走到约定好的地点时，话还没说完两人就分道扬镳，第二天，几乎不需要引入话题就接着继续说下去。朱莉娅似乎很习惯这种说话方式，她戏称之为"分期谈话"。而且她很擅长说话时不怎么动嘴皮子。在当月的夜间密会中，只有一次两人找到了机会亲吻一下。当时两人正静静地在一条小巷子里走着（当两人离开大街时，朱莉娅从不说话），这时传来一声震耳欲聋的巨响，大地在颤抖，周围昏天暗地，温斯顿发现自己侧卧在地，身上有淤青的痕迹，吓得魂飞魄散。肯定是一枚火箭炸弹落在附近了。突然间他发现朱莉娅与自己的脸相距只有几厘米，她吓得脸色发白，像涂了白垩一样，连嘴唇也变得煞白。她死了！他将她拉到身边，发现自己正在亲吻一张鲜活而温暖的脸庞，但嘴唇上沾满了粉末。两人的脸上都厚厚地落满了石膏灰。

有几个晚上两人来到会合地点，却只能无言以对地擦肩而过，因为巡逻队刚好经过，或直升飞机在头顶盘旋。即便在没有那么危险的时候，要找出时间见面也是很困难的事情。温斯顿一周工作六十个小时，朱莉娅的工作时间比他还长，而且休息的日子根据工作的压力经常变更，不一定总是能赶得上趟儿。基本上，朱莉娅每天晚上都在忙碌。她花费了大量时间参加讲座和游行、派发青年反性爱同盟宣传材料、为仇恨周准备旗帜、为节约活动筹款之类的活动。她说这种伪装是有好处的。如果你在日常小事上守规矩，你就可以在大事上不守规矩。她甚至劝说温斯顿再"押上"一个晚上的时间，报名与那些热情洋溢的党员志愿者一道参与业余军需品制造工作。于是，每星期有一天晚上，温斯顿得花四个小时在一间阴风阵阵灯光昏暗的车间里从事极度无聊的工作，将一堆小金属零件拼凑在一块儿，做的可能是炸弹引信的一部分。每个晚上听到的尽是铁锤的敲敲打打声和电屏的音乐声，让他烦透了。

　　当他们在教堂的钟楼相遇时，零碎的谈话得以被弥补完整。那是一个阳光明媚的下午。钟楼上的小房里空气又热又闷，有股浓烈的鸽子粪的味道。两人坐在布满了灰尘和小树枝的地板上聊了几个小时，时不时由一个人起身透过窗缝往外面张望一下，查看有没有人走近。

　　朱莉娅二十六岁。她和另外三十个女孩子住一间集体宿舍（"那些女人总是臭气熏天！我痛恨女人！"她顺带说了一句），正如他所猜测的，她在虚构司与那些小说写作机器打交道。她喜欢这份工作，基本上就是运行和维护几部强大但老是会出毛病的电动马达。她"算不上聪明"，但喜欢动手，和机器在一起让她觉得很自在。她可以将创作一部小说的整个流程，从策划委员会制订创作方针到最终改写小组，原原本本地描述出来。但她对那些完成的作品没有兴趣，说"她不喜欢读书"。书籍只是一种必须生产的商品，就像果酱或鞋带一样。

她对六十年代初之前的事情一无所知。她只认识一个经常谈起革命之前日子怎么样的人，那是她的祖父，在她八岁的时候就失踪了。读书期间她是曲棍球队队长，连续两年赢得体操奖杯。她曾经是少年侦察队的队长，在加入青年反性爱同盟之前是青年团的支部书记。她总是展露出性格中优秀的一面。她甚至曾被选派到虚构司下属的色情科工作（这是对品德优秀的人最高的褒奖），这里制作各类廉价色情刊物，供无产者阅读。她说在里头工作的人都戏称那里是垃圾场。她在那里呆了一年，帮忙制作出密封包装的中篇小说，书名都是些什么《打屁股的故事》、《女校一夜记》，许多年轻的无产者会掏钱购买，以为他们买的都是些不法刊物。

"那些都是些什么样的书呢？"温斯顿好奇地问道。

"噢，都是些垃圾。说真的，非常无聊。他们只有六个故事情节，不过会颠来倒去的。当然，我只是负责万花筒，没在改写小组呆过。我文笔不行，亲爱的——连写那种东西都不够格。"

他惊讶地了解到，色情科所有的工作人员，除了科室领导之外都是女孩子。其指导理论是：男人没有女人那么擅长控制性欲本能，因此被这些淫秽内容腐化影响的危险要更大一些。

"他们甚至不招聘已婚妇女。"她补充道，"大家都认为女孩子心灵纯洁，至少这里就有一个心灵并不纯洁。"

十六岁的时候她就初恋了，对象是一个六十岁的党员，后来为了逃避逮捕而自杀。"他干得不赖。"朱莉娅说道,"要不然的话,当他坦白交代时,他们会知道我的名字。"之后她谈了许多回恋爱。她觉得生活其实很简单。你想找点乐子,而"他们",她指的是党,不愿让你享受快乐,于是你尽自己所能破坏规则。"他们"剥夺你的快乐,而你就跟他们玩猫抓老鼠的游戏,她似乎认为这是天经地义的事情。她痛恨党,以最粗俗的话辱骂党,但她并没有对党进行宏观意义上的批判。除非影响到她自己的生活,否则她对党的教条根本不感兴趣。他注意到,除了一些已经成为日常用语的词汇外,她从不使用新话的词汇。她从未听说过兄弟会,不相信有这么一个组织存在。她觉得任何有组织的反党行动都注定会失败,因此是愚蠢的事情。破坏规则,同时好好活下来才是明智之举。他不知道在革命之后成长起来的年轻一代中有多少人像她一样。他们对其它事情一无所知,认为党是亘古不变的事物,就像天空一样,你无法推翻它的威权,只能对其敬而远之,就像一只兔子躲开一只狗一样。

他们没有谈起能不能结婚的事情。这件事太遥远了,没有必要为此烦恼。就算温斯顿的妻子凯瑟琳已经被干掉,他也不知道会有哪个委员会批准他和朱莉娅这桩婚事。结婚就像白日梦一样毫无希望。

"她是个什么样的人,你老婆?"朱莉娅问道。

"她是个——你知道那个新话词汇'好想'吗?意思是思想正派,不会有坏念头?"

"不,我不知道这个词,但我知道那种人什么样,非常了解。"

他开始告诉她自己婚后生活的故事,但有趣的是,她似乎已经知道了关键的情节。她向他描述当他触摸凯瑟琳时她全身僵硬的情形，凯瑟琳如何在似乎用尽全身力气将他推开，即便她已经将他紧紧地搂在怀里，仿佛她亲眼目睹或感受到了那些情景。他觉得和朱莉娅在一起时，谈论这些事情似乎非常轻松——凯瑟琳已经不再是痛苦的回忆，只是令他厌恶而已。

他说道："要不是因为一件事，我原本愿意一直忍受下去的。"他告诉朱莉娅，每星期在固定的晚上，凯瑟琳总是逼他和她例行公事般地行房。"她不喜欢行房，却又没有什么事情能阻止她要行房。她总是称行房为——你永远猜不到她是怎么说的。"

"我们对党的责任。"朱莉娅立刻说道。

"你怎么知道的？"

"我也上过学，亲爱的。十六岁以上的学生每个月得接受性教育讲座。还有青年运动。他们经年累月地对你进行思想灌输。我敢说，许多人都对此深信不疑。当然，你不知道谁是真信徒，每个人都是伪善者。"

她开始借题发挥。对于朱莉娅来说，每件事都可以归结到她自己的性欲上。一谈到这个问题她就会变得特别敏感尖锐。她可不像温斯顿，她已经对党的禁欲主义了然于胸。性欲本能创造了不受党控制的自我小天地，因此，如果可能的话，必须将其摧毁。不仅如此，更重要的是，性欲被剥夺之后可以引发歇斯底里的情绪，而这正是党的目的，因为歇斯底里的情绪能被转化为战争狂热和对领袖的崇拜。她对此的解释是：

"当你做爱时，你释放出能量，过后你觉得很开心，不会再关心任何事情。他们不愿让你有这种感觉。他们希望你总是憋着一股能量。所有这些游行、欢呼、摇旗呐喊都只是性欲得不到发泄的表现。如果你发自内心感到高兴,你怎么会因为老大哥、三年计划、两分钟仇恨仪式或其它那些操蛋的事情感到兴奋呢?"

他觉得确实如此。贞洁与政治的正统思想之间确实有着密切联系。因为,除了将某种强大的本能压制,并将其转化为驱动力之外,党又能怎么做,好让它的党员保持适度的恐惧、仇恨和疯狂的盲信状态呢?性欲冲动对于党而言原本是危险的,但它已将其善加利用。他们对亲子关系也进行了类似的改造。家庭没有走向解体,事实上,人们受到鼓励,要关爱他们的子女,几乎和从前没什么两样。而另一方面,孩子们被系统性地煽动起来,仇视他们的父母,还接受指导监视自己的父母,揭发他们的反动思想。事实上,家庭成为了思想警察的分支。通过这一途径,每个人日日夜夜都被非常熟悉他的亲人所监视,随时会被告发。

突然间,他想起了凯瑟琳。要不是凯瑟琳太过于愚笨,没察觉出他的异端思想,她肯定会向思想警察告发他。但真正让他在此刻想起凯瑟琳的,是这天下午令人窒息的酷热,热得他额头汗水涔涔。他开始向朱莉娅讲述一件发生在十一年前另一个炎热的夏日午后的事情——确切地说,是没能发生的事情。

那时候他们已经结婚三四个月了。他们到肯特郡进行集体远足,结果迷路了。他们原本只是拉在后面,离队伍只有几分钟的路程,但他们转错了方向,很快发现自己来到了一片旧采石灰场的边上。开采面约有十到二十米高,下面巨石成堆。他们找不到人问路。一发现他们迷了路,凯瑟琳就开始变得焦躁不安。即使离开那群吵吵闹闹的远足者们一会儿也会让她有做错事情的感觉。她希望能赶快顺着原路回去,于是往另一个方向搜索。但这时温斯顿发现在下面的悬崖缝里长着几丛报春花，有一丛花还生出了品红和洋红两色，似乎是同根并蒂而生。这可是从未见过的奇葩。他招呼凯瑟琳过来看一看。

"看哪，凯瑟琳！看看那些花。靠近底部的那一丛，有两种不同的颜色，你看到了吗？"

她已经转身要走了，但还是焦躁不安地走了回来。她甚至朝悬崖外探出身子看着他所指的方向。他就站在她身后，手搭在她的腰上扶稳她。这时，他突然间想到这里只有他们两人，周围一个人也没有，连树叶也纹丝不动，也没有一只鸟醒来。在这种地方隐藏着麦克风的机会很小，就算真有麦克风的话，它也只会记录声音。现在是下午最酷热最令人昏昏欲睡的时候。太阳照耀着他们，汗珠从他的脸上滴落。他萌生了一个想法……

"为什么你不推她一把？"朱莉娅问道，"要是我就会那么做。"

"是的，亲爱的，你会的。换了现在的我，我也会。或许会吧——我不知道。"

"你为自己没有那么做而感到遗憾吗？"

"是的。大体上我很遗憾没有那么做。"

两人并排坐在满是灰尘的地板上。他把她拉近了一些。她的头搭在他的肩膀上，她的头发怡人的气息掩盖了鸽子粪的臭味。他心想，她那么年轻，她仍然对生活有所追求，她不明白将一个碍事的人推下悬崖其实解决不了问题。

"事实上，就算我动手了，结果还会是一样。"他说道。

"那为什么你会遗憾没有那么做呢？"

"只是因为我希望积极主动一些，而不是坐以待毙。我们在玩一场游戏，而我们不会是赢家。以某种方式失败比其它方式失败要好一些，仅此而已。"

他感觉到她的肩膀动了一下，表示反对。每当他说出这些丧气的话时，她总是会提出反对。她不认为个人注定会失败是天经地义的事情。在某种程度上，她也意识到自己注定会毁灭，思想警察迟早会逮捕处决她，但她仍相信营造一个秘密世界，随心所欲地生存并非不可能的事情。你需要的是运气、才气和勇气。她不明白，世界上没有快乐这种东西，胜利要在遥远的未来才能实现，那时候你已经身故多年，从向党宣战的那一刻起，你最好当自己已经是死人了。

"我们已经死了。"他说道。

"我们还没死。"朱莉娅不同意。

"我不是指肉体上的死亡。半年、一年——五年，大概就这么长。我怕死。你很年轻，因此，你应该比我更怕死。显然，我们要尽量活久一些，但那并不重要。只要人类还有人性，生与死其实没什么两样。"

"噢，胡说八道！你想和我上床还是和一具骷髅上床？你不想活着吗？你难道不喜欢有这种感觉：这就是我，这是我的手，这是我的脚，我是真实的，我是活生生的，我还活着！你难道不喜欢这个吗？"

她转过身，将胸脯贴着他。透过她的制服，他可以感受到她那成熟而坚挺的胸脯。她的身体似乎倾泻着青春和活力，注入他的身体。

"是的，我喜欢这个。"他说道。

"那就不要再说死了。听着，亲爱的，我们得安排下次见面的事情了。我们或许可以回林子里那个地方去。我们已经很久没有回去了，但这一次你得走不同的路线。我已经计划好了。你搭火车——看好了，我会把路线给你画出来。"

她干练地将地上的尘土扫在一块儿，堆成一个方形，从一个鸽子窝里拿来一根树枝，开始在地板上勾勒出路线图。

第四章

温斯顿环顾着查林顿先生的小店楼上那间破旧的小房。窗边那张大床已经整理好了床被，摆好了粗糙的床单和一个没有枕套的长枕。那个钟面刻着十二小时的老式时钟正在壁炉架上滴答滴答地走着。在房间的角落里，他上次来的时候买的那个玻璃镇纸就摆在那张折叠脚桌子上，在半明半暗中闪烁着柔和的微光。

壁炉里放着一个破旧的锡煤油炉、一口炖锅和两个杯子，是查林顿先生提供的。温斯顿点着火炉，准备烧一锅水。他买了整整一袋胜利牌咖啡和一些糖精片。时钟的指针表明现在是十七点二十分——其实是十九点二十分。她十九点三十分就会过来。

愚蠢啊，愚蠢啊，他的心一直在这么说：这是神志清醒、无端愚蠢的自杀行为。在党员所能犯下的所有罪行中，这个罪行是最不可能掩饰的。事实上，这个想法源于他脑海中一个模糊的图景，他仿佛看到那个玻璃镇纸在那张折叠脚桌子的表面上留下倒影。正如他所猜想的，查林顿先生一口答应把房间租出来。显然，能挣上几块钱他当然很高兴。温斯顿把话挑明说租这间房是为了偷情时，他似乎并不觉得惊讶或厌恶。相反，他眼神恍惚，说起话来含含糊糊，神情非常微妙，让人觉得他已经变成隐形人了。他说隐私非常重要。每个人都想有一个地方，可以偶尔独处。而当他们有了这么一个地方时，其他知情者应该守口如瓶，这只是最基本的礼节。说着说着，他似乎真的凭空消失了。他还交待说屋子有两道门，一道门可以穿过后院，通往一条小巷。

窗户下面有人在唱歌。温斯顿躲在棉布窗帘后面，偷偷往外张望。六月的太阳仍高悬在天空，曝晒着下面的庭院。一个壮实如诺曼式圆柱、两只强壮的前臂呈棕红色、身上穿着粗麻布围裙的丑妇正在洗衣盆和晾衣绳之间迈着沉重的脚步来回奔走，挂上一块块方形的白布，温斯顿认出那是小孩子的尿布。当她的嘴里没有叼着挂衣服的夹子时，她就会以浑厚的女低音唱道：

> "那只是无望的相思，
> 就像四月天般转眼即逝，
> 但一个眼神一句话，
> 却教我魂牵梦萦，失魂落魄！"

过去几个星期来伦敦到处都在唱这首歌。音乐司某个科室为无产者们创作了不计其数的类似歌曲，这些歌的歌词都是用一种叫"写诗机"的设备创作出来的，根本不需要动脑筋。但这个女人唱得如此委婉曲折，几乎将这首难听的歌变成了动听的天籁。他似乎听见这个女人的歌声和她的鞋子在石板地上的磨擦声，还有街上孩子们的叫嚷声、远处车水马龙的喧闹声，但房间里出奇的安静，这是因为里面没有电屏的缘故。

愚蠢啊，愚蠢啊，愚蠢啊！他的心里又在责骂自己。他们来这个地方幽会不出几个星期就会被捕。但拥有属于自己、就近方便的藏身之处，可以躲在屋里，这对他们来说是难以抵挡的诱惑。自从那次在教堂钟楼幽会之后,两人根本无法安排见面。仇恨周快到了,工作时间大大加长了。虽然还有一个多月的时间,但各种繁重复杂的筹备活动给每个人都增加了额外的工作负担。最后,两人终于安排出同时有空的一天下午。他们已经说好了到林子里的那块空地去。幽会的前夜两人在街上碰头。和往常一样,温斯顿几乎没去看朱莉娅,在人群中朝对方走去,但他匆匆瞥了她一眼,觉得她的脸色似乎比平时更加苍白。

"计划取消了。"她判断可以安全说话后喃喃地说道,"我是说明天。"

"怎么了?"

"明天下午我来不了。"

"为什么?"

"噢,还不是因为那个。这一次来早了。"

他一下子火了。认识她后经过这个月,他对她的渴望已经变了。一开始的时候并没有什么真正的性欲在里面。第一次做爱时,那只是出于一种意愿。但第二次之后情况就变了。她芳香的头发、甘甜的嘴巴、柔滑的肌肤让他为之着迷,似乎变成了包围着他的空气。她变成了肉体上不可或缺的需要,他不仅充满了渴望,而且觉得这是他应有的权利。当她说来不了的时候,他觉得她在欺骗他。但就在这时,人群将两人推搡到一起,两人的手刚好碰到一块。她轻轻捏了一下他的指尖,但挑起的似乎不是情欲,而是怜爱。他意识到,当一个男人与一个女人住在一起时,这种失望应该是很正常的周期性事件,他的心里突然间泛起此前对她从未有过的深深的柔情。他希望两人是业已结婚十年的夫妻。他希望能和她一起逛街,就像现在一样，但可以公开身份，不需要害怕，谈论着鸡毛蒜皮的琐事，商量着给家里购置点什么小玩意儿。他最渴望的，是两人能有自己的地方，不一定每次见面非得做爱不可。不过，租下查林顿先生的房间这个想法不是在当时，而是到了第二天才冒出来的。他向朱莉娅提出这个设想，没想到她满口答应了。两人都知道这是疯狂的举动，这就好比是在自掘坟墓。坐在床边等候时，他又想起了友爱部的地牢。那命中注定的恐怖在一个人的意识中时隐时现的方式真是有趣。就在未来的某个时候，在死亡来临之前，恐怖将迎接他们，就像 99 之后就是 100 一样确凿肯定。这是一个人逃脱不了的命运，但他或许可以将这个结局推迟一些。但是，时不时地，出于有意识的任性行为，你把事件发生前的间隔期给缩短了。

这时楼梯上传来迅速的脚步声。朱莉娅冲进房间。她背着一个粗糙的棕色帆布工具包，有时他见过她背着这个包在真理部出出入入。他走上前想拥抱她，但她立刻挣脱开来，一部分原因是她还背着那个工具包。

"等一下。"她说道，"我要给你看看我带了什么东西过来。你带那些难喝的胜利牌咖啡了吗？我就知道你会带的。你可以先把它放到一边，因为我们不用喝那个。看看。"

她蹲了下来，打开工具包，拿出放在顶部的几把扳手和一把螺丝刀，下面是几个整洁的纸包。她递给温斯顿的第一个纸包有一股奇怪却又有点熟悉的味道，里面装着沉甸甸的、沙子一样的东西，手一碰纸包就凹了下去。

"这不就是糖吗？"他问道。

"真正的糖。不是糖精，是糖。这里还有一块面包——上好的白面包，不是我们吃的那该死的玩意儿——还有一小罐果酱。这儿有一瓶牛奶——但你看这个！这是我最为之自豪的东西。我得拿块麻布把它包起来，因为——"

但她不需要向他解释为什么她得将其包起来。一股浓郁而温暖的味道已经弥漫在整个房间中，这股味道似乎从他童年时就开始飘散，至今仍偶尔可以闻到，神秘地弥漫于门道或拥挤的街道，刚闻到没一会儿，房门一关，香味就再次消失得无影无踪。

"这是咖啡。"他喃喃地说道，"真正的咖啡。"

"是内部党员的咖啡。这里有整整一公斤呢。"她说道。

"你是怎么弄到这些东西的？"

"都是内部党员的东西。那些猪猡什么都有，要啥有啥。当然，服务员、仆人和其他人都会偷东西，还有——看，我还有一小包茶叶呢。"

温斯顿蹲在她身边，撕开茶包的一角。

"这是真正的茶叶，不是黑莓叶。"

"最近茶叶多的是。他们攻占了印度或什么地方。"她轻声说道，"听我说，亲爱的，我要你背对我三分钟。过去坐在床的那头。别太靠近窗户。没我的许可你可不能转身。"

温斯顿迷茫地盯着那块棉布窗帘。在下边的庭院里，那个胳膊通红的女人仍在洗衣盆和晾衣绳之间来回奔走。她从嘴里取下两个夹子，满怀深情地唱起了歌：

> "他们说时间可以治愈一切，
> 他们说你总是可以遗忘，
> 但这么多年那些笑容与泪水，
> 仍拨动着我的心弦！"

这整首傻气的歌她似乎唱得很熟。她的歌声飘荡在夏季甜润的空气中，歌声悠扬动听，蕴含着快乐而忧郁的情感。你会觉得要是这个六月天的傍晚一直持续下去，衣服怎么晾也晾不完，她得在那儿呆上一千年，晾着尿布，唱着难听的歌曲，她也会觉得满心欢喜。他突然想到一件有趣的事情，他从未听过一个党员一个人自发地唱歌。这甚至会被看成是不合正统而且非常危险的怪异举动，就像自言自语一样。或许，只有当人沦落到饭都快吃不饱的时候，他们才有心思唱歌。

"现在你可以转过身了。"朱莉娅说道。

他转过身，刚看第一眼几乎没认出她来。他原本以为她会脱光衣服，但她并没有这么做。她的变化比赤身露体更加令人吃惊。她的脸上化了妆。

她一定是偷偷溜进无产者聚居区的某间商店，给自己买了一整套化妆用品。她的嘴唇涂成了大红色，脸颊上涂了胭脂，鼻子上打了粉底。她的眼睛底下不知搽了什么，看上去更加明眸善睐。她的妆化得不是很有技巧，但温斯顿的审美标准并不高。他从未见过或想象过女党员化妆会是什么样子。她的容颜发生了惊人的改变。只要在正确的地方涂上几道颜色，她不仅变得更加美丽动人，而且更有女人味了。而她的短发和男生气的制服更增添了她的魅力。他将她搂在怀里，一股人工合成的紫罗兰的香气涌入他的鼻孔。他想起了那间半明半暗的地下室厨房和那个妓女空洞洞的嘴巴。她用的就是这种香水，但这时候似乎并不难闻。

"还有香水！"他说道。

"是的，亲爱的，还有香水。你知道接下来我会做什么吗？我会去买一条真正的裙子，不穿这些该死的裤子了。我还要穿丝袜和高跟鞋！在这个房间里，我要当个女人，而不是一个党员同志。"

两人脱掉衣服，躺在那张宽阔的桃花心木双人床上。这是他第一次在她面前脱光衣服。直到现在他仍总是为自己那苍白而孱弱的身躯感到羞愧，他的小腿肚子患了静脉曲张，脚踝以上有一块变了色的疤痕。床上没有被褥，但他们躺在破旧光滑的针织毛毯上，床的尺寸和弹性令他俩觉得十分惊奇。"床上一定有很多臭虫，但谁在乎呢？"朱莉娅说道。现在除了无产者的家里，已经再也见不到双人床了。温斯顿小时候曾经睡过几回双人床，而朱莉娅记得自己以前根本没有睡过这种床。

很快两人就睡着了一会儿。温斯顿醒来的时候，时钟的指针快走到九点钟了。他没有起身，因为朱莉娅还在睡，头枕在他的臂弯里。她脸上的妆大部分掉到了他的脸上和枕头上，但在一抹胭脂的衬托下，她的面颊看上去是那么娇艳。一缕黄色的阳光从床尾斜照进来，照亮了壁炉，锅里的水正在沸腾。楼下庭院里的女人没有在唱歌了，但隐约可以听到街上小孩子的叫嚷声。他不知道以前在凉爽的夏天傍晚，像这样一男一女没穿衣服躺在一张床上，想做爱也行，想聊天也行，没有非起床不可的冲动，就这么躺着，听着外面安宁的声音，这算不算是很平常的事情。应该没有哪个时候这种事情是寻常的吧？朱莉娅醒了，揉了揉眼睛，用胳膊肘撑着身子，看着炉子。

"一半的水给煮干了。"她说道，"我一会儿就起来泡点咖啡。我们还有一个小时。你的公寓几点熄灯？"

"二十三点三十分。"

"我的宿舍二十三点熄灯。但你得赶在那时之前回去，因为——嘿！滚开，你这臭东西！"

突然她在床上弹了起来，从地板上抓起一只鞋，以男孩子气的动作将鞋扔到墙角那边，就像那天早上他看到她在两分钟仇恨仪式上朝古德斯泰恩扔词典的动作一样。

　　"怎么了？"他惊讶地问道。

　　"一只老鼠。我见到它从护墙板那里探出难看的鼻子。那边有个老鼠洞。我把它吓得够呛。"

　　"老鼠！"温斯顿喃喃地说道，"这房间有老鼠！"

　　"到处都有老鼠。"朱莉娅满不在乎地说道，又躺了下来，"甚至连我们宿舍的厨房都有老鼠。伦敦有些地方老鼠成灾。你知道它们会攻击小孩子吗？是的，确实如此。在有的街区，女人甚至不敢让婴儿独处两分钟。会袭击人的都是些块头很大的棕鼠。讨厌的是，这些畜生总是——"

　　"别说了！" 温斯顿说道，紧紧闭起双眼。

　　"亲爱的！你的脸色好苍白。怎么了？它们让你觉得恶心吗？"

　　"这个世界上，我最害怕的就是——老鼠！"

　　她偎依在他身上，将他搂在怀里，似乎想用她身休的温暖给他带来慰藉。他没有立刻睁开眼睛。有好一会儿，他感觉似乎回到了在他的生命中反复出现的梦魇。梦魇中的情境总是很相似。他正站在一堵黑漆漆的墙壁前面，在墙的另一边是令人无法忍受、不敢面对的可怕事物。在梦中他感受最深的是，他总是在欺骗自己，因为他知道那堵黑墙的后面是什么东西。要是他拼命用力的话，他或许可以将那个东西揪出来看个究竟，就像将自己的脑子揪出一块那样。当他醒来时，总是不知道那个东西到底是什么，但它和他打断朱莉娅时她正在说的东西有关。

　　"对不起。"他说道，"没事了。我不喜欢老鼠，就是这样。"

"别担心，亲爱的。我们不会让那些该死的畜生呆在这儿。我们离开之前我会拿点麻布把洞口给堵住。下次来的时候我会带点灰泥，把老鼠洞好好糊上。"

这恐怖的一刻已经快被忘却了，他觉得有点难为情，坐起身靠在床头板上。朱莉娅起床穿上制服，泡了点咖啡。锅里传来浓郁而令人兴奋的味道，他们关上窗户，担心外头会有人注意到这股味道，然后引发他们的好奇。比咖啡的味道更美妙的，是加了糖之后咖啡那种丝绸般柔滑的质感。喝了那么多年糖精，温斯顿几乎忘记糖是什么味道了。朱莉娅一只手插在口袋里，另一只手拿着涂了果酱的面包，在房间里溜达着，满不在乎地瞅了瞅书架，指出那张折叠脚桌子该怎么修理，扑通一声坐在那张破破烂烂的扶手椅上试一试舒不舒服，然后饶有兴味地端详着那口刻着十二个小时的古怪时钟。她把那个玻璃镇纸拿到床上观赏，那里光线比较好。他把镇纸从她的手里拿过来，和往常一样，被这块玻璃柔和如雨水的外观吸引住了。

"你觉得这是什么东西？"朱莉娅问道。

"我觉得这什么都不是——我是说，我觉得这东西其实没有什么用途。这就是我喜欢它的原因。这是他们忘了篡改的历史的小碎片。它是来自一百年前的信息，如果你知道如何进行解读的话。"

"还有那边的那幅画，"她朝对面墙上那幅钢版雕刻画点了点头，"那幅画也有上百年的历史吗？"

"不止。我敢说得有两百年了。没人说得准。现在已经没办法辨认任何东西的年份了。"

她走过去看了看，说道："那只畜生就是在这儿探出鼻子的。"她迅速踢了踢那幅画下的护墙板。"这是什么地方？我在哪儿见过。"

"是一座教堂，至少曾经是一座教堂。它的名字叫圣克莱蒙·丹尼斯教堂。"他想起了查林顿先生教他的那句残缺的童谣，他有点缅怀地唱着：

"钟声传自圣克莱蒙，说着橘子和柠檬！"

令他惊奇的是，她居然接起了下一句：

"钟声传自圣马丁，说你欠我三法新。钟声传自老贝利，叫你快把钱还讫——"

"我不记得后面怎么唱了，但我记得结尾是'蜡烛引你到床头，落下斧子砍掉头！'"

这就像在对口令一样，但在"钟声传自老贝利"这一段后面应该还有一段歌词。要是盘问得当的话，或许查林顿先生会记起来。

"是谁教你的？"他问道。

"我爷爷。我很小的时候他总是对我讲述这首歌谣。我八岁的时候他人间蒸发了——总之就是消失了。我不知道什么是柠檬。"她没头没脑地补充道，"我见过橘子。它们是一种圆形黄色的水果，皮很厚。"

"我记得柠檬。"温斯顿说道，"五十年代的时候很常见。它们很酸，就算只是闻一下也会让你的牙齿发软。"

"我敢打赌那幅画后面一定有臭虫。"朱莉娅说道，"改天我把它取下来好好清洗一下。我想我们得走了。我得把妆洗掉。真烦人！然后我帮你把脸上的唇膏印洗掉。"

温斯顿又躺了几分钟。房间开始昏暗下来。他转身对着灯光躺在那儿，端详着那个玻璃镇纸。让他百看不厌的不是那块珊瑚嵌片，而是玻璃的里边。玻璃很厚，却又似乎像空气一样通透，似乎玻璃的表面就是苍穹，包围着里面一个完整的小天地。他觉得自己似乎可以钻进里面去；事实上，他已经在里面了，连同这张桃花心木睡床、这张折叠脚桌子、这口时钟、这张钢版雕刻画和这个镇纸本身。这个镇纸就是他身处的房间，那块珊瑚嵌片就是朱莉娅和他的生命，似乎永远镶嵌在水晶的中心。

第五章

塞姆消失了。一天早上，他没来上班——几个没有心机的人还聊起他怎么没来。第二天就再没有人提起他。到了第三天，温斯顿走到记录司的前厅看看公告板。上面有一则公告，列出了象棋委员会成员的名单，塞姆曾经是成员之一。名单和以前几乎没什么两样——什么也没有被划掉——只是少了一个名字。这就够了。塞姆已经不复存在，从来没有过这么一个人。

天气热得可以把人烤熟。真理部迷宫般没有窗户的房间里安装了空调，能保持常温，但外面的人行道很烫脚，而且交通高峰期地铁的味道实在是太可怕了。仇恨周的准备工作如火如荼地进行，各个部门的员工都在加班加点。游行、会议、阅兵仪式、讲座、蜡像、展览、电影节、电屏节目统统都得进行统筹安排，还得搭建看台，建造雕像，构思口号，编写歌曲，散播传言，伪造相片。在虚构司，朱莉娅的科室推迟了小说的编撰工作，正在赶制一批宣传敌人暴行的传单。温斯顿除了要做好分内的工作外，每天还得花很长的时间浏览往期的《泰晤士报》，修改润色将在演讲中引用的新闻。到了晚上，喧闹的无产者们会成群结队地在街上闲逛，整座城市笼罩着一股奇怪的狂热气氛。火箭炸弹轰炸比以往更加频繁，有时候远处会发生巨大的爆炸，没有人能解释发生了什么事情，一时间流言四起。

仇恨周的主题歌（名字叫《仇恨之歌》）已经写好了，电屏上日日夜夜地播放不停。这首歌的曲子听起来就像野兽在咆哮一样，严格来说不能称之为音乐，更像是鼓点的节拍。伴着行军的步伐声，当几百个喉咙同时吼出这首歌时，实在是骇人听闻。无产者们很喜欢这首歌，到了半夜，这首歌和那首仍然流行的《绝恋》此起彼伏，抗衡不休。帕森斯家的两个小孩将这首歌白天也播，晚上也播，拿着一把梳子和一张厕纸和着节拍，真是让人受不了。晚上温斯顿比以往更加忙碌。帕森斯组织了好几队志愿者为仇恨周装点街道，缝制旗帜，绘制海报，在屋顶安置旗杆，危险地越过街道拉起绳子悬挂横幅。帕森斯吹嘘说光是胜利大厦就会飘扬着四百米长的彩旗。他就像一只云雀那样兴奋雀跃。天气那么热，又得干体力活儿，于是他就有了借口在晚上穿短裤和开襟衬衣。他无处不在，搬搬抬抬，敲敲锯锯，发挥他的聪明才智，以同志情谊鼓舞大家，身上每一寸肌肤都散发着无穷无尽的酸臭的汗味。

突然间，伦敦到处张贴着新的海报。上面没有字，只是画着一个欧亚国士兵巨大的身躯，约有三四米高，蒙古人种的脸上毫无表情，正穿着巨大的军靴迈步向前，臀部挂着一挺冲锋枪。无论从哪个方向注视海报，冲锋枪的枪口都被透视法渲染得很大很大，似乎正指着你。这幅海报张贴在每堵墙上空白的地方，数量甚至比老大哥的海报更多。那些无产者们原本对战争漠不关心，现在他们那周期性的爱国主义狂热情绪被激发了起来。似乎与整体气氛相配合，死于火箭炸弹轰炸下的人比以往多了许多。有一枚炸弹落在了斯特普尼一间有很多观众的电影院，数百人葬身于废墟中。整个街区的人都出席了葬礼，送殡的队伍很长，一连走了好几个小时；事实上，葬礼演变成了一场愤慨的控诉大会。另一枚火箭炸弹落在一块被当成操场的荒地上，数十个孩子被炸得粉身碎骨。于是愤怒的游行再次举行，古德斯泰恩的肖像画被焚毁，数百张欧亚国士兵的海报被撕下来，拿到火堆里烧毁，几间商店在暴动中被洗劫一空。有传闻说间谍们以无线电制导的方式引导这些火箭炸弹，一对老夫妇被怀疑是外国间谍，他们的家被放了一把火，两人死于窒息。

当朱莉娅和温斯顿有时间来到查林顿先生小店上面的房间时，他们会并排躺在光秃秃的床上，将窗户打开，赤身裸体地纳凉。那只老鼠再也没有回来，但由于天气热，臭虫惊人地繁衍开来。这似乎没什么要紧的。无论是干净还是肮脏，这间房都是天堂。他们一到这儿就会往每样东西上洒从黑市买到的胡椒粉，然后脱光衣服汗淋淋地做爱，然后睡上一觉，醒来时发现那些臭虫已经集结完毕，正发起大规模的反击。

六月份的时候他们见了四、五、六——七次面。温斯顿已经戒掉了喝杜松子酒的习惯。喝酒似乎已经没有必要了。他长胖了，静脉曲张消退了，只在脚踝以上的皮肤表面留下一块棕色的疤痕，早上也不咳嗽了。生活不再那么不堪忍受，他不再有对着电屏扮鬼脸或扯着嗓门咒骂一通的冲动。现在他们有了安全的藏身之地，几乎就像一个家，虽然他们见面的次数不多，每次见面只能呆几个小时，但这似乎不是那么难受的事情。重要的是，旧货店楼上的这个房间能继续存在。只要想到房间还在那儿，风雨不动，就好像已经置身于里面一样。这个房间自成一个天地，是过去的一段时空，绝种的生物仍在里头信步漫游。温斯顿觉得查林顿先生是另一头绝种的生物。上楼的时候他总是会停下来和查林顿先生聊上几分钟。老人家似乎很少或从不出门，而店里几乎没有客人光顾。他就像幽灵一样游荡于昏暗的小店和更加狭小的后厅厨房之间。他在厨房里做饭，里面除了厨具之外，还有一部古董留声机，装有巨大的号角形喇叭，真是难以置信。他似乎很高兴能有机会和人说话。他总是在他那堆不值钱的货品中流连，长长的鼻子上架着厚厚的眼镜，弓腰驼背的身子穿着那件天鹅绒外套。他的气质更像是一位收藏家，而不是一个买卖人。他总是怀着褪了色的热情触摸着这件或那件废品——一个瓷瓶塞、一个破鼻烟盒的漆盖、一个黄铜鎏金小盒，里面装着一绺久已不在人世的小婴儿的头发——他从来不会向温斯顿兜售任何东西，只是自己乐在其中。和他说话就像聆听一个老旧的音乐盒的乐声。从记忆的角落里他记起了更多业已被遗忘的歌谣的零星片段。有一首歌谣唱的是二十四只八哥，还有一首歌谣唱的是一头断了角的奶牛，还有一首唱的是一只可怜的雄知更鸟之死。每当他记起一则新的片段时，他就会略带尴尬地微笑着说道："我刚刚想起来，或许您会感兴趣。"但每首歌谣他都只记得几段。

两人都知道现在所发生的事情不会持续多久——这个念头一直都在他们的脑海里盘旋。有好几次，死亡正在迫近这个事实似乎就像身下的那张床一样确凿无疑。他们会绝望地蜷缩在一起，就像一个垂死之人紧紧抓住最后五分钟享受那些许的快乐。但也有的时候他们觉得会一直安然无恙。当他们身处这个房间时，两人都觉得没有什么能伤害他们。来到这里是很困难很危险的事情，但这个房间就是他们的避难所。当温斯顿凝视着那个镇纸的里边时，他觉得自己能钻进这个玻璃小天地里。而且，一旦进到里面，时间就停止了。他们经常沉溺于能安全逃脱的白日梦里：他们会一直走好运，他们能一直就像这样成功地隐瞒下去，安享天年。或许，凯瑟琳会去世，通过精心部署，温斯顿和朱莉娅能结为夫妻。或者他们可以殉情自杀。或许他们可以在这个世上消失，改头换面，学会无产者的口音，在工厂里找到一份工作，在某条后巷里度过余生，不被人发现。两个人都知道这是在做白日梦。现实生活中他们根本无从逃避。唯一可行的计划就是殉情自杀，但他们不想死。活上一天算一天，活上一个礼拜算一个礼拜，虽然没有未来，但此刻能好好活着就够了，这似乎是一种无可压抑的本能。就像只要还有空气，一个人的肺就总是会再多吸一口气那样。

有时候，他们也会谈起参加反党斗争，但他们不知道该如何踏出斗争的第一步。即使传说中的兄弟会真的存在，设法加入这个组织也是不容易的事情。他告诉了她自己与奥布莱恩之间存在着，或者说似乎存在着某种亲密的关系，而且他还告诉她有时候他心里有股冲动，想径直走到奥布莱恩跟前，开诚布公地说他是党的敌人，寻求他的帮助。奇怪的是，她并不觉得这么做很鲁莽。她总是会通过人们的面孔对他们加以判断，她觉得温斯顿应该可以相信奥布莱恩，就凭那一次两人眼神的交流。而且，她觉得每个人，或几乎每个人，都在心里悄悄憎恨党，只要觉得安全就会违规犯法。但她不相信大规模有组织的反对活动可以存在。她说，那些关于古德斯泰恩和他的地下党羽的传闻只是党为了达到自己的目的而制造出来的谣言，而你不得不假装相信。她曾无数次在党的集会和自发游行中扯着嗓门要求处决那些她从来没有听说过的人，而且她根本不相信那些人犯下了被指控的罪名。在公审大会举行时，她加入了青年团派遣的支队，从早到晚站在法院外面，不时地叫嚷着："处死那些叛徒！"在两分钟仇恨仪式上，她辱骂古德斯泰恩的声音总是盖过别人。但她根本不知道古德斯泰恩是谁，他代表着怎样的异端邪说。她是在革命之后长大的，五六十年代大清洗时她还太小，记不得那时候的意识形态斗争是怎么一回事。像独立政治运动这种事情超出了她的想象范围，党总是战无不胜。党的统治将会是千秋万代，而且不会改变。你只能以悄悄的抗命形式反对它，最多就是采取孤立的暴力行为，像谋杀或爆炸袭击。

在某种程度上，她比温斯顿更加激进，更不会为党的宣传政策所蒙蔽。有一回他无意间提到了与欧亚国的战争，她漫不经心地说她根本不相信战争正在发生，那些每天在轰炸伦敦的火箭炸弹或许就是大洋国的政府自己发射的，"为的是让人们陷入恐慌"。这让他觉得很惊讶。他以前根本没有这么想过。她还告诉他，在两分钟仇恨仪式中，她很难压抑自己开怀大笑的冲动，让他觉得有点嫉妒。但她只质疑与她自己的生活有关的党的教条。她总是相信官方所塑造的种种不实言论，这只是因为真相与谎言之间的区别对她来说似乎并不重要。比方说，学校里教导说是党发明了飞机，她就相信了。（温斯顿记得五十年代末自己读书时，党只发明了直升飞机，而过了十几年，到了朱莉娅读书时，课本里已经宣称飞机也是党发明的，再过一代人，课本里就会说蒸汽机也是党发明的。）当他告诉她在他出生之前，在革命发生之前飞机就已经存在时，她对这件事情根本不感兴趣。说到底，纠结于是谁发明了飞机又有什么意义呢？有一次偶然间他从她口中得知她不记得四年前大洋国与东亚国在打仗，与欧亚国是盟友关系，这让他十分惊诧。确实，她认为整场战争只是一个骗局，但她根本没有注意到敌人的名字已经变了。她轻描淡写地说道："我以为我们一直在和欧亚国打仗呢。"这句话让他心里暗暗震惊。飞机的发明是在她出生前很久的事情,但敌友关系的改变只不过是四年前的事情,在那个时候她已经是个成年人了。就这件事他和她争执了大约十五分钟。最后,他终于成功迫使她追溯记忆,直到她隐隐约约记得敌人曾经是东亚国而不是欧亚国。但她仍然觉得这个问题并不重要。"管它呢?"她不耐烦地说道,"该死的战争总是一场接着一场,谁都知道那些战报都是谎言。"

有时候他会告诉她记录司的事情和他在那儿所从事的无耻的捏造工作,她对这些事情并不感到惊讶。当她想到谎言变成了真相时,她并不觉得那是什么天崩地裂的大事。他向她讲述琼斯、阿尔伦森和鲁斯福德的故事,以及那张他曾捏在手里的纸条。她并不为之所动。事实上,起初她根本不知道这个故事意义何在。

"他们是你的朋友吗?"她问道。

"不是。我不认识他们。他们是内部党员。而且,他们的年纪比我大多了。他们属于旧时代的人,活跃在革命之前。我只是见过他们。"

"那你为什么对此感到忧虑?杀人这种事情无时无刻不在发生,不是吗?"

他向她解释:"这一次情况不一样。这不仅仅是杀人的问题。昨天之前的历史已经被摧毁了,你知道吗?就算它残存下来,也只是几件东西,没有任何文字记载,就像那边那块玻璃。我们已经对革命和革命之前那些年头的事情一无所知了。每一份记录都被摧毁或被篡改过,每一本书都被改写过,每一幅画都被重新画过,每一尊雕像、每一条街道、每一座建筑都被重新命名过,每一个日期都被更改过。这个过程日复一日分分秒秒都在进行。历史已经停止了。任何东西都不复存在，只有无尽的现在，党总是英明正确的。我当然知道过去被篡改了，但我永远无法证明这一点，即使我就是篡改过去的人。篡改完毕之后，什么证据也没有留下。唯一的证据在我的意识中。但我根本不知道有没有其他人和我有着共同的回忆。有那么一回，这辈子就那么一回，在那次事件后我掌握了确凿的证据——是在那次事件之后几年的事了。"

"那有什么用呢？"

"没有用。因为几分钟后我就将它扔掉了。但如果同样的事情发生，我会将它保留下来。"

"嗯，我可不会！"朱莉娅说道，"我只会为值得做的事情冒险，但不会为了一张旧报纸这么做。就算你当初保留了下来，你又能拿它做什么呢？"

"或许真的不能做什么。但那是证据。假如我敢将它拿给别人看的话，或许它能种下种种疑惑。我不会奢望我们这辈子能改变什么。但可以想象一下，这儿或那儿爆发一小股抵抗——人数不多的小群体团结在一起，渐渐壮大，甚至留下几则历史记录，让下一代可以继续我们留下的事业。"

"我可不关心下一代的事情，亲爱的。我只关心我们俩的事情。"

"你只是个下半身叛逆者。"他对她如是评价。

她觉得这句话太风趣了，开心地搂住他。

她对于党的教条和细枝末节丝毫不感兴趣。每当他开始谈起英社的原则、双重思想、过去的可塑造性、对客观现实的否定、运用新话词汇等等时，她就觉得很无聊困惑，说她根本不会去关注这些事情。既然一个人知道那些全都是废话，那为什么要为之劳心费神呢？她知道什么时候得欢呼，什么时候得作嘘，这就够了。如果他坚持要谈论这些话题，她就会呼呼大睡，这个习惯令他心里很难受。她是那种能在任何时候以任何姿势睡着的人。和她聊天让他意识到，装出思想正统的样子，却又不知道正统思想为何物是多么容易的一件事情。从某种程度上说，党的世界观对大多数无法理解它的人的改造相当成功。即使是对现实最明目张胆的否认诋毁他们也能够接受，因为他们根本不会明白自己被迫接受了怎样的暴行。而且他们对公众事件漠不关心，不知道正在发生什么事情。正是因为他们无法理解，所以他们才不至于发疯。他们只是囫囵吞枣接受了一切说教，而他们吞下去的说教并没有对他们造成伤害，因为这些说教没有留下任何痕迹，就像一颗谷粒会未经半点消化直接通过一只鸟的体内而被排出一样。

第六章

事情终于发生了。意料之中的信息终于来了。他觉得他这辈子似乎一直在等候着这件事情发生。

他正走在真理部长长的走廊里，就要走到朱莉娅借滑倒的机会递给他纸条的那个地方时，突然发现有个块头比他大一些的人正走在他身后。那个人不知是谁，轻轻地咳嗽一声，显然是准备开口说话。温斯顿骤然停步转身。那个人是奥布莱恩。

他们终于面对面相遇了，他似乎只有跑开的冲动。他的心跳得很厉害。原本他说不出话来，但奥布莱恩径直走了过来，手在温斯顿的胳膊上友好地搭了一会儿，两人并肩走着。他开始说话，语气斯文有礼，态度和大部分内部党员很不一样。

"我一直希望有机会和你聊一聊。"他说道，"前几天我读到了你在《泰晤士报》发表的一篇关于新话的文章。你对新话有学术上的兴趣，是吧？"

温斯顿恢复了几分自制。"谈不上学术兴趣。"他说道，"我只是个门外汉。那不是我的专长，也未能参与新话的创造工作。"

"但你的文章写得很好。"奥布莱恩说道，"不只是我这么认为。前不久我和你的一个朋友聊过，他可是位专家。他的名字我这会儿想不起来。"

温斯顿的心再次痛苦地激荡着。这番话所指的对象只会是塞姆，但塞姆不只死了，他被消灭了，成为了"非人"。只要一提起他，可能就会招致杀身之祸。奥布莱恩说这番话的用意一定是作为一个信号和暗语。他犯下了一桩小小的思想罪，让两人变成了共犯。他们慢慢地沿着走廊继续走着，这时奥布莱恩停下了脚步，将鼻梁上的眼镜扶好，他做这个动作时总是让人觉得很友善，解除了别人心里的防备。然后他接着说道：

"我想说的是，我注意到文章里你使用了两个业已被剔除的词语，但它们只是最近才被剔除的。你读过新话词典第十版吗？"

"没有。"温斯顿回答，"我不知道它已经出版了。我们记录司还在用第九版。"

"我想第十版得再过几个月才正式出版，但样书已经发行了。我自己就有一本。或许你有兴趣读一读？"

"我非常感兴趣。"温斯顿立刻意识到他说这番话的用意。

"有的新进展非常具有原创性。动词的数量减少了——我觉得你会对这个感兴趣的。让我想想，我叫人把词典给你捎过去好吗？但我担心我总是会忘事。或许你可以找个时间到我的公寓来把词典带走？等等。我把我的地址给你。"

两人正站在一台电屏前面。奥布莱恩有点心不在焉地摸了摸两个口袋，然后掏出一小本真皮封面的笔记本和一支金墨水笔。就在电屏下这个位置，任何一个正在另一头监视的人都可以看到他在写什么。他潦草地写了一个地址，撕下那一页，然后递给温斯顿。

"晚上我通常在家。"他说道，"要是不在的话，我的用人会把词典给你。"

他走了，留下温斯顿拿着那张纸站在那儿，这一次他无须将其隐藏。但是，他还是小心翼翼地记下上面写的东西，几个小时后将它连同一堆废纸扔进记忆洞里。

他们最多交谈了几分钟，这次谈话只有一个目的，就是要让温斯顿知道奥布莱恩的地址。这是很有必要的，因为除了直接询问之外，根本不可能知道谁住在哪里。现在可没有地址名录簿什么的。"如果你想和我见面，就到这儿来找我。"奥布莱恩对他这么说。或许在那本词典里藏着一则信息。但至少有一件事是可以肯定的：他一直期盼的阴谋活动确实存在，而他已经进入了它的外围。

他知道迟早他都会遵从奥布莱恩的号召。或许就在明天，或许要等很久——他不知道。现在所发生的事情只不过是几年前种下的因所结出的果。第一步是一个不由自主的秘密念头，第二步是打开日记本。他的反抗已经从思想进化到文字，现在将从文字进化到行动。他最终的结局将会在友爱部发生，他已经认命了。从一开始就注定会是这样的结局。但这实在是太可怕了——更确切地说，这像是预先品尝死亡，像是逐渐陷入死亡。甚至当他和奥布莱恩说话时，那些话的深意也令他毛骨悚然全身冰冷。他感觉就像踏入一座阴森森的坟墓，虽然他已经知道这座坟墓一直在等候着他，但感觉还是那么恐怖。

第七章

　　温斯顿一觉醒来，眼里满是泪水。朱莉娅睡意蒙眬地转身靠在他身上，嘴里嘟囔着什么，可能是在问他："怎么了？"

　　"我梦见——"他欲言又止。这件事太复杂了，无法以言语表达。除了梦境本身之外，还有和梦境联系在一起的回忆，在醒来几秒钟之后涌现在他的脑海里。

　　他躺了下来，合上眼睛，仍然沉浸在梦境的气氛中。那是一个浩瀚而明亮的梦境。在梦中他的一生就像夏日傍晚雨后的风景，一一展现在他面前。这个梦是在那个玻璃镇纸里面发生的，玻璃的表面就是天穹，而在天穹之下，万物都被笼罩在清晰而柔和的光芒中，视野非常开阔。他觉得这个梦包含在了——事实上，从某种意义上说，它就是——他母亲手臂的一个动作，而时隔三十年之后，他在新闻纪实片中，看到那个犹太女人在直升飞机将他们轰得粉身碎骨之前试图为那个小男孩挡子弹时，又做了那个动作。

　　"你知道吗？"他说道，"直到这一刻我还认为是我杀害了母亲。"

　　"为什么你要杀害她？"朱莉娅几乎仍然在睡梦中。

　　"我没有杀害她，肉体上不是我杀的。"

　　在梦中他记起自己最后一次看到母亲的情形，醒来一会儿后，他想起了这个梦境中的细节。多年来他一直刻意将这段回忆摈除在意识之外。他忘记了那是什么时候的事情了，但当时他应该不只十岁了，可能已经十二岁了。

他的父亲在此之前失踪了，但到底是多久之前的事情他不记得了。他记得比较清楚的是那时候总是吵吵闹闹的，日子很不太平。他们总是担心空袭，躲到地铁站里避难，那里到处沙石成堆，街角到处张贴着看不懂的标语和告示，一群群年轻人穿着相同颜色的衬衫，面包店外排起了长长的队伍，远处不时传来机关枪开火的声音——而印象最深的是，饭总是吃不饱。他记得那些漫长的下午，他和其他男孩在垃圾桶和垃圾堆翻寻，捡拾卷心菜的菜梗和土豆皮，有时甚至会捡到发了霉的面包屑，他们会小心翼翼地将上面的灰尘掸掉；他们还会等候运送牲畜饲料的卡车经过，这些卡车的路线是固定的。有时候它们在路况不好的路段颠簸行进，会掉下几块豆饼。

父亲失踪时，母亲并没有表现出惊讶或强烈的悲伤，但她突然间似乎变了个人。她似乎一下子变得彻底意气消沉。连温斯顿都猜得到她在等候着自己知道一定会发生的事情。该做的事情她都会去做——做饭、洗衣服、缝补、整理床铺、拖地板、清理壁炉架的灰尘——总是干得很慢，几乎没有任何多余的动作，就像一位艺术家的人体模型自己走动起来那样。她那高大而风姿绰约的身体似乎总会自发地静止下来。她会一连几个小时几乎一动不动地坐在床边，照顾他的妹妹，她才两三岁，是一个病恹恹的、非常安静的小女孩，脸蛋瘦得跟猴子似的。有时候母亲会搂着温斯顿，久久地将他紧紧抱住，什么也没说。虽然那时候他还小，而且很自私，但他知道这和那件从未被提起但注定会发生的事情有关。

他记得他们曾经住过的房间，里面阴暗污浊，一张铺着白色床单的床似乎就占据了一半的空间。壁炉围栏里放着一个煤气炉，搁着一个架子，上面存放着食物。外面的楼梯平台上有一个棕色的陶土水槽，由几个房间共用。他记得母亲雕塑般的身躯俯身就着煤气炉上的锅子炒菜的情形。他记得最清楚的就是自己老是肚子饿，吃饭时老是和妈妈吵架。他总是很惹人厌烦地一遍又一遍地追问母亲为什么没有更多的食物吃。他会朝她大吼大叫（他甚至记得他的嗓门，他过早就变声了，有时候嗓门大得有点吓人），他还会装出哭哭啼啼的腔调，想多分到点吃的。而母亲总是会顺从他。她认为他作为"男丁"，理应分到最大一份的食物。但无论她给他多少吃的，他总是要再多吃点。每顿饭她都会央求他不要自私，要记得他的妹妹病了，也需要吃东西，但这根本没有用。当她不舀东西给他时，他会生气地嚎啕大哭，他会试图从她手里抢过炖锅与汤勺，他会从妹妹的盘子里抢东西吃。他知道自己在让母亲和妹妹饿肚子，但他就是忍不住会这么做。他甚至觉得自己有权利这么做。他的肚子在咕咕咕地叫，这似乎就是充分的理由。在三餐之间，要是母亲没有防备，他总是会偷吃架子上所剩无几的食物。

有一天，他们分到了配额的巧克力。已经有好几个星期，甚至好几个月没有分过巧克力了。他记得很清楚那珍贵的一小块巧克力，有两盎司重（那时候他们仍然使用盎司这个单位），而家里有三口人。显然，这块巧克力得平均分成三份。突然间，似乎听到别人在说话一样，温斯顿听到自己振振有词地说整块巧克力都应该归他。母亲告诉他不能这么贪心。两人争吵了很久，夹杂着叫嚷、哭诉、啜泣、抱怨、讨价还价。他的妹妹像只小猴子一样双手紧紧抱着母亲，坐在那里，扭过头来用一双大大的忧伤的眼睛看着他。最后，母亲将四分之三的巧克力分给了温斯顿，另外四分之一给了他妹妹。小女孩拿着那块巧克力，茫然地看着它，或许她还不知道那是什么。温斯顿站在那儿看了她一会儿，突然一个箭步冲上前，将那块巧克力从妹妹手中抢走，朝门口跑去。

"温斯顿，温斯顿！"母亲在他身后嚷道，"回来！把你妹妹的巧克力还给她！"

他停下脚步，但没有回来。母亲忧郁的眼睛盯着他的脸。即使到了现在，他想到了那件事情，他还是不知道那即将发生的事情到底是什么。妹妹知道自己的东西被抢了，有气无力地哭了起来。母亲一手搂着她，让她的脸靠在自己的胸脯上。这个姿势似乎告诉他妹妹就要死了。他转身跑下楼梯，那块巧克力在他手里变得黏糊糊的。

他再也没有见到母亲。他吃完那块巧克力，觉得有点羞愧，在街上晃悠了几个小时，直到肚子饿得咕咕叫才回家。回去时他发现母亲失踪了。当时这是很平常的事情。房间里什么都在，就是母亲和妹妹不见了。她们没有带走任何衣服，甚至连母亲那件大衣也还在。直到今天他还是不知道母亲是不是已经死了。很有可能她只是被遣送到劳改营。至于他妹妹，她可能被带走了，就像温斯顿一样被带到孤儿院（它们的名字叫改造中心），内战以后这些改造中心纷纷出现。或许她也被送进劳改营，和母亲在一起；或许，她被遗弃在哪个地方，已经死了。

这个梦境仍然鲜活地印在他的脑海里，特别是那个搂着妹妹的姿势所表达的呵护之情。他想起了两个月前的另一个梦。在他身下深深的地方，母亲就坐在一艘沉船上，怀里抱着妹妹，就像坐在那张肮脏的、铺着白床单的床上一样，一分一秒地往下沉，但仍然透过浑浊的水一直抬头看着他。

他告诉朱莉娅关于母亲失踪的故事。她没有睁开眼睛，扭动着身躯，让自己躺得更加舒服一些。

"我就知道你那时候是个该死的小混蛋。"她睡意蒙眬地说道，"所有的孩子都是小混蛋。"

"是的，但这个故事真正的用意是——"

听她的呼吸声她应该又睡着了。他原本想继续聊聊母亲的事。在他的记忆中，他觉得母亲并不是什么特别的女人，更算不上是一个聪明的女人。但是，她有一种贵族气质，心地很纯洁，这只是因为她遵循的是人性的标准。她仍拥有自己的情感，外部的影响无法将其改变。她从不会觉得一件没有效果的事情就没有意义。如果你爱着某个人，你爱他，当你没有什么东西给他时，你仍可以给他爱。当最后一块巧克力被抢走后，母亲将妹妹抱在怀里。她这么做于事无补，什么也无法改变，变不出巧克力来，也无法改变妹妹或她的死亡。但对她来说这么做似乎是天经地义的事情。那个船上的难民犹太女人也将小男孩护在怀里，其实她的胳膊就像一片薄薄的纸，根本不足以抵挡子弹。党所做出的可怕的事情，是让你知道只有冲动只有情感是没有用的，与此同时，又将你在这个物质世界上的一切权力统统剥夺掉。一旦你落入党的魔掌，无论你感觉到什么或没有感觉到什么，无论你做了什么或没去做什么，这些都无关紧要。你注定会消失，从此你或你的行为都在这个世上销声匿迹。在历史的洪流中你被彻底清除。但是，对于仅仅两代人之前的人来说，这似乎并不重要，因为他们没有尝试去篡改历史。他们坚守着人与人之间的忠诚，从不对其提出质疑。他们重视人与人之间的关系，一个毫无意义的举动，一个拥抱、一掬泪水、对一个垂死之人安慰的话，都有其价值。突然间他想到那些无产者仍然过着这样的生活。他们不对某个党派、国家或理念表示忠诚，他们只对彼此忠诚。生平以来他第一次没有看不起这些无产者，或认为他们只是惰怠的力量，终有一天将焕发活力，使世界获得重生。无产者们仍保留着人性。他们没有变得铁石心肠。他们仍保留着原始的情感，而这些情感他必须主动而努力地重新学习。想到这里，他记起了一件事情，虽然这件事情看似无关。几个星期前他看到一只断手掉落在人行道上，他将它踢进阴沟里，似乎当它只是卷心菜的菜梗。

"无产者是人，"他大声说道，"而我们不是人。"

"怎么不是人了？"朱莉娅问道，她又醒来了。

他想了想。"你有没有想过，"他说道，"对于我们来说，最好的结局是在事情变得不可收拾之前离开这里，从此不再相见？"

"有啊，亲爱的，我想过好几次了。但我不会这么做。"

"我们运气一直很好。"他说道，"但这种情况不会长久。你还年轻。你看上去是个无辜的普通人。如果你不接近像我这样的人，或许你能再活上五十年。"

"不要。我已经彻底想过了。你做什么，我也做什么。别那么丧气，我知道怎么活下去。"

"我们或许还能在一起呆上六个月——或者一年——谁也说不准。我们最后注定会分开。你知道我们是多么孤独无助吗？一旦他们逮到我们，我们俩谁都帮不了谁，什么都办不到。如果我招供了，他们会把你处决，就算我不招供，他们还是会把你处决。我所说所做的任何事情，就算死不招供，都无法推迟你的死亡哪怕五分钟。我们俩甚至不会知道另一方是生是死。我们只能坐以待毙。最重要的是，我们不能背叛对方，虽然那其实无法改变什么。"

"如果你是说坦白招供,"朱莉娅说道,"招供就招供呗,那没什么。每个人最后都会招供。他们以酷刑折磨你,你别无出路。"

"我不是在说招供。招供不是背叛。你说什么或做什么都不重要,重要的是你的情感。要是他们能让我不再爱你——那将会是真正的背叛。"

她想了想:"他们做不到。"最后她说道:"那是他们唯一无法做到的事情。他们可以让你说出任何话——任何话——但他们无法让你相信那些话。他们不能钻进你的思想里。"

"做不到。"他燃起了一点希望,"做不到,确实如此。他们不能钻进你的思想里。如果你**觉得**保持人性是值得的,就算这不会有任何结果,你就已经战胜他们了。"

他想起了电屏和无休止的窃听。他们日日夜夜在监控你,但如果你动脑筋的话,你仍可以骗过他们。虽然他们很狡猾,但他们从未掌握如何知道另一个人在想什么的秘密。或许,当你真的落入他们的手中时,情况并不是这样。你不知道友爱部里在发生什么事情,但你可以猜测: 酷刑、药物、能追踪神经反应的精密仪器,通过剥夺睡眠、单独幽禁和无休止的问话让你逐渐崩溃。不管怎样,事实是瞒不住的。通过酷刑盘问它们会被记录下来,从你的口中挤出来。但如果目标不是求生,而是保持人性,那最终又有什么关系呢? 他们无法改变你的情感,你自己也无法改变自己的情感,即便你希望这么做。他们可以将你所说过的、做过的、想过的盘问得一清二楚,但你的内心世界——即使对于你自己来说它的运行机制也是神秘莫测的——将是无法攻陷的堡垒。

第八章

他们采取行动了，他们终于采取行动了！

他们站在一间灯光柔和的长方形房间里。电屏的声音被调得很低，听起来像在低沉地喃喃自语。踩在厚重的深蓝色毛毯上，你感觉似乎正踩着天鹅绒。在房间的另一头，奥布莱恩正坐在放着绿色灯罩的台灯的桌子旁边，左右各摞着一叠纸。仆人带朱莉娅和温斯顿进来时他没有抬头看一眼。

温斯顿的心跳得很厉害，他不知道自己能不能开口说话。他们采取行动了，他们终于采取行动了，这就是他能想到的事情。到这儿来实在是太鲁莽了，而且他们还是一起过来的，实在是太愚蠢了，虽然他们走的是不同的路线，只是在奥布莱恩家门口会合。但就算只是走进这么一个地方也需要莫大的勇气。很少有人能见到内部党员居住的地方里头的情形，甚至连走进他们居住的区域也不是经常发生的事情。整座公寓大楼的气氛、每样东西的奢华和宽敞、精美的食物和上好烟草陌生的气味、宁静而快捷地上下穿梭的电梯、穿着白色外套匆忙奔走的仆人——每样事物都让他觉得忐忑不安。虽然他有好借口到这儿来，但每走一步他都在担心会有身穿黑色制服的卫兵突然从拐角处冒出来，要求他出示文件，勒令他出去。但是，奥布莱恩的仆人没有异议就让他们俩进来了。他穿着白色的外套，个头瘦小，长着一头深色的头发，菱形的脸上毫无表情，或许是个中国人。他领着他们穿过一条走廊，上面铺着柔软的地毯，墙上贴着奶白色的墙纸和白色的护墙板，到处一尘不染，而这也让他有惴惴不安的感觉。温斯顿拜访过不少人的家，从未见过哪户人家的走廊墙上干干净净，没有被人的身体碰脏过。

奥布莱恩的手里拿着一张纸条，似乎正在专心致志地阅读。他那张阴沉的脸低垂着，露出鹰钩鼻的轮廓，看上去很霸气也很睿智。他坐在那儿一动不动，持续了大约二十秒钟，然后将讲写器拉到身边，迅速地说出一连串杂糅着术语的官话：

"第一逗号五逗号七项完全批准句号第六项含指示倍加荒谬接近罪想取消句号取得机器杂项开支全面估算前建设非进行句号信息结束。"

他从椅子上站起身，悄无声息地走在地毯上，朝他们走来。讲完那段新话的指示之后，他的官架子似乎少了一些，但他的表情比刚才更加凝重，似乎他被人打扰了，心里觉得不高兴。温斯顿本来一直很害怕，但现在却觉得有点尴尬。他觉得自己一定是犯下了愚蠢的错误。他有什么确凿的证据表明奥布莱恩是个政治阴谋家？没有，就只有眼神的交流和一句模棱两可的话，除此之外就只有他自己建立在一个梦境之上的想象。他甚至不能说他是过来借词典的，因为那样一来，朱莉娅到访就根本解释不通了。经过电屏时，奥布莱恩似乎想到了什么，停下脚步，转身按下墙上一个按钮。一声厉响之后，电屏里的声音停止了。

朱莉娅轻轻地惊叫了一声。虽然温斯顿心里忐忑不安，但他也被吓得咋舌不已。

"你能把它关掉！"他惊叹道。

"是的。"奥布莱恩回答，"我们可以把它关掉。我们有这个特权。"

现在他就站在他们面前，高大的身躯凌驾于两人之上，脸上仍然带着让人琢磨不定的表情。他等候着温斯顿说话，神情有点严厉，但该说些什么呢？即使到了现在，情况很可能也只是他——一个大忙人——正很不耐烦地纳闷为什么自己工作的时候有人来找他。谁都没有说话，电屏被关掉后，房间里变得一片死寂。时间一秒一秒地过去，过得很慢。温斯顿艰难地一直盯着奥布莱恩的眼睛。突然间，奥布莱恩那张阴郁的脸露出一丝微笑，他以那标志性的动作将鼻梁上的眼镜扶好。

"我说呢，还是你说呢？"他问道。

"我说吧。"温斯顿立刻答道，"那东西真的关掉了吗？"

"是的，一切都被关掉了。就我们仨在。"

"我们来是因为——"

他停住了，第一次意识到他这趟来动机很不明确。他不知道到底要奥布莱恩怎么帮他，因此他不知道如何表达自己的来意。他继续说下去，心里很清楚自己所说的话听起来一定很没有底气很做作。

"我们知道有某个秘密组织在筹划反对党的阴谋，而你是其中的一员。我们希望加入该组织，并为其效力。我们是党的敌人。我们不相信英社的那些原则。我们是思想犯。我们还是通奸犯。我告诉你这些，因为我们希望得到你的帮助。如果你要我们做点什么事情以表诚信，我们准备好了。"

他停了下来，觉得门被打开了，回头看了一下。果然，那个黄色面孔的小个子仆人没有敲门就进来了。温斯顿看到他托着一个盘子，上面摆着一瓶酒和几个杯子。

"马丁是我们的一员。"奥布莱恩不动声色地说道，"把酒拿过来，马丁。放在圆桌上。我们椅子够吗？那我们坐下来说，舒服一点。马丁，你也给自己搬张椅子吧。这是正经事。接下来这十分钟你别把自己当成仆人。"

那个小男人坐了下来，神情很轻松，但看上去仍然一副奴才相，像一个被恩许特权的小厮。温斯顿用眼角打量着他。他注意到，这个男人一辈子都在乔装为仆人，连暂时不去扮演这个身份也觉得会有危险。奥布莱恩拿着酒瓶的瓶颈，往酒杯里倒了一些深红色的液体。这让温斯顿隐约记起很久以前见过一面墙或一块广告板——上面用电灯泡构成一个大大的酒瓶图案，似乎在上下移动，将里面的液体倒进一个玻璃杯里。从上往下看，里面的液体看上去几乎是黑色的，但在酒瓶里它闪烁着红宝石一般的光芒，带着酸酸甜甜的味道。他看见朱莉娅端起酒杯，好奇地闻着里面的液体。

"这叫红酒。"奥布莱恩微笑着说道，"你应该在书里读到过。我想外部党员中很少有人喝过。"他的脸又变得严肃起来，他举起酒杯，"我想我们应该先为健康干杯。祝我们的领袖埃曼努尔·古德斯泰恩身体健康。"

温斯顿热情地端起酒杯。他读到过关于红酒的内容，一直梦想着能喝上一杯。就像那个镇纸或查林顿先生那依稀记得的歌谣一样，红酒属于业已消失的浪漫过去，他心里悄悄将那时候称之为"旧时光阴"。不知道为什么，他一直以为红酒的味道应该很甜，就像黑莓果酱的味道，一喝就醉。事实上，当他喝下红酒的时候，感觉很失望。喝了这么多年杜松子酒，他已经尝不出红酒是什么滋味了。他把空杯子放了下来。

"也就是说，真的有古德斯泰恩这么一个人？"他问道。

"是的。真的有这么一个人，他还活着。至于在哪儿，我不知道。”

“还有反党的阴谋——那个秘密组织呢？这是真的吗？不是思想警察捏造出来的吗？”

“不，这是真的。我们称之为兄弟会。你只需要知道兄弟会的确存在，而你是兄弟会的一员，这就够了。这个我待会儿再说。”他看了看腕表，“就算是内部党员也不能将电屏关闭超过半个小时。你们不应该一起过来的，待会儿你们必须分头离开。同志，”他朝朱莉娅微微颔首，“你先走。我们大概还有二十分钟。我必须先问你们几个问题，希望你们理解。大体上，你们准备做什么？”

“任何我们力所能及的事情。”温斯顿回答。

奥布莱恩在椅子上稍微转过身，面朝着温斯顿。他几乎没怎么和朱莉娅说话，似乎认为温斯顿就代表了她的意见。他的眼睑低垂了下来，过了一会儿，他开始以低沉而毫无情感的声音提问，似乎这只是在进行例行公事的问答，其实大部分问题的答案他已经知道了。

“你愿意牺牲自己的生命吗？”

“是的。”

“你愿意杀人吗？”

“是的。”

“你愿意执行破坏任务，而这可能会导致数百名无辜的人丧生吗？”

“是的。”

“你会背叛你的国家，为外国势力效忠吗？”

“是的。”

“你准备好以欺骗、捏造、绑架的手段，腐蚀小孩子们的心灵，分发会上瘾的毒品，鼓励他们卖淫、散播性病——做出任何可能导致道德沦丧的事情，以此削弱党的势力吗？"

"是的。"

"假如说，举个例子，将硫酸洒在一个孩子的脸上，以此达到我们的目的——你愿意这么做吗？"

"是的。"

"你愿意放弃自己的身份，一辈子当服务生或码头工人吗？"

"是的。"

"如果我们命令你自杀，你愿意吗？"

"是的。"

"你们俩愿意从此分开，永远不再见面吗？"

"不行！"朱莉娅插了一句。

温斯顿觉得半晌说不出话来。他似乎被剥夺了说话的能力。他的舌头挣扎着，但说不出话来，刚想说出第一个单词的音节，就被另一个单词的音节所取代，如此反复了好几遍。最后——他说出答案的时候，心里根本不知道自己想说些什么。最后他说的是："不行。"

"你们告诉我这一点是对的。"奥布莱恩说道，"我们有必要了解一切。"

他转身面朝着朱莉娅，说话时似乎带着一丝情感。

"即使他能活下来，他也可能变成了另外一个人，你明白吗？我们或许会给他一个新的身份。他的脸庞、举止、手形、头发的颜色——甚至连他的声音也会改变。而你自己或许也会变成另一个人。我们的外科医生能将人改头换面。有时候这是必需的。有时候我们甚至会进行截肢手术。"

温斯顿忍不住瞥了瞥马丁那张蒙古人种的脸庞。他看到脸上并没有疤痕。朱莉娅的脸色苍白，雀斑更加清晰了，但她勇敢地直面着奥布莱恩，嗫嚅着什么，似乎表示同意。

"很好。问题问完了。"

桌子上有一个银色的烟盒。奥布莱恩心不在焉地将烟盒推给他们，自己拿了一支，然后站起身，开始慢慢地来回踱步，似乎站着的时候更有助于他进行思考。那些都是上等的好烟，烟草很多，而且包装精良，外面那层纸就像丝绸一般光滑，感觉很陌生。奥布莱恩又看了一下腕表。

"你得回餐室去了，马丁。"他说道，"我得在十五分钟内开启电屏。走之前好好看看这两位同志的脸。你会再和他们见面。我就不一定了。"

就像刚才在门口一样，这个小男人眨着深色的眼眸端详着他们的脸。他的态度一点儿也不友好。他在记住他们的长相，但他对他们并不感兴趣，或者说表面上看是这样。温斯顿想到，或许一张整过容的脸无法改变表情。什么也没说，也没有行礼，马丁出去了，悄无声息地关上了门。奥布莱恩仍在踱着步子，一只手插在黑色制服的口袋里，另一只手拿着香烟。

"你们知道，"他说道，"你们将在黑暗中战斗。你们将总是置身于黑暗中。你们将接受命令，服从命令，不需要知道为什么。稍后我会给你们一本书，从书中你们将了解到我们所生活的这个社会真正的本质，以及我们如何将其摧毁的策略。读完这本书后，你们将成为兄弟会的正式成员。但除了我们为之奋斗的远大目标和当前的任务之外，任何事情你们都不会知道。我可以告诉你们兄弟会确实存在，但我不能告诉你们会员的数目到底是上百个还是上千万个。就你们而言，你们认识的人不会超过十来个。你们会有三四个联络人，他们会不停地消失更换。今天是你们第一次与兄弟会接触，我们会登记下来。你们将遵从我的命令行事。要是我们觉得有必要和你们联系，联络人会是马丁。要是你们最后被捕，你们将会招供。这是不可避免的。但你们除了自己做过的事情之外没有什么可招供的。你们最多只能供出几个无关紧要的人。或许你们甚至都无法把我供出来。那个时候我可能已经死了，或者已经改头换面，变成了另一个人。"

他继续在柔软的地毯上来回走着。虽然他身材魁梧，但举止非常优雅，甚至连他手插口袋或摆弄香烟也显得那么雍容。他给人的印象不是孔武有力，而是十分自信，而且非常睿智，略带嘲讽的意味。不论他的内心是多么坚定严肃，他完全没有狂热分子的那种心中只有一个目标的执念。当他提起谋杀、自杀、性病、截肢、整容时，他露出淡淡的、嘲讽的神情。他的声音似乎在说："这些是无可避免的。这些都是我们必须做的，我们绝不会畏惧退缩。但将来日子好了，我们就不会再做出这些事情了。"温斯顿对奥布莱恩十分钦佩，甚至很崇拜他。这一刻他忘记了古德斯泰恩朦胧的身影。当你看着奥布莱恩强健的肩膀和他那张虽然长得很丑却很有绅士风范的国字脸时，你会觉得他是不可战胜的。没有什么阴谋能蒙蔽他，也没有什么危险他无法察觉。连朱莉娅似乎也被感染了。她由得自己那根烟熄灭，专注地倾听着。奥布莱恩继续说道：

"你们大概已经听到了关于兄弟会存在的谣言。你们一定也已经形成了自己的想法。或许你们以为有许多同谋者在从事地下活动，在地下室秘密聚会，在墙上涂写信息，以暗号或特别的手势彼此辨认。根本没有这种事情。兄弟会的成员没有办法认出对方，任何一位成员最多只认识几位同志。就算古德斯泰恩本人落入思想警察的手里，他也无法供出完整的成员名单或任何能让他们获得完整名单的信息。根本没有这么一张名单。兄弟会是不可能被消灭的，因为它不是一个通常意义上的组织。凝聚这个组织的只有一个理念，一个坚不可摧的理念。这个理念就是你唯一的支撑。你不会得到同志情谊或鼓励。当你最后被捕时，你不会得到帮助。我们不会帮助我们的成员。最多，当需要灭口的时候，我们有时会偷偷将刀片送到牢房里。你必须适应没有结果也没有希望的生活。你将活动一段时间，然后被捕。你会招供，然后就会死去。这就是唯一你能看到的结果。我们这辈子不会看到什么显著的改变。我们是行尸走肉。我们真正的生活只存在于未来。到了那时，或许我们已经变成了几撮骨灰或几具枯骨。但未来有多遥远？谁也不知道。或许是一千年之久。现在我们所能做的，就是将这一理念逐渐传播开去。我们无法采取集体行动。我们只能将这一理念由一个人传给另一个人，由一代人传给另一代人。面对思想警察，我们只能这么做。"

他停了下来，第三次看了看腕表。

他对朱莉娅说道："是时候你们得离开了，同志。等等，酒瓶里还有半瓶酒。"

他往杯子里倒了酒，举起自己的酒杯。

"这一次祝酒应该是什么由头呢？"他说话时仍带着那种淡淡的嘲讽意味，"祝思想警察陷入混乱？祝老大哥死去？向人性致意？向未来致意？"

"向过去致意。"温斯顿提议。

"确实，过去更加重要。"奥布莱恩严肃地表示认同。

三人干了杯，过了一会儿，朱莉娅起身离开。奥布莱恩从柜子的最顶部拿下一个小盒子，递给她一片白色的东西，吩咐她含在舌头上。他说一定不能带着酒味出去，因为电梯服务员很善于观察。她出去后门就关上了，他似乎忘记了她的存在。他又来回踱了几步，然后停下来。

　　"有几个细节得确认一下。"他说道，"我想你有个藏身之所，是吧？"

　　温斯顿解释他在查林顿先生的小店楼上租了个房间。

　　"暂时就这样。稍后我们再为你另作安排。藏身地点得经常更换，这一点非常重要。同时，我会把**那本书**给你送过去。"——温斯顿注意到，提到"那本书"这三个字时，奥布莱恩的语气很重——"古德斯泰恩的书，你懂的，我会尽快安排。我可能得花几天时间才能弄到一本。你可以想象得到，他的书所剩无几了。思想警察一直在追踪这些书，摧毁的速度几乎和我们印书的速度一样快。但这问题不大。这本书是消灭不了的。就算最后一本书被销毁了，我们也能几乎一字不差地将其重写出来。你上班时带公文包吗？"他补充问了一句。

　　"通常会带。"

　　"什么样的包？"

　　"黑色的，很旧，有两根带子。"

　　"黑色的，有两根带子，很旧——好的。就这几天——我说不准具体是哪天——你在早上上班时会收到一则信息，上面印错了一个字，你要求重发。到了第二天，你别带公文包上班。当天某个时候，一个人会在街上碰碰你的胳膊，对你说：'我想你的公文包掉了。'他给你的包里面就有一本古德斯泰恩的书。十四天之内你必须将其归还。"

两人沉默了一会儿。

"还有几分钟你就得离开了。"奥布莱恩说道,"我们还会再见面的——要是我们再见面的话——"

温斯顿抬头看着他,迟疑地说道:"会在没有黑暗的地方?"

奥布莱恩点了点头,没有露出惊讶的表情:"在没有黑暗的地方。"似乎他已经知道这句话的含义,"还有,在你离开之前,你有什么想说的吗?有什么要交代的?有什么问题想问?"

温斯顿想了想。他似乎没有什么问题想问,更不想说一些高调的空话。他脑海中没有去想任何与奥布莱恩或兄弟会有直接联系的事情而是浮现出母亲度过生命中最后那几天的那间阴暗的卧室,以及查林顿先生小店楼上的那个小房间,还有那个玻璃镇纸和那幅镶在檀木画框里的钢版雕刻画。他随口问了一句:

"你是否听过一首古老的童谣,开头是这么唱的:'钟声传自圣克莱蒙,说着橘子和柠檬?'"

奥布莱恩又点了点头,斯斯文文地将整首童谣唱了出来:

"钟声传自圣克莱蒙,说着橘子和柠檬。

钟声传自圣马丁,说你欠我三法新。

钟声传自老贝利,叫你快把钱还讫。

钟声传自肖迪奇,等我发财再说哩。"

温斯顿惊叹道:"你知道最后一句!"

"是的,我知道最后一句。现在,我想是时候你得离开了。等一下,我得给你药片。"

温斯顿站起身,奥布莱恩伸出一只手,他的力气很大,温斯顿的手掌骨头被握得生疼。温斯顿在门口回头看了一眼，但奥布莱恩似乎已经将他摈出脑海之外。他的手正放在控制电屏的按钮上。温斯顿看到他身后的那张书桌，上面摆着绿色灯罩的台灯、讲写器和装满了纸张的铁丝筐。事情就这么结束了。他心里想，半分钟之内，奥布莱恩就会以党员的身份，回到他被中断的重要工作中。

第九章

温斯顿感觉累得就像一摊凝胶。凝胶这个比喻很恰当，自发地浮现在脑海里。他的身体似乎不仅就像一团胶冻那样虚弱，而且似乎变得半透明了。他觉得，如果自己把手举起来，他将能透过它看到光亮。繁重的工作似乎把所有的血液和淋巴都抽干了，只剩下一堆脆弱的神经、骨骼和皮肤。所有的感官意识似乎都被放大了。他那件制服磨着他的肩膀，人行道老是磕着他的双脚，连手掌的张合也似乎得很用力才能做到，各个关节嘎吱作响。

在五天之内他工作了九十多个小时。部里每个工作人员也都一样。现在一切都结束了，他几乎没有事情做，得到明天上午才会接到党的工作。他可以在藏身的地点呆上六个小时，然后回自己的床上再睡上九个小时。在午后和煦的阳光下，他慢慢地沿着肮脏的街道走着，朝查林顿先生的小店那个方向走去，眼睛仍在留意着巡逻队，但心里怀着一个毫无来由的信念：今天下午不会有危险，没有人会找他麻烦。每走一步手里那个沉重的公文包就会撞到他的膝盖，让他腿上的皮肤隐隐作痛。书就在公文包里头，这本书他已经拿到六天了，但还没打开过，甚至连看都没看一眼。

游行、演讲、呐喊、歌唱、挥舞旗帜、张贴海报、观看电影、展览蜡像、吹号打鼓、军队阅兵，坦克的履带轰隆隆地驶过，密集的飞机嗖嗖嗖地飞过，无数门大炮同时开火——这些活动一连进行了六天；到了仇恨周的第六天，当这场狂欢达到最高潮的战栗巅峰时，民众对欧亚国的仇恨被煽动至如癫似狂的地步：在最后一天，有两千名欧亚国的战犯将被公开处以绞刑，要是愤怒的民众能接触到他们的话，他们无疑会被撕成碎片——就在这时，公告宣布，大洋国根本没有在和欧亚国打仗。大洋国在和东亚国打仗，而欧亚国是盟友。

当然，没有声明承认发生过任何变化。这个突如其来的消息立刻传遍了所有地方，敌人是东亚国，而不是欧亚国。事情发生的时候，温斯顿正在参加位于伦敦中部一个广场的游行示威。当时是晚上，苍白的面孔和鲜红的旗帜显得特别鲜艳。广场上聚集了数千民众，包括上千名穿着少年侦察队制服的小学生。挂着猩红色幕布的演讲台上站着一个内部党员演讲者。他个头瘦小，双臂长得不合比例，大大的脑袋几乎秃顶了，只剩下几缕细长的头发。他正朝着人群激动地慷慨陈词，像个侏儒怪，整张脸因为仇恨都扭曲了。他一只手抓住麦克风，而另一只瘦骨嶙峋的大手在头顶的空气中乱抓乱舞。他的声音经过扩音显得特别刺耳，滔滔不绝地讲述着暴行、屠杀、驱逐出境、洗劫、强奸、虐待囚犯、轰炸平民、充斥着谎言的宣传、不公正的指控和撕毁和约。听他的演讲，你肯定会先是被他说服，然后陷入癫狂。每过一会儿群众的愤怒就会沸腾起来，那个演讲者的声音被数千个喉咙不由自主发出的野兽般的嘶吼所淹没，而那群小学生的叫嚷声最为野蛮。演说进行了二十分钟时，一个信差匆忙跑上讲台，将一张纸塞到演讲者的手中。他展开那张纸，一边继续演讲，一边看着上面的内容。他的声音、举止或演讲的内容一点儿都没变，但突然间那些名字不一样了。大家什么也没说，一股心照不宣的浪潮席卷而过。大洋国正在和东亚国打仗！接着场内一片骚乱。那些装点着广场的旗帜和海报都错了！有一半印着错误的面孔。这是破坏行为！是古德斯泰恩的党羽在搞鬼！演讲中间发生一段骚乱的插曲：海报从墙上被撕下来，旗帜被撕成碎片，狠狠地踩上几脚。少年侦察队干得尤其漂亮，他们爬上屋顶，把挂在烟囱上的横幅剪断。但刚过了两三分钟喧闹就结束了。那个演讲者仍然一只手抓住麦克风，向前耸着肩膀，另一只手在空气中胡乱挥舞，继续进行他的演讲。过了一分钟，人群再次爆发出凶狠的怒吼。"仇恨仪式"一如既往地进行，只是目标已经改变了。

回过头来想一想，让温斯顿印象深刻的是，那个演讲者在一句话说到一半的时候就直接转换了主题，不仅没有停顿，连句子的结构也没有打断。但当时他的注意力全放在了别的事情上。在海报被撕毁的混乱中，一个人碰了碰他的肩膀，对他说道："打扰一下，我想你的公文包掉了。"他没有看见那个人的脸。他一言不发，心不在焉地拿起公文包。他知道得过上好几天他才有机会打开公文包看一看。示威活动刚一结束他就径直回到真理部，虽然那时候已经是二十三点了。部里全体工作人员都回去了。电屏已经发出命令，要求工作人员回到岗位上，其实这则命令根本没有必要下达。

大洋国正和东亚国打仗，大洋国一直在和东亚国打仗。这五年来许多政治文章现在彻底作废了。各种各样的报告、记录、报纸、书籍、宣传册、电影、唱片、相片统统都得以雷霆般的速度进行修正。虽然没有下达指示，但他们都知道部里的头头们希望一周之内所有提及与欧亚国打仗，或与东亚国结盟的文字统统从这个世界上消失。这是非常浩繁的工作，而且由于这件事不能名正言顺地进行，因此更加累人。记录司的每个人每天工作十八个小时，只有两三个小时可以睡觉。他们从地窖里搬出床垫，堆满了走廊；食堂的员工用手推车送来三明治和胜利牌咖啡作为一日三餐的食物。每一次，温斯顿在离开岗位去打个小盹儿前，都会将桌子上的工作清理掉，但每一次他睡眼惺忪全身疼痛地走回桌子时，就会发现又有一大摞纸卷像雪花那样堆满了整张桌子，讲写器被埋了一半，有的还掉到了地板上，因此，他要做的第一件事总是先得把纸卷码成整齐的一摞，腾出空间进行工作。最痛苦的是，这些工作并非纯粹只是机械劳动。很多时候他只是将名字进行改动，但那些涉及细节的事件报告则需要非常小心，而且还得发挥想象力。甚至连把整场战争从一个地方乾坤大挪移到另一个地方所需要的地理知识也是非常惊人的。

　　到了第三天，他的眼睛就疼得不行，每隔几分钟就得摘下眼镜擦一擦。这就像干体力活一样累，你有权利选择不干，却又神经质地迫切想将其完成。当他回想这段时间的工作时，他知道自己对着讲写器所说的每句话、他的墨水铅笔所写下的每个字都是精心编织的谎言，但他觉得心安理得。他和司里每个人一样，衷心希望这些捏造的信息能达至完美。到了第六天的早上，气动输送管送纸卷的速度慢了下来。有半个小时输送管里什么也没有出来，接着又来了一个纸卷，然后就没有了。就在同一时候，各个部门的工作都开始变得越来越轻松。记录司的所有工作人员似乎都悄悄地长叹了一口气。一件无法启齿的伟大事业已经完成了。现在，没有人能够通过文献材料证实与欧亚国的战争曾经发生过。中午十二点整的时候，突然有消息宣布，真理部的全体工作人员可以下班了，明天早上再回来。温斯顿带着装着那本书的公文包回家了。当他工作的时候，他把公文包夹在双脚之间，当他睡觉的时候，他把它压在身下。他刮了胡子，泡澡的时候他差点睡着了，虽然水半温不热。

他全身的关节在嘎嘎作响，艰难地爬着楼梯上了查林顿先生的小店上面的房间。他很累，但不再昏昏欲睡。他打开窗户，点着脏兮兮的小煤气炉，烧了一锅水准备泡咖啡。朱莉娅很快就会过来，而且他还得处理那本书。他坐在那张邋遢的扶手椅上，解开公文包的带子。

那是一本厚厚的黑皮书，装帧很蹩脚，封面上没有名字或书名，印刷也似乎有点不齐整。书页的边角都磨损了，而且很容易就脱落下来，似乎这本书已经被很多人传阅过。扉页上面印着这些文字：

寡头集体主义的理论与实践

埃曼努尔·古德斯泰恩　著

温斯顿开始阅读。

第一章

无知即力量

有史以来，或许自新石器时代末期开始，这个世界上存在着三种人：上等人、中等人和下等人。每一种人的内部又分化出许多阶层，冠以不同的名字。他们的相对数目以及彼此之间的态度随着时代的变迁而不停变化。但这一社会结构从未改变。即使经过无数重大而且似乎无可挽回的变化，这一社会模式总是能恢复过来，就像一个陀螺仪，无论往哪个方向推，它总是会回归平衡一样。

这三个群体的目标是完全不可调和的……

温斯顿停止了阅读，因为他很庆幸自己能够安全而舒服地阅读这本书。屋里只有他一个人，没有电屏，没有人趴在钥匙孔上偷听，他不用东张西望，或用手遮住书页。夏季甜美的空气撩拨着他的脸颊。远处传来了孩子们隐隐约约的叫嚷声。房间里悄无声息，只有那口时钟虫子一般的走动声。他身子往扶手椅里一沉，把脚搁在壁炉架上。这就是幸福，这就是永恒。突然间，就像有时候一个人翻弄一本他知道一定会反复阅读每一个字的书那样，他翻到了另一页，看到那是第三章。他继续读下去。

第三章

战争即和平

二十世纪中叶，预言已经指出世界将被三个超级大国所瓜分。俄国吞并了欧洲，美国则吞并了英国，从而形成了三个超级大国中的两大势力：欧亚国与大洋国。第三股势力，东亚国，要到十年后，经过连番混战才正式成立。这三个超级大国的疆界有的地方经过磋商得以确立，而有的地方则视战争局势而定。但基本上这三个国家的国界是依照地理界线划分的。欧亚国包括了整个欧洲和亚洲大陆北部，地跨葡萄牙至白令海峡。大洋国覆盖了南北美洲、包括不列颠群岛在内的大西洋群岛、澳大利亚和非洲南部地区。东亚国比这两个大国面积略小，西部的国界尚未得以确定，囊括了中国及其南边的几个国家、日本群岛和满洲、蒙古与西藏大部，尽管"大部"的具体所指在不断变动。

过去二十五年来，这三个超级大国总是在不停地结盟、背叛、打仗。然而，战争不再像二十世纪初那样到了你死我活不共戴天的程度。在这场战争中，交战三方的目的都很有限，而且没有能力摧毁对方。战争的目的不是为了获取物资，也不是出于真正的意识形态上的分歧。但这并不是说战争的方式或对战争的态度没有那么血腥，或更加崇尚道义。恰恰相反，这三个国家内一直弥漫着歇斯底里的战争情绪，诸如强暴、劫掠、残杀儿童、奴役人口、包括活煮活埋等手段在内的虐待战俘的行为，都被视为天经地义的事情。如果是己方而不是敌人所为，那就是在建功立业。但参与战争的人员数目并不多，大部分都是经过严格训练的特种部队，因此伤亡很小。战斗通常都是发生在虚无缥缈的国界线上，具体的地点普通人只能胡乱猜测，有时候则会在扼守海洋航线战略要地的漂浮要塞附近进行。在三个超级大国的中心城市，战争只不过意味着延绵不断的物资紧缺和时而发生的火箭炸弹轰炸，可能会造成数十人左右的伤亡。战争的实质已经改变了。更确切地说，发动战争有多种原因，而这些原因的重要性排序已经改变了。在二十世纪早期的世界大战中，有的开战动机已经存在，但只是起一小部分作用，而现在却成了主导原因，并且得到了明确认识和贯彻。

要理解当前战争的实质——虽然每隔几年参与战争的三方势力就会重组阵营，但还是同样一场战争——首先必须了解的是，这场战争不会有任何结果。即使两个超级大国联手，也不可能征服第三个超级大国。这三个国家势均力敌，而且天然的防线坚不可摧。欧亚国地域广袤；大洋国有大西洋和太平洋作为屏障；东亚国的国民特别能生，而且特别勤劳。其二，战争的目的并非为了获取物资。随着自给自足的经济体制的建立，生产与消费严丝合缝地达到高度吻合，以前为了争夺市场而开战这个理由已经不再成立，而争夺原材料也不再是事关生死存亡的问题。这三个超级大国的疆域都如此广阔，足以提供自己所需的任何原材料。如果说战争有直接的经济目的的话，那就是为了争夺劳动力。在三个超级大国的疆域之间，有一块略呈四方形的区域，以丹吉尔、布拉柴维尔、达尔文港和香港为四个角落，居住着地球上五分之一的人口，这一地区的领土主权长期空置。而这三个超级大国展开争夺的对象，正是这一人口稠密的地区以及北冰洋的冰帽地带。事实上，没有哪一个超级大国能完全掌握这个主权存在争议的地区。这里的各个区域经常易手；通过背信弃义的突然袭击，某一方就有可能占领某一片土地，正是这种投机行为导致了结盟与敌对关系不断发生变化。

这些争议地区蕴藏有极富价值的矿产资源，有的地方出产重要的植物产品，例如橡胶，而寒冷的国度需要以相对昂贵的方式进行人工合成。但最重要的是，他们拥有无穷无尽的廉价劳动力资源。哪一个国家控制了赤道非洲、中东国家、印度南部或印尼群岛，它就掌握数以千万计乃至亿计的工作勤奋的廉价劳动力。这些地区的人口已经公然沦落为奴隶，不断地在不同的征服者手中倒腾，就像煤炭或石油一样被消耗掉，以生产出更多的军事物资，占领更多的土地，控制更多的劳动力，从而生产出更多的军事物资以占领更多的土地，如此循环不息。值得注意的是，战争的范围从未超出这些有争议的地区。欧亚国的国界在刚果盆地和地中海北岸之间来回拉锯。印度洋和太平洋的岛屿总是在大洋国和东亚国之间倒腾。欧亚国与东亚国在蒙古的国界线从未得到最终的确认。围绕着北极地区的归属，三个超级大国都声称在那里拥有广袤的领土。事实上，那里是无人居住未经开发的不毛之地。但三方势力总是保持着均衡。每一个超级大国的核心统治区域都一直没有遭到侵犯。而且，赤道地区那些备受压榨的劳动力对于世界经济的意义其实并不是那么重要。他们并没有为世界创造出新的财富，因为他们所制造生产出的东西都用于战争。发动一场战争的目的总是为了在另一场战争中占据有利地位。这些奴隶人口的劳动可以加快这场延绵不断的战争的节奏，但如果没有他们，世界的局势，以及维持这一局势的内在过程，并不会发生本质上的改变。

现代战争的首要目的（根据双重思想的原则，内部党员首脑们对这一目标既承认又不承认）就是消耗掉机器制造出来的产品，而不是提高人民大众的生活水平。从十九世纪末开始，如何处理多余的消费品一直是工业社会潜在的问题。当前只有少数人能吃得上饱饭，这个问题显然并不紧迫——就算没有那些人为的破坏与毁灭，这个问题应该也不会很严重。与1914年之前相比，如今的世界满目疮痍，荒芜贫瘠，饱受饥荒所苦，与那时候人们所期盼的世界相比，更是令人绝望无语。二十世纪早期，人们想象中的未来社会将会非常富裕闲适，秩序井然，富有效率——一个由玻璃、钢铁和雪白的混凝土构建的晶莹洁净的世界——那是几乎每一个有识之士的共识。科学与技术正在以惊人的速度发展，而且一直发展下去似乎是天经地义的事情。但这并没有发生，一部分原因是，漫长的战争与革命造成了极度贫穷；另一部分原因是，科学和技术的进步依赖于实证思维，而在一个受到严格管制的社会里，这是不可能发生的事情。大体上，今天的世界要比五十年前更加落后。有的落后区域进步了，许多与战争和警察的间谍活动有关的机器被发明出来，但大部分实验与发明都停止了，二十世纪五十年代原子弹造成的破坏至今尚未得到完全复原。然而，机器带来的危险并未得以消除。从机器诞生之日伊始，有识之士都意识到，人类再也不需要从事辛苦的体力劳动了，因此，在很大程度上，人与人之间的不平等也将不复存在。如果机器得以精心利用，饥饿、劳累、肮脏、文盲和疾病在几代人的时间内就会被彻底消除。事实上，虽然机器并没有用于这些目的，但通过某种自发的过程——有时候，财富创造出来之后不得不进行分配——从十九世纪末到二十世纪初大约半个世纪的时间里，机器确实极大提高了普通人的生活水平。

但全面的财富增长带来了毁灭的威胁——事实上，从某种意义上说它本身就意味着毁灭——阶级社会的毁灭。如果有这么一个世界，人人不用长时间工作，能吃上饱饭，住在有浴室和冰箱的房子里，拥有汽车甚至飞机，最明显同时也是最重要的不平等也就不复存在了。一旦财富成为普遍的东西，也就没有什么了不起的了。毫无疑问，我们可以想象有这么一个社会，个人财产和奢侈品等财富得以平均分配，而权力仍掌握在特权阶层的手中。但这样的社会不可能保持稳定。因为如果大家都能享受闲暇与安全，那么大部分本来迫于贫穷而沦为文盲的群众就将学会识字和独立思考。而一旦他们做到了这一点，他们迟早就会意识到特权阶级毫无贡献，会摧枯拉朽地将其彻底消灭。从长远的角度看，阶级社会赖以存在的基础是贫穷与无知。二十世纪初有的思想家希望回到农业社会，但这并非切实的解决之道，与全世界对机械文明业已几乎成为本能的向往背道而驰，而且，任何在工业上落后的国家在军事上必然将被动挨打，注定会被更为先进强大的敌人直接或间接统治奴役。

通过限制商品产量的方式让人们维持贫困也不是令人满意的解决方案。从 1920 年到 1940 年，在资本主义的垂死阶段，这种情况曾经大规模发生。许多国家的经济陷入停滞，土地被荒弃，资本设备没有追加，大批大批的人失业，只能靠国家的救济生活。但这同样意味着军事上受到削弱；由于这种贫困的状态毫无必要，必定会招致反对。问题的关键是，如何让工业制造继续运转，又不至于使世界的财富真正增加。商品必须制造，但又绝不能将其分配出去。在实际运作中，要做到这一点，唯一的方式就是不断地进行战争。

战争的本质就是破坏，战争不一定会毁灭人类的生命，但一定会摧毁人类劳动的产品。这些产品原本可以使群众过上舒服的生活，并且从长远来看，会让他们变得富有智慧，而战争将这些产品炸得粉碎，化为灰烬或沉入海底。即使战争的武器没有被摧毁，制造这些武器仍是消耗生产力又不至于生产出消费品的便捷途径。比方说，建造一座漂浮要塞就可以消耗原本可以建造几百艘货轮的劳动力，最后拆除变成废品，不会为任何人带来物质上的福祉，还得继续消耗劳动力再建造一座漂浮要塞。原则上，战争总是需要经过精心计划，用于消耗一切满足人口基本需求之后可能剩余的物资。但实际上，人民的需要总是会被低估，结果就是，一半的生活的必需品总是面临短缺，但这可以看成是一个有利条件。按照政策规定，连那些特权阶层的人也得生活在艰苦的边缘，因为普遍的紧缺会凸显小恩小惠的重要性，从而将群体之间的差别放大。以二十世纪初的标准去衡量，连一位内部党员也过着算是艰苦朴素的生活。但他享有为数不多的奢侈品，他住的是宽敞完善的公寓，他穿的是布料更好的衣服，享用的是质量更好的食物、饮品和烟草，他有两三个仆人可以使唤，他有私人汽车或直升飞机——这让他生活在和外部党员不一样的世界里，而比起那些被称为"无产者"的受压迫的群众，外部党员也拥有类似的优势地位。社会的氛围就像一座被围困的城市，能否拥有一块马肉成为了富人和穷人的分别。与此同时，当人们意识到他们身处战争和危险之中时，就会心甘情愿将所有的权力让渡给一小撮特权阶层，认为这是为了生存无法避免的情况。

我们了解到，战争完成了破坏，但这在心理上是可以被接受的。原则上说，消耗剩余劳动力可以有很多种方式：营造神庙和金字塔，挖洞后再把洞给填上，甚至可以生产出大量的货品，然后放一把火将它们烧掉。但这些只是维持一个阶级社会的经济基础，而不是感情基础。这里所要讨论的不是群众的情绪，他们的态度并不重要，只要一直埋头苦干就行了。重要的是党本身的士气。即使是地位最为低下的党员也应该是能干、勤奋甚至在某些方面具有高度智慧的人，但与此同时，党员必须是轻信愚昧的盲从者，他们的主导情绪应该是恐惧、仇恨、谄媚和为胜利狂欢。换句话说，他的精神状态应该适应战争状态。战争是否真的发生并不重要，因为决定性的胜利是不可能的，因此战争的进展是好是坏并不重要。只要战时状态一直保持就足够了。党要求党员的精神处于分裂状态，而这一点在战争的气氛中更加容易实现，如今已经几乎成为一种普遍现象，而且地位越高，这一特征就越明显。在内部党员中间，对战争的狂热和对敌人的仇恨达到了顶峰。内部党员担任行政领导，往往需要知道哪些战争消息是不实的报道，而且他们往往知道整场战争其实是伪造出来的，要么根本没有发生，要么战争的目的根本不是宣传中所描述的那样。但通过运用双重思想，他所了解的这些信息很轻松地就被理解消化了。与此同时，没有哪个党员放弃过他那神秘的信念，一心认定战争确有其事，必将以胜利告终，大洋国将成为毫无争议的世界主宰。

所有内部党员都坚信大洋国将征服世界。而征服世界的方式或许是通过逐渐占领越来越多的领土，从而确立压倒性的优势；或许是通过研制出无可抵御的新型武器。对新武器的研究一直从不间断地进行，这是供那些有发明才华或喜欢思考的人发泄脑力的所剩无几的活动之一。在今天的大洋国，传统意义上的科学已经几乎不存在了。新话中没有"科学"这个词。以前一切科学成就赖以存在的实证研究方法与英社的根本原则背道而驰。技术只有在被用来开发出约束人类自由的产品时，才有可能获得进步。在应用技术方面，整个世界陷入了停滞，甚至有些方面还倒退了。农田仍在依靠马匹耕地，而书籍却用机器写成。但在至关重要的问题上——也就是战争和警察间谍活动——实证研究方法仍然受到鼓励，或者说，至少仍被容忍。党有两大目标，其一是征服整个地球，其二是彻底消灭独立思想，杜绝独立思想产生的可能。因此，党要解决两大问题。其一是，如何在违背他人意愿的情况下知道他在想什么；其二是，如何在几秒钟之内毫无警告地歼灭数亿人口。科学研究的目的就是为了解决这两个问题。现在的科学家要么是心理学家和宗教审判官的结合体，研究表情、姿势、声调的细微差别，试验药物、冲击疗法、催眠和肉体折磨是否能够迫使他人说出真相；要么是化学家、物理学家或生物学家，只研究其专业与杀人有关的某个方面的知识。在和平部的庞大实验室，在隐藏在巴西雨林的实验站，在澳大利亚的沙漠或南极洲荒芜的岛屿，这些专家团体在不知疲倦地努力工作。有的专注于未来战争的后勤运输问题；有的专注于发明当量更大的火箭炸弹、威力更大的炸药和更加坚不可摧的装甲；有的在研究更为致命的新型毒气，或足以将整片大陆的植被摧毁并可以大规模生产的可溶性毒药，或培育对一切抗体免疫的病菌；有的致力于生产出能在地下穿行的交通工具，就像潜水艇能在水底下航行一样，或者能像轮船一样离开基地独立航行的飞机；有的则在探索更加虚无缥缈的可能性，例如，在太空数千公里外用凹面镜将太阳光聚焦，或利用地核的热量制造人工地震和人工潮汐。

但这些计划无一接近实现，没有哪一个超级大国获得对其它两个国家压倒性的领先优势。更加令人瞩目的是，这三个国家都拥有了原子弹，这个武器可比他们当前所进行研究的新型武器威力大得多。虽然党一如既往地宣称是自己发明了原子弹，这项武器其实是在二十世纪四十年代问世的，并在大约十年后大规模使用。那时候有数百枚原子弹落在俄国的欧洲领土、西欧和北美的工业中心。结果就是，所有国家的统治阶级都意识到再扔几颗原子弹的话，有组织的社会就将宣告毁灭，而他们的统治也就到此结束。此后，虽然没有缔结或暗示缔结任何正式协议，再也没有原子弹被使用。三个超级大国仍在继续生产原子弹，用于在决定性的时刻使用，三方都相信迟早会有这样的机会。与此同时，战争的技艺几乎停滞了三四十年。直升飞机的使用比以前更加频繁，自动推进弹道武器基本上取代了轰炸机，机动性强但防御力十分脆弱的战舰被几乎打不沉的漂浮要塞所取代。但其它方面的进展甚微。坦克、潜水艇、水雷、机关枪，甚至步枪和手榴弹仍在使用。虽然报刊和电屏总是不断地报道屠杀事件，以前那种几周之内就有数十万人，甚至上百万人被杀的惨烈战斗几乎再也没有发生过。

三个超级大国从不会进行可能会招致严重失败的冒险行动。大规模的军事行动通常都是对盟友发动的突然袭击。这三方势力所采取的战略，或貌似在采取的战略，都是一样的。这个战略就是，通过打仗、谈判和时机恰到好处的背信弃义的袭击，获得一圈将某个敌国完全包围起来的基地链，然后与该国签订友好协议，保持多年的和平关系，以此放松对方的警惕和戒备。与此同时，装备了核弹头的火箭炸弹部署在所有战略要地。最后，这些火箭炸弹同时发射，力图造成全面性的破坏，让对方无力发动反击。而这时该国将与剩下的另一个超级大国缔结和约，休养生息，准备发动另一波进攻。不消说，这一计划只是在白日做梦，根本无法付诸实现。而且，战斗只在赤道地区和南极地区发生，从未发生过占领敌国领土的事情。这就是为什么在有的地方，三个超级大国的国界是人为划定的。比方说，欧亚国可以轻而易举地攻占地理上属于欧洲的不列颠群岛。而另一方面，大洋国本可以将疆域推进到莱茵河甚至维斯瓦河流域。但这违反了三方共同遵守的文化统一的基本原则，虽然这一原则从未明确地表述出来。如果大洋国要攻占原本是法国和德国的地区，它必须要么消灭当地的居民，这是不容易做到的事情；要么将上亿人口吸收同化，在技术发展方面他们不亚于大洋国的国民。三大超级势力都面临着同样一个问题。为了维持社会结构，决不能与外国人有交往，除非是和战俘或有色人种奴隶进行受限制的接触。即使是当前的正式盟友也受到最具敌意的质疑。除了战俘之外，大洋国的国民从未见过欧亚国或东亚国的国民，也不能学习外语。如果他能接触到外国人的话，他会发现他们是和他差不多的人，而大部分他所接受的内容其实都是谎言，他所生活的封闭世界就可能会被打破，他的道德观所赖以建立的恐惧、仇恨和自命正义将烟消云散。因此，虽然波斯、埃及、爪哇、锡兰这几个地区经常被不同的国家攻占，除了炸弹之外，一切都不允许跨越主边界。

在这种情况下，有一个事实大家都心照不宣，并且遵照这一事实采取行动。这个事实就是：三个超级大国的生活基本上是一样。大洋国奉行的政治哲学被称为"英社"；欧亚国则奉行"新布尔什维克主义"；东亚国的思想是中文名字，通常被译为"死亡崇拜"，但或许更贴切的译名是"灭己思想"。大洋国的国民不得了解其它两种思想的内容，但他们所接受的教育将这两种思想斥责为对道德和常理的野蛮践踏。其实，这三种政治哲学几乎没有什么区别，它们所拥护的社会体制几乎一模一样。三个国家都是同样的金字塔结构，对半神化的领袖顶礼膜拜，依赖于持续性的战争，奉行相同的、战争服务的经济体制。这三个超级大国不仅无力征服对方，而且征服并不会带来任何好处。相反，它们就像三捆堆在一起的谷物，保持冲突抵触是维持彼此存在的基础。一如既往，这三个大国的统治阶层完全清楚自己的所作所为，却又茫然无知。他们一生致力于征服世界，但他们也知道战争必须一直持续下去，不能取得胜利。与此同时，由于**没有**被征服的危险，否定现实就成为了可能，而否定现实正是英社及其敌对思想体系的特征。在此有必要重复一遍之前已经提及的内容：战争的持续性改变了它的根本性质。

在以前，战争总是迟早会结束的，而且总是能明确无误地分出胜负。此外，在以前战争是人类社会与现实世界接触的主要方式之一。各个时代的统治者都试图将一种错误的世界观强加在其追随者身上，但他们不敢拿军事效率开玩笑。战败意味着丧失独立，或其它糟糕的后果。因此必须认真地备战防止战败，不能罔顾物理事实。出于哲学、宗教、伦理或政治的考虑，二加二或许会等于五，但在设计大炮或飞机时，二加二就只能等于四。效率低下的国家迟早会被征服，要提高效率，就千万不能存在谬误。而且，为了提高效率，有必要从过去汲取知识，这意味着过去发生了什么事情必须要有相对准确的记述。当然，报纸和历史书总是戴着有色眼镜并存有偏见，但像今天这样肆无忌惮地篡改在当时是不可能出现的事情。战争维护了理性，而对于统治阶级来说，战争或许是维护他们的理性最重要的手段。只要战争有胜有负，统治阶级就不能完全不负责任地乱来。

但当战争无法分出胜负时，它也就不再是件危险的事情。当战争延绵不断地进行下去时，也就不存在军事必要性这样的事情了。技术进步可以停止了，最明显的事实也可以加以否认或置之不理。正如我们已经了解到的，为了战争，勉强称得上是科学研究的活动仍在继续进行，但本质上它们只是在白日做梦，而有没有结果其实并不重要。效率，甚至军事效率，已经不再必要了。在大洋国，除了思想警察，任何部门都没有效率。由于三个超级大国没有哪一方可以被征服，每一个国家事实上都是一个独立的天地，几乎任何颠倒黑白是非的举措都可以安全地实行。只有在日常生活需要中才能感受到现实的压力——吃喝拉撒、住房穿衣、避免误服毒药或失足从顶楼的窗户摔下去等等。生与死，肉体的享受与痛苦之间仍然存在着差别，但仅此而已。大洋国的国民没办法与外面的世界接触，没办法了解过去，就像生活在星际太空的人，分不清上下左右东西南北。在这么一个国家，统治者拥有绝对的权力，连埃及的法老或意大利的恺撒也无法企及。他们有责任不让自己的臣民饿死的数目多到对自己不利的地步，而且他们有必要让军事技术保持与敌人一样低的水平，但一旦最低标准达到了，他们就可以随心所欲地歪曲现实。

因此，如果我们以从前的战争标准进行判断，这场战争纯粹只是一场欺骗，就像几只反刍动物在互相冲撞，但头上的角顶出去的角度根本不会伤害到对方。但是，虽然战争是虚假的，但它并非毫无意义。战争消耗了多余的消费品，帮助维持了阶级社会所需要的特别的精神氛围。下文将提到，战争纯粹成了内部事务。在以前，各国的统治集团虽然或许会意识到共同利益，因此对战争的毁灭性加以节制，但他们还是会真打起来，战胜国总是将战败国洗劫一空。到了我们这个时代，他们根本就没有在打仗，战争变成了每个国家的统治集团与自己的老百姓在掐架。战争的目的不是为了开拓疆域或保家卫国，而是保护社会的结构不受破坏。因此，"战争"这个词变成了一种误导。或许更准确的表述是，一旦战争怎么打也打不完，它就已经不复存在了。从新石器时代到二十世纪初期人类一直承受的压力不见了，取而代之的是一种完全不同的压力。如果三个超级大国不再彼此交战，而是同意永远和平共处，互不侵犯对方的领土，情况也不会有所改变。因为那样一来的话，每个国家仍是自给自足的小天地，永远不受外部的危险影响，民众不会变得清醒。永远的和平和永远的战争其实是一回事。这就是党的口号——"战争即和平"的内在含义，但是，大多数党员对这句口号只有肤浅的了解。

温斯顿停了下来。远处传来火箭炸弹雷鸣般的爆炸声。身处一间没有电屏的房间，独自阅读一本禁书的那种充满喜悦的感觉仍未消退。他感觉很孤独很安全，又觉得身体很疲惫，觉得椅子很软，从窗口吹进来的清风吹拂着他的面颊。这本书令他着迷，或者更确切地说，这本书让他觉得心里很踏实。从某种意义上说，这本书并没有给他带来新的启示，但这正是其吸引力的一部分。这本书说出了如果他能将自己零星的思绪加以组织后他想表达的想法。这本书的作者和他心灵相同，但更加高屋建瓴，更加系统全面，更加无所畏惧。他觉得，最好的书就是那些与你有共鸣的书。正要翻回第一章时，他听见朱莉娅上楼梯的脚步声，从椅子上站起身准备迎接她。她把棕色的工具包扔到地上，投入他的怀抱。他们已经一个多星期没有见面了。

两人分开时他说道："我拿到**那本书**了。"

"噢，你拿到了？太好了。"她对此并不是很感兴趣，立刻蹲在煤气炉旁边泡起了咖啡。

直到在床上躺了半个小时，他们才回到了这个话题上。傍晚时分天有点凉了，他们盖上了被单。楼下传来了熟悉的歌声和靴子在石板地上的摩擦声。温斯顿第一天见过的那个胳膊通红身体强壮的女人似乎每次都会在院子里出现。只要日头好，她就会在洗衣盆和晾衣绳之间穿梭奔走，嘴里时而咬着晾衣的夹子，时而放声高歌。朱莉娅已经侧着身舒舒服服地躺着，快要睡着了。他伸手拾起搁在地板上的那本书，靠坐在床头。

"这本书我们必须读一读。"他说道，"你也应该读一读。

所有兄弟会的成员都应该读一读。"

"你读吧。"她闭着眼睛说道,"大声点读,这样最好了。读的时候可以向我解释一下。"

时钟指着六点,也就是十八点了。他们还有三四个小时。他把书摆着膝盖上,开始阅读。

第一章

无知即力量

　　有史以来,或许自新石器时代末期开始,这个世界上存在着三种人:上等人、中等人和下等人。每一种人的内部又分化出许多阶层,冠以不同的名字。他们的相对数目以及彼此之间的态度随着时代的变迁而不停变化。但这一社会结构从未改变。即使经过无数重大而且似乎无可挽回的变化,这一社会模式总是能恢复过来,就像一个陀螺仪,无论往哪个方向推,它总是会回归平衡一样。

"朱莉娅,你醒着吗?"温斯顿问道。
"是的,亲爱的,我听着呢。继续。写得很好。"
他继续读下去。

　　这三种人的目标根本不可调和。上等人的目标是保住自己的地位。中等人的目标是将上等人取而代之。下等人由于快被繁重的体力劳动压垮了,只能偶尔关注一下日常生活之外的事情——他们的目标是废除一切差别,缔造一个人人平等的社会。因此,轮廓大致类似的历史斗争总是一而再，再而三地反复重演。长久以来，那些上等人的权力似乎非常稳固，但迟早总会有这么一个时候出现：他们对自己或自己的统治能力失去了信心，或对两者都失去了信心。而中等人将下等人召集到自己的阵营中，以自由和公正为旗号，推翻了上等人的统治。一旦他们达到了自己的目的，中等人就将下等人打回原来饱受奴役的地位，自己成为了上等人。很快，新的中等人就从另外某一个群体，或从另外两个群体中分化出来，斗争重新开始。这三个群体中只有下等人从未成功实现过自己的目标。如果说整个历史在物质方面毫无进步，这未免过于夸大其词。即使是今天这个衰落萧条的时代，普通人的物质水平也比几个世纪前要好一些。但财富的积累、态度的和缓、革命或改革都没有使人类向众生平等迈进哪怕一毫米。在下等人的眼中，历史的变迁不过是城头变幻大王旗，仅此而已。

到了十九世纪末，许多有识之士已经认识到了这一历史模式。有的思想家认为历史就是循环更替的进程，他们宣称不平等是人类生活不可改变的法则。当然，这种理论总是有人予以支持，只是现在的提法发生了显著的变化。在过去，上下有序尊卑有别的阶级社会是上等人所信奉的教条。国王、贵族、教会、律师和其他寄生于他们之上的人宣扬这一教条，并许下承诺说善信者在虚无缥缈的来生将得到补偿，以此迷惑人心。中等人为了争夺权力，总是利用自由、公义和博爱这些冠冕堂皇的理由。然而，现在那些尚未掌权，但有望将会掌权的人开始攻讦人类大同的理念。在过去，中等人打着平等的旗号发动革命，推翻了旧的统治者之后就建立起新的暴政。而新的中等人在革命之前就宣称要建立他们自己的暴政。十九世纪早期诞生的社会主义理论是自古代奴隶起义开始的一系列思想演变的最后一个环节，仍深深地受到过去乌托邦主义的影响。但自 1900 年开始，形形色色的社会主义思想出现了，每一种思想都逐渐公开地声明要放弃实现自由和平等的目标。到了本世纪中叶，新的运动开始出现。大洋国出现了英社思想，欧亚国出现了新布尔什维克主义，东亚国出现了名为"死亡崇拜"的思想，这些运动的目标是永远巩固不自由和不平等。当然，这些新运动脱胎于旧运动，继续打着旧运动的幌子，美化他们的意识形态。但这些新运动的目的都是在时机适当的时候阻挠进步和冻结历史。熟悉的钟摆运动将再次发生，然后就停止不动。和以往一样，上等人被中等人推翻，后者摇身一变成了上层阶级，但这一次，通过精心制订的策略，上层阶级将得以永远保住自己的地位。

这一新的学说之所以会产生，一部分原因是历史知识的积累和历史意识的发展，而这些在十九世纪之前是几乎不存在的。历史循环更替的规律现在被理解了，或似乎被理解了。如果这个规律可以被理解，那它就可以被改变。但最主要的内在原因是，自二十世纪初以来，大同世界在技术层面上成为了可能。的确，人类在天生的禀赋上并不平等，有些人的能力就是要比别的人强一些，但阶级划分或大规模的贫富悬殊已经不再有存在的必要。在以前的各个时代，阶级划分不仅不可避免，而且还是好事。文明的代价就是不平等。但是，随着机器生产的发展，情况改变了。即使分工仍有必要进行，但社会地位或经济状况的分化再也没有必要存在了。因此，在那些即将夺取权力的人眼中，人类平等不再是值得为之奋斗的目标，而是必须避免的危险。在相对原始的时代，当公正和平的社会事实上根本不可能实现时，对其抱以信仰是件容易的事情。几千年来，人类一直幻想着营造一个人间天堂，实现四海之内皆兄弟、既没有法律约束也不用辛苦劳动的梦想。这个愿望即使对那些在每一次历史变迁中捞得好处的群体来说也具有相当大的吸引力。法国革命、英国革命和美国革命的后裔对他们所说的人权、言论自由、法律面前人人平等之类的话有点信以为真，甚至让这些理念在一定程度上影响了自己的行为。但到了二十世纪四十年代，所有主要的政治思潮都演变成了极权主义。人间的天堂在有可能实现的时候遭到了诋毁贬斥。每一套新的政治理论，无论它叫什么名字，都倒退回阶级分化和严格管制的老路上。1930年左右，人类的世界观开始步入僵化，久已被唾弃的做法，甚至有些已经废止了好几百年的做法——未经审讯的囚禁、驱使战俘作为奴隶、公开处决、严刑逼供、胁迫人质、强制性人口迁徙——不仅再次盛行，而且那些自认为开明进步的人士还对其十分宽容，甚至为其辩护。

经过了十年的全世界范围内的国际战争、国家内战、革命和反革命斗争，英社及另外两种主义作为完善的政治理论出现了，但本世纪初稍早的时候出现的统称为极权主义的各种思想体系已经预示了它们的出现，而动乱之后将形成的世界格局一早就已经很明显了。什么样的人将主宰世界这个问题的答案也已经非常明显。新的贵族阶层将主要由官僚、科学家、技术人员、工会组织者、公关专家、社会学家、教师、记者和职业政客们所组成。这些人原本出身于领取工资的中产阶层和工人阶级上层，生活在垄断产业和中央集权政府压榨下的贫穷的世界，被其塑造并整合在一起。和以往的同类人相比，他们不至于那么贪婪和讲究奢华享受，但更加渴望纯粹的权力。而最重要的是，他们更清楚自己的行为，更专注于斗垮反对者。最后这个区别是最重要的。与今天的暴政相比，以往的暴政都是无能的半吊子。过去的统治集团总是被自由思想所影响，致使体制漏洞百出，只重视公开的行为，却不关心被统治者在想些什么。以现在的标准进行衡量，连中世纪的天主教会也称得上非常宽容。出现这种情况一部分原因是以前的政府没有能力时刻不停地监控它的公民。但是，印刷术的发明使得操纵公众舆论更加简单，电影和收音机的出现则加速了这一进程。电视机的发展和在一部机器上同时接收并发送信息的技术进步终结了私人生活。警察可以一天二十四小时监控每一个公民，至少是每一个身份重要值得监控的公民，让他听到官方的宣传报道，将其它沟通的渠道统统关闭。现在，全体公民对国家意志的绝对服从——以及对所有问题的看法的高度统一——终于有可能实现了。

经过五六十年代的革命时期，社会重新分化为上、中、下三个阶层。但新的上层阶级与以往的上层阶级有所不同，他们不会任由本能驱使，他们知道要怎么做才能巩固自身的地位。他们一早就意识到，寡头政治唯一可靠的基础是集体主义。当财富和特权成为集体所有时，是最容易捍卫的。本世纪中叶曾出现所谓的"废除私有制"运动，其本质是将财产空前地集中到更少数人手中。不同的是，新的主人是一个集团，而不是一批个体。在个人层面，党员除了一点私人财物之外就什么也没有了。在集体层面，党拥有大洋国的一切，因为党控制了一切，只要它觉得合适，可以任意处置生产出来的产品。在革命之后的几年里，党几乎没有遭到任何反对就登上了颐指气使的位置，因为整个过程是在集体化的名义下进行的。大家总是认为消灭了资产阶级后，接下来就必须推行社会主义。确实，资产阶级被消灭了。工厂、矿业、土地、房屋、交通——所有的财富都从他们手中抢了过来。既然这些财富不再是私有财产，那它们就一定是公有财产了。英社是由早前的社会主义运动中派生出来的，继承了它的词汇和用语。事实上，它执行了社会主义纲领中的一个主要目标，其结果就是将经济上的不平等变为永恒，而这个结果一早就已经被预料到并事先策划了。

但维护阶级社会的问题要比这复杂得多。统治集团只有在四种情况下会失去权力：被外部力量征服；由于统治无能，群众爆发反抗；被强大而不满的中层集团所取代；失去了统治的自信和意志。这四种原因并非单独在起作用，而是同时以某种程度在起作用。只要能防止这四种情况出现，统治阶级将可以长治久安。而最重要的决定性因素在于统治阶级自身的态度。

本世纪中叶之后，第一种危险事实上已经消失了。如今瓜分世界的三个超级大国事实上是不可征服的，只有缓慢的人口变化将改变这一局面，而拥有广泛权力的政府能轻易地避免这种情况发生。第二种危险也只是在理论上有可能出现。群众从不会自发进行反抗，他们从不会因为受到压迫而反抗。事实上，只要不让他们有比较的标准，他们就永远不会意识到自己正受到压迫。过去反复出现的经济危机完全没有必要发生，现在也不允许发生。不过，其它大规模的失调可能会发生，也的确发生过，但不会有政治上的后果，因为群众的不满情绪没有办法得到明确的表达。至于生产过剩的问题，这个问题从机器发展以来就一直是我们社会潜在的危机，但通过持续不断的战争就可以将其解决（详见第三章），同时这一手段还可以将民众的士气维持在必要的高度。因此，在当前统治者的眼中，唯一真正的危险是那些能干、权力欲旺盛却又没有受到重用的人会分化出去，组成新的集团，而且统治集团内部可能会产生自由主义和怀疑主义倾向。也就是说，问题的关键在于教育，在于持续不断地塑造领导群体和在它下面更大规模的执行群体的思想。而群众的思想只需要以消极的方式加以影响就够了。

了解这样的背景后，一个人即使并不了解大洋国，也可以大致勾勒出它的基本结构。屹立在权力金字塔顶端的是老大哥。老大哥永远正确，而且全知全能。每一个成功、每一个成就、每一个胜利、每一个科学发现、所有的知识、所有的智慧、所有的快乐、所有的美德都直接来自他的领导和鼓舞。没有人见过老大哥。他是围墙上的一张脸，电屏里的一个声音。我们或许有理由坚信老大哥永远不会逝世。已经没有人知道他是哪一年的生人。老大哥是党向世人呈现的伪装。他的作用是充当热爱、恐惧、尊敬等感情的集中点，因为从一个人身上感受到这些情感要比从一个组织身上容易得多。在老大哥之下是内部党员。内部党员的数目限制在六百万，或不到大洋国人口的百分之二。在内部党员下面是外部党员，如果将内部党员比喻为国家的神经中枢，那么外部党员就是国家的肢体。再往下是那些浑浑噩噩的群众，我们习惯上称之为"无产者"，数目大约占人口的百分之八十五。按照前面我们的阶级划分，无产者是下等人，而赤道地区那些受奴役的人口总是被不同的征服者所统治，并非社会结构中永久性或必要性的组成部分。

理论上，这三种人的身份并非世袭。内部党员所生的孩子理论上不一定就能当上内部党员。要成为内部党员或外部党员必须经过十六岁时的考核。也不存在种族歧视或地域歧视。犹太人、黑人、纯印第安血统的南美人一样可以进入党的高层，地区行政官员通常都是从该地区的居民中提拔任命的。大洋国的国民没有受遥远的首都统治殖民的感觉。大洋国没有首都，名义上的元首的行踪无人知晓。除了以英语为主要通用语，以新话为官方语言外，大洋国并非中央集权的国家。它的统治者们不是按照血缘纽带团结在一起的，而是出于对共同纲领的拥戴。的确，我们的社会有高下尊卑之分，而且体制非常僵化，乍一看似乎是世袭制。不同群体间的相互流动比资本主义时代甚至前工业时代还要停滞僵化。当然，两类党员之间存在上下升贬的情况，但这只是为了确保内部党员中的无能者被淘汰，安抚外部党员中有雄心壮志的个体，让他们不至为害的手段。基本上，无产者不会被党所接纳。他们当中最具能力天分的人，那些有可能成为不满抗议的核心领导的人物，会被思想警察盯上并消灭。但这种情况不一定会永远持续下去，也不是什么原则上的问题。党并不是从前意义上的统治阶级。党的目的并不是将权力传给自己的子孙。如果没有其它办法让高层吸纳最能干的人，党完全愿意从无产者中招募新人。在斗争的关键年月，党并没有奉行世袭制这一事实消弭了许多反对压力。老一辈的社会主义者接受的是与"阶级特权"斗争到底的教育，他们认为制度只要不是世袭就不会永远存在下去。他们并不明白寡头统治的延续不一定要依赖于血缘关系这个道理，他们也没有想到世袭贵族总是很短命，而诸如天主教会这样的选任制的组织有时能传承好几百年乃至好几千年之久。寡头统治的关键不在于父传子、子传孙的世袭制，而是使某一世界观和某一生活方式由死者施加于生者，一直传承下去。统治阶级之所以是统治阶级，是因为它能钦命其继承人。党所关心的不是保存它的血脉，而是保存它本身。只要社会等级的结构一直保持不变，**谁掌握权力并不重要**。

所有体现我们这一时代特征的信仰、习惯、品味、情感、态度都是为了维护党的神秘地位，不让当今社会的本质被揭露而设计出来的。造反或为造反作准备的前期活动在当前是不可能发生的。无产者们并非什么洪水猛兽。放任自由，自生自灭，他们将延续一代人又一代人，一个世纪又一个世纪不停地工作、繁衍、死去。他们不仅没有反抗的冲动，而且根本无法想象世界有可能变得不一样。只有在工业技术不断发展，他们必须接受高水平的教育时，他们才会变得危险。但由于军事和商业竞争已经不再重要，群众受教育的水平事实上一直在下降。无论群众有什么看法，或没有什么看法，都是无关紧要的事情。他们被赋予了思想上的自由，因为他们根本不懂得思考。而另一方面，作为党员，在思想上有任何细微偏差，即使是最无关紧要的事情，也是不可容忍的。

一个党员从出生到死亡一直生活在思想警察的监控之下。就算他独自一人，他也永远无法确切知道是否真的只有他一个人。无论他身处何方，睡觉或清醒，工作或休息，在洗澡或是在床上，他都会被毫无警告地监视，而他完全不知道自己正被监视。他所做的每件事情都不会被放过。他的交际、他的闲暇、他对妻子和孩子的举动、当他独自一人时脸上的表情、他在睡梦中的呓语……就连他具有个人特征的动作都被专注地检视。除了实际的越轨行为，任何细小的怪癖、习惯上的改变和任何可能反映内心挣扎的神经质的行为都一定会被察觉。在方方面面他都没有选择的自由。另一方面，他的行动没有法律或任何明确规定的行为守则进行约束。大洋国没有法律。一旦被发现就意味着死亡的思想和行动并没有被严令禁止，而无休止的清洗、逮捕、刑罚、监禁和人间蒸发并不是为了惩罚那些已经犯了罪的人，而是将那些以后可能会犯罪的个体消灭掉。党员不仅要有正确的思想，而且必须有正确的本能。许多他应该具备的信仰和态度从来没有加以阐明，这些事情不能阐明，因为这会将英社思想的内在矛盾赤裸裸地暴露出来。如果他是一个天生思想正统的人（在新话中这种人被称为"好想者"），那么在任何情况下，他不需要经过思考就知道应该有怎样的信仰和情感。但不管怎样，在童年时被施加了精密的思维训练，又耳濡目染"罪停"、"黑白"与"双重思想"这些新话词汇后，他已经不愿意，也没有能力对任何问题进行深入的思考了。

一位党员应该没有私人感情，时时刻刻保持热情。他应该一直活在对外国的敌人和内部的叛徒刻骨铭心的仇恨中，为胜利而欢呼，在党的权威和智慧面前自惭形秽。贫穷艰苦的生活所产生的不满情绪通过像"两分钟仇恨仪式"这类的机制被刻意诱导宣泄了出来，任何可能会导致怀疑或叛逆情绪的思考都通过早期的思想约束而被提前扼杀了。思想约束的最初也是最简单的阶段在新话中被称为"罪停"。甚至对小孩子也能够进行"罪停"的约束。"罪停"的意思是在任何危险的思想产生之前就本能地自发停止的能力。这包括无法理解类比，无法察觉逻辑的谬误，对与英社思想相抵触的最简单的论述产生误解。当他们的思绪有可能会滑向异端思想时，他们就会觉得厌烦或反感。"罪停"，简而言之，就是以愚昧保护自己。但光是愚昧还不够。恰恰相反，严格意义上的正统思想要求一个人能够控制自己的思想过程，就像软骨功表演者能够完全控制他的身体一样。大洋国社会赖以建立的信仰是老大哥无所不能，而党永远正确。但事实上老大哥并非无所不能，而党也并非永远正确，这就需要不懈地、时时刻刻地对事实进行灵活处理。这里的关键词是"黑白"。和许多新话的词汇一样，这个词有两个互相矛盾的含义。用在敌人身上，它意味着颠倒是非黑白这一极其无耻的行为。用在党员身上，它意味着当党的纪律要求颠倒是非黑白时所表现出的忠诚。而且它还表示相信黑即是白，甚至是**知道**黑即是白的思维能力，忘记自己有过黑白分明这一想法的事实。这就要求不停地篡改过去，而要做到这一点，就得推行一套能包罗万象的思想体系，在新话中称之为"双重思想"。

篡改过去源于两个原因，其中一个是辅助性的原因，或者可以说是预防性的原因。这个原因就是，和无产者一样，党员能够忍受现在的生活，部分是因为他们无从比较。就像他们不得了解国外的情况一样，他们也不得了解过去的情况，因为他们必须相信自己的生活要比以前的人更加幸福，而物质生活的水平在不断提高。但篡改过去更重要的原因是，为了维护党的长治久安，不仅各种各样的演讲、数据和档案需要不断地根据当前情况进行修正，以显示党所作出的预测永远正确；而且，思想理论或政治结盟关系上的改变绝对不能够被承认，因为改变思想理论乃至外交政策意味着承认弱点和失误。例如，如果今天的敌人是欧亚国或东亚国（随便哪个国家都行），那么它就一直都是敌人。如果事实与之相矛盾，那就必须更改事实。因此，历史总是在被不停地改写，由真理部日复一日地执行，这对维持政权的稳定很有必要，一如友爱部在执行镇压及间谍活动。

过去的可变性是英社的中心原则。英社原则认为，过去的事情并非客观的存在，只是存在于文字记录和人类的记忆中。只要记录与记忆相一致，过去就形成了。党控制了所有的文字记录和全体党员的思想，也就是说，党可以随心所欲地塑造过去。此外，虽然过去可以被篡改，但它从来没有过一个被篡改的具体实例。因为按照需要，过去会被重新塑造改头换面，而塑造出来的新版本**就是**过去，没有另一个版本的过去存在过。即使同一历史事件在一年内被多次篡改，改得面目全非，也要一口咬定过去从未被篡改过。党始终掌握着绝对真理，而绝对真理是不会发生改变的。我们可以看到，控制过去首先依赖于训练记忆。确保所有的文字记录与当前的思想原则保持一致只是轻而易举的小事一桩。但以党认同的方式**记住**以前发生过的事件也是非常必要的。如果一个人有必要改变自己的记忆或篡改文字记录，那么**忘记**曾经做过这些事情也是非常必要的。就像其它思维能力一样，这种能力是可以通过学习掌握的。大部分党员都学会了这一能力，任何人只要思想正统头脑聪明都可以学会。在旧话中，这被直白地称为"现实控制"，在新话中被称为"双重思想"——当然，双重思想的内涵远不止这些。

双重思想意味着在头脑中同时容纳两种互相抵触的思想，并且同时接受两者。党员知识分子知道自己的记忆必须朝哪个方向进行改变。因此他知道自己正在玩弄现实。但在双重思想的作用下，他自欺欺人地觉得现实并没有被改变。这一过程必须是有意识的，否则将无法精确地完成，但又必须是无意识的过程，否则将会引起弄虚作假的感觉，从而觉得内疚。双重思想是英社的核心要义，因为党所做的事情就是进行刻意的欺骗，却又坚定地说自己是完全诚实的。它精心编织谎言，同时又真诚地相信这些谎言，忘记任何会带来麻烦的事实，然后，在必要的时候，又将事实从遗忘的废墟里拉出来，需要存在多久就让它存在多久。它否认客观现实的存在，却又将自己矢口否认的现实纳入考虑范围——所有这一切都是必须做到的事情。即使在说双重思想这个词时，也必须运用双重思想。因为使用了这一思想手段就是承认你在篡改现实，而在双重思想的作用下，一个人会把这件事给抹除，如此往复，谎言总是比真理领先一步。最终，在双重思想的作用下，党得以控制历史的进程——而且，正如我们所了解的，这种情况或许将持续数千年之久。

过去所有的寡头政权之所以失去了权力，是因为他们陷入僵化或变得软弱了。他们要么变得愚昧而狂妄了，无法与时俱进，因此被推翻；要么变得开明而懦弱了，在原本应该动用武力时却作出让步，因此被推翻。也就是说，他们的衰亡是自觉或不自觉的过程。而党的成功之处在于，它创造了一套思想体系，能同时让真实与虚假这两种情况并存。要实现党的长治久安，就必须以这一套思想体系为基础。如果一个政党要实施统治，并且巩固其统治，它就必须破坏对现实的观感。统治的秘诀就是将对自己一贯正确的信心和从过去汲取教训的能力结合在一起。

毋庸置言，运用双重思想艺术最高超的人，就是那些发明双重思想，并且知道它是庞大的精神欺骗体系的人。在我们这个社会，那些最熟知时事的人其实根本不清楚世界到底发生了事情。大体上，一个人越觉得自己明白，他就被骗得越深，而越有智慧的人就越不理智。而关于这一点有确凿的证据：一个人社会地位越高，他就越狂热地崇尚战争。而那些生活在有争议的地区饱受压迫统治的人则对战争有着最接近理智的态度。对于这些人来说，战争只不过是无休止的灾难，就像潮汐一样冲刷激荡着他们的身躯。无论哪一边获得胜利，他们都毫不在乎。他们知道无论政权如何更替，他们都得像从前那样辛苦地工作，而新的统治者对待他们和旧的统治者没什么两样。那些待遇稍微好一些，我们称之为"无产者"的工人只是时不时地意识到战争。在必要的时候，可以对他们施加刺激，让他们陷入恐惧和仇恨的狂热状态。而一旦被放任自由，他们根本不会记得战争正在发生。只有那些党员，尤其是内部党员，身上才充满了真正的战争热情。绝大部分人都坚信征服世界这个目标，虽然他们都知道这是不可能实现的。完全抵触的品质被紧密联系在一起——富有学识却愚昧无知，玩世不恭却狂热盲从——这正是大洋国社会最为突出的特征之一。官方的意识形态充满了矛盾，即使并没有现实的理由要求这样。党打着社会主义的旗帜，却反对和抹黑社会主义运动原先所主张的一切原则。党煽动对工人阶级的轻蔑，这在过去几个世纪来并没有先例可循，却又让党员穿着曾经只有产业工人才会穿的制服，而且是刻意为之。党系统地破坏家庭的稳定，却又以能够勾起家庭忠诚感的"老大哥"这个头衔称呼自己的领导人。连统治我们的四大部门的名字也显示了他们全然罔顾事实的厚颜无耻。和平部专注于战争，真理部负责制造谎言，友爱部专门虐待犯人，富足部总是导致饥荒。这些矛盾不是出于偶然，也不是出于一般的伪善。这些是对双重思想有意识的运用。因为只有调和矛盾才能永久地保住权力，只有以这种方式才能破解治乱更替的历史循环。如果人类平等能够永远避免——如果我们所说的那些上等人要永远保住自己的地位——那就必须推行愚民政策，让民众保持当前的疯狂状态。

　　然而，到目前为止，我们几乎忽视了一个问题，那就是：**为什么要避免人类平等的实现？**假如上面所描述的情况是正确的话，如此大动干戈煞费苦心地将历史冻结在某一个固定时刻的动机到底是什么呢？

这里我们接触到了最核心的秘密。正如我们所了解到的，党的神秘，尤其是内部党员的神秘，依赖于双重思想。但比这更深层次的，是最原始的动机和从未受到质疑的本能，这一动机和本能先是促成了党夺取权力，然后创建出双重思想、思想警察、永无休止的战争以及后来出现的一切必要措施。这个动机其实就是……

温斯顿察觉到周围太安静了，就像一个人察觉到新的声音一样。他发现朱莉娅一直静静地侧身躺着，赤裸着上半身，面颊枕在手上，一丝发绺垂过双眸，胸脯缓慢而规律地起伏着。

"朱莉娅。"

没有回答。

"朱莉娅，你醒着吗？"

没有回答。她睡着了。他合上书，小心翼翼地放在地板上，躺了下来，拉着被单盖在两人身上。

他知道自己还没有了解到最终的秘密。他知道如何篡改过去，但他不知道**为什么**要篡改过去。和第三章一样，第一章还没有告诉他一些他所不知道的事情，只是将他已经掌握的知识系统化地讲述出来。但读了这本书，他比以往更加清楚地知道自己并没有发疯。作为少数派，即使只有你一个人，也并不意味着你是疯子。世界上有真理，也有谬论，如果你坚持真理，即使整个世界与你为敌，你也不是疯子。一道明黄色的暮光从窗户斜射进来，照在枕头上。他合上眼睛。脸上的阳光和身边这个女人光滑的身体让他油然心生一种坚强、自信、昏昏欲睡的感觉。他很安全，一切都很好。他睡着了，嘴里嘟囔着"真理掌握在少数人手里"，感觉这句话蕴含了深刻的智慧。

第十章

温斯顿醒来时，以为自己已经睡了很久，但他看了那口老式时钟一眼，发现才二十点三十分。他躺着床上小睡了一会儿，这时楼下的院子里响起了那个熟悉的中气十足的歌声。

> "那只是无望的相思，
> 就像四月天般转眼即逝，
> 但一个眼神一句话，
> 却教我魂牵梦萦，失魂落魄！"

这首无聊的歌似乎还很流行，到处仍可以听到，比《仇恨之歌》流传得还要久。朱莉娅给歌声吵醒了，舒舒服服地伸了个懒腰，起床了。

"我饿了。"她说道，"我们再泡点咖啡吧。该死的！炉子灭了，水都凉了。"她拿起炉子晃了晃，"里面没有煤油了。"

"我想我们可以找老查林顿要一些来。"

"奇怪啊，我明明确定里面是满的。我得把衣服穿上。"她补充了一句，"天气似乎变冷了。"

温斯顿也起床了，穿上了衣服。那个不知疲倦的歌声仍在唱着：

"他们说时间可以治愈一切，

他们说你总是可以遗忘，

但这么多年那些笑容与泪水，

仍拨动着我的心弦！"

　　他一边系上制服的腰带，一边踱到窗边。太阳一定是落到房子后面了，院子里没有一缕阳光。石板地湿漉漉的，似乎刚被洗过一样。他感觉天空也被洗过了，烟囱之间的蓝天看上去那么清新。那个女人不知疲倦地来回奔走着，嘴里时而夹着木夹，时而把木夹拿下来，唱几句就停一停，把尿布晾好，不停地晾不停地晾。他不知道她是以洗衣为生，还是得伺候二三十个儿孙。朱莉娅走到他身边，两人一起入迷地注视着下面那个不知疲倦的身影。他看着那个女人极具个性的态度，有着她伸出粗壮的胳膊去够晾衣绳，有着她那强壮如母马的挺翘臀部，惊讶地第一次发现她是那么美丽。他以前从来没有想到，一个年近半百的女人，身体由于生了太多孩子而严重走形，由于操劳奔波而变得粗糙僵硬，直至最后就像一根熟透了的芜菁一样，但她仍然是美丽的。这就是美，他心里想，怎么能说不美呢？她那结实又毫无曲线可言的身材就像一块花岗岩，而她的皮肤粗糙通红，和一个女孩子的身体相比，就好比是蔷薇果和蔷薇的对比。为什么果实就不如花朵漂亮呢？

　　"她好美。"他喃喃说道。

　　"她的屁股得有一米宽，可能还不止。"朱莉娅说道。

　　"那正是她的美丽之处。"温斯顿说道。

　　他轻松地一把揽住朱莉娅柔软的腰肢。从臀部到膝盖，她的侧身抵着他的身体。他们的身体还没有生下小孩。这件事他们永远无法实现。他们只能将秘密以口口相传的形式进行思想传播。楼下那个女人很笨，只有强健的胳膊、和蔼的心灵和好生养的身躯。他猜想她生了多少个小孩，起码得有十五个。她曾经有过短暂的花季，或许只有一年，像野玫瑰那般娇艳动人，然后就像受孕的果实那样突然膨胀起来，变得坚实、红润、粗糙，然后她的生活就是洗衣、拖地、织布、做饭、扫地、清洁、缝缝补补、拖地、洗衣，一开始是为了孩子，然后是为了孙子，三十年如一日干个不停。到了暮年她仍在唱歌。他对她心生神秘的崇敬，这份敬意不知道为什么，和无数烟囱后面一望无际的淡蓝色晴空联系在一起。他萌生了一个奇怪的念头：天空对于每个人都是一样的，无论在欧亚国、东亚国还是这里。而天空下的人其实也没什么两样——全世界无论哪个地方，数以亿计的人都是一样的。人们对彼此的存在茫然无知，被仇恨和谎言的围墙所阻隔，但是，他们仍然是同样的人——从未学会思考，但在心灵里、身体里、肌肉里积蓄着力量，终有一天会改天换地，重塑世界。假如说希望尚在的话，希望就在无产者们身上！他还没有读到**那本书**的结尾，但他知道那一定是古德斯泰恩最后要说的话。未来属于无产者们。他能肯定比起党所塑造的世界，他们所创造的世界对于他温斯顿·史密斯来说，会更加亲切吗？会的，因为至少那将是一个理性的世界。这件事迟早都会发生，力量将演变成觉醒。无产者们是不朽的，当你看着院子里那个坚强的身影时，你不会怀疑这一点。他们终将觉醒。虽然那一刻的到来可能要等待上千年之久，但他们将战胜一切苦难存活下来，就像鸟儿一样，将党无法拥有而且无法毁灭的力量代代相传下去。

"你记得吗，"他说道，"第一天，在林子边上，为我们歌唱的那只画眉？"

"它可不是为了我们而歌唱。"朱莉娅说道，"它是为了给自己取乐。或许不是为了取乐，它只是在歌唱。"

那只鸟在歌唱，无产者们在歌唱。党不歌唱。整个世界，在伦敦和纽约，在非洲和巴西，在前线对面神秘的禁地，在巴黎和柏林的街头，在广袤的俄罗斯平原的村庄，在中国和日本的集市——到处都有同样坚强而不可征服的身影，由于劳作和生育小孩而变得很丑陋，从出生到死亡不停地劳动，但她们仍然在歌唱。终有一天她们那坚强的肚皮将孕育出觉悟的人民。你已经死了，他们的后代才拥有未来。但就像他们保持肉体生命的延续一样，如果你不让自己的心灵死去，将二加二等于四这个秘密传播下去，你就可以分享未来。

"我们死了。"他说道。

"我们死了。"朱莉娅乖巧地应和着。

"你们死了。"身后传来一个冷酷的声音。

两人吓得一跃分开。温斯顿的五脏六腑似乎被冻成了冰块。他见到朱莉娅的瞳孔周围都发白了，脸色蜡黄。她脸颊上残留的胭脂特别显眼，突兀得似乎游离于下面的皮肤一样。

"你们死了。"那个冷酷的声音重复着。

"是从那幅画后面传来的。"朱莉娅倒吸一口凉气。

"是从那幅画后面传来的。"那个声音说道，"呆在原地。没有命令不许动。"

开始了，终于开始了！他们只能站在原地，看着对方的眼睛。逃命，趁还来得及，离开这间屋子——两人都没有想过这个念头。他们根本没有想过要违背墙上那个冷酷的声音的命令。墙上咔嗒一声，似乎是某个钩链被解开了，接着传来了玻璃破碎的声音。那幅画掉到地上，露出后面那个电屏。

"现在他们可以看见我们了。"朱莉娅说道。

"现在我们可以看见你们了。"那个声音说道，"站在房间的中央。背靠背站着。将双手放在脑后。不要互相触摸。"

他们没有触摸对方，但他似乎可以感觉到朱莉娅的身子在颤抖。或许，只是他自己的身子在颤抖。他只能控制牙齿不要打战，但他的膝盖根本不受控制。楼下屋子的里里外外传来了靴子的踏步声。院子里似乎挤满了人。有什么东西被拖过石板地。那个女人的歌声戛然而止。下面传来什么东西滚出老远的声音，似乎是那个洗衣盆被扔过院子，接着是嘈杂的、生气的叫嚷声，随着一声疼痛的尖叫而结束。

"这间房子被包围了。"温斯顿说道。

"这间房子被包围了。"那个声音说道。

他听到朱莉娅咬牙的声音。"我想我们可以说再见了。"她说道。

那个声音说道："你们可以说再见了。"接着传来了另一个声音，轻声细语，很有教养，温斯顿觉得自己以前在哪儿听过。那个声音说道："顺便说一下，乘我们还没有离开主题，'蜡烛引你到床头，落下斧子砍掉头！'"

有什么东西重重地砸在温斯顿身后的床上。一架梯子的顶端捅破窗户，架在了窗棂上。有人正从窗户外面爬进来。沉重的靴子咚咚咚地上了楼梯。房间里站满了身穿黑色制服的精壮男子，脚上穿着钉了铁底的靴子，手里拿着警棍。

温斯顿不再瑟瑟发抖。他的眼睛几乎不再游离不定。只有一件事情最重要：那就是不要动，不要动，不要给他们借口殴打你！一个男人站在他跟前，那个人长着拳击手般的下颚，嘴巴抿成一条缝，正把他那根警棍握在拇指和食指之间，虎视眈眈地看着他。温斯顿看着他的眼睛，那种衣不蔽体，双手放在脑后，脸和身体都暴露在别人面前的感觉令他几乎难以忍受。那个男人伸出白色的舌尖，舔了一下原本应该是嘴唇的地方，然后走开了。接着又是一声巨响。有人从桌上拿起那个玻璃镇纸，砸在壁炉上，砸成了碎片。

粉红色的珊瑚碎片就像蛋糕上糖做的玫瑰花蕾，有一小片滚过地毯。温斯顿心想："多么渺小，这东西是那么渺小！"他身后有人深吸一口气，猛地一踢，他的脚踝被狠狠地踢中，几乎让他失去平衡倒了下来。一个男人抡着拳头击中了朱莉娅的太阳穴，她整个人就像一把卷尺那样蜷曲着，在地板上翻滚着，喘息不定。温斯顿不敢转过头哪怕一毫米，但她那张青灰色的、喘息不停的脸庞不时出现在他的视线里。虽然他惊魂未定，但他自己的身体可以感受到那份痛楚，钻心的痛楚，而比这种感觉更为迫切的是想要喘过气来的本能抗争。他知道那是什么样的感觉：可怕的无法忍受的疼痛，一直在痛，却又无暇顾及，因为最重要的是让自己恢复呼吸。接着，两个人架着她的膝盖和肩膀，像扛一口麻袋那样将她扛出了房间。温斯顿瞥见她的脸，上下颠倒着，蜡黄扭曲，双目紧闭，脸颊上仍残存着一抹胭脂。那是他最后一次见到她。

他站在那儿一动不动。还没有人殴打他。他不由自主地想着一些事情，但这些事情一点儿也不有趣。他不知道他们是否逮捕了查林顿先生。他不知道他们对院子里那个女人做了什么。他发现自己很想撒尿，心里觉得有点奇怪，因为两三个小时之前他刚撒过尿。他注意到壁炉架上的时钟指着九点钟，即二十一点。但光线似乎太强烈了。八月的傍晚到了二十一点，天色不是应该暗下来了吗？他不知道他和朱莉娅是不是弄错了时间——他们睡了超过十二个小时，以为是晚上八点三十分，而实际上现在是次日早上八点三十分。但他没有继续往下想。这一点儿也不好玩。

走廊里传来另一阵轻一些的脚步声。查林顿先生走进房间。那些身穿黑色制服的人立刻变得毕恭毕敬。查林顿先生的外貌也变了。他的眼睛落在那个玻璃镇纸的碎片上。

"把那些碎片捡起来。"他大声说道。

一个男人弯下腰执行命令。查林顿那口伦敦土腔不见了。温斯顿突然意识到刚才他就在电屏上听到过这个声音。查林顿先生仍然穿着他那件旧天鹅绒夹克，但他那原本几乎全白了的头发现在却变黑了。而且他没有戴眼镜。他那凌厉的眼神扫了温斯顿一眼，似乎在验证他的身份，然后没有再留意他。他的相貌依稀可辨，但他已不再是同一个人。他的身材笔挺，而且似乎大了一些。他的脸只有一些轻微的改变，但看上去完全变样了。黑色眉毛没有以前那么浓密，脸上的皱纹消失了，整张脸的轮廓似乎改变了，连鼻子似乎也变短了。那是一张警惕而冷漠的脸，大约三十五岁左右。温斯顿意识到，有生以来第一次他正瞧着思想警察中的一员。

第三部

第一章

他不知道自己在什么地方。他应该是在友爱部，但没有办法确认。他被关在一间牢房里，天花板很高，而且没有窗户，墙壁上贴着闪闪发亮的白色瓷砖。隐藏起来的灯发出幽冷的灯光，而且他听到了低沉而稳定的轰鸣声，料想应该是通风设备发出的声音。一条宽仅容坐的长凳或架子绕着整面墙，一直连到门口，一个马桶正对着门，但没有木座圈。每面墙上都安装了电屏，一共有四个。

他的腹部隐隐作痛。自从他们将他五花大绑，关进密封的小货车将他带走那时候起就一直在痛。而且他觉得很饿，饿得头晕眼花，特别难受。他一定得有二十四个小时没有吃过东西了，或许得有三十六个小时了。他仍然不知道，或许永远也不会知道被捕的时候是早上还是晚上。自从被捕之后，他们一直不给他饭吃。

他坐在那张狭窄的长凳上，尽量保持不动，双手交叉抱膝。他已经学会了静静地坐着。如果你有什么出其不意的小动作，他们就会通过电屏朝你叫嚷。但他越来越渴望能有东西吃。他最想吃的是面包。他觉得在他制服的口袋里有一些面包屑。他甚至觉得可能有一大片面包在里面——因为他觉得有什么东西不时地碰着他的腿。最后，确认是不是有面包屑的诱惑战胜了恐惧，他将一只手滑进口袋里。

"史密斯！"电屏传来叫嚷声，"6079 号温斯顿·史密斯！

在牢房里不能把手伸进口袋！"

他又一动不动地坐着，双手交叉抱膝。被带到这儿之前他曾在另一个地方呆过，那里应该是一间普通监狱或巡逻队的临时拘留所。他不知道自己在那儿呆了多久，至少得有好几个小时了——既没有时钟也没有阳光，根本无法估计时间。而且那里很吵，恶臭熏天。他们将他关押在一间和现在这间差不多的牢房里，但里面脏兮兮的，还总是关着十到十五个人。大部分人是普通罪犯，但也有几个政治犯在里面。他静静地靠坐在墙边，和其他人挤在一块儿。心里的恐惧和腹部的疼痛让他对周围的情况全然失去了兴趣，但他还是注意到党员犯人和其他犯人行为举止上的区别。党员犯人总是默不作声惊惶失措，而普通犯人似乎对任何人或任何事情都毫不在乎。他们朝狱卒破口大骂，身上的财物被没收时会激烈地反抗，在地板上写污言秽语，从衣服中不为人知的夹层里拿出偷偷带进来的食物大快朵颐，甚至在电屏试图维持秩序的时候朝它们大吼大叫。还有几个似乎和狱卒交情不错，叫他们的绰号，透过门上的窥视孔说几句好话，想讨根烟抽。那些狱卒对普通罪犯也很宽容，即使在不得不镇压的时候也会手下留情。大部分囚犯将被送去劳改营，聊天的内容总是围绕着这个话题。他总结出的情况是，只要你人面广并且懂规矩，进劳改营也"没什么大不了的"。那里有贪污受贿，徇私舞弊，敲诈勒索，有同性恋和卖淫，甚至还有用土豆非法酿制的烈酒。只有那些普通罪犯，尤其是流氓和杀人犯，才能得到受信任的职位，成为劳改营中的贵族。而所有的脏活儿都由政治犯承担。

各种各样的罪犯像走马灯一样来来去去，有毒贩、小偷、强盗、黑市走私犯、酒鬼和妓女。有的酒鬼撒起了酒疯，其他囚犯不得不联合起来将他们制服。有一个年约六旬体格臃肿的老妇人，长着硕大的、颤巍巍的奶子和浓密的白发，她拼命挣扎，搞得自己披头散发。她叫嚷着踢打着，那四个狱卒一人抓住她的一只手或脚，将她抬了进来。她想用靴子踢他们，他们将靴子脱掉，然后将她扔到温斯顿的大腿上，几乎撞断了他的大腿骨。那个女人挣扎着坐起来，然后冲着狱卒骂了一句，"你们这群王八操的！"然后她发现坐着的地方很不平坦，从温斯顿的膝盖滑到了长凳上。

"对不起，亲爱的。"她说道，"我不是故意要坐你身上，是那群混蛋把我扔过来的。他们真是不懂得怜香惜玉，不是吗？"她停了下来，抚摸着胸脯，打了个嗝。"抱歉。"她说道，"我不太舒服。"

接着她弯下腰，在地板上痛痛快快地吐了一通。

"好多了。"她闭着眼睛靠在墙上，"想吐就吐，别憋着，这就是我的看法。乘它还在胃里面就吐出来，就像这样。"

她恢复了精神，转过头又看了温斯顿一眼，似乎一下子对他很着迷。她伸出一只壮硕的手臂搂着他的肩膀，把他拉到身边，一股啤酒和呕吐物的味道朝他扑面而来。

"你叫什么名字，亲爱的？"她问道。

"史密斯。"温斯顿回答。

"史密斯？"那个女人说道，"真有趣，我的名字也叫史密斯。"她满怀柔情地补充了一句，"噢，我可能是你妈妈呢！"

温斯顿心想，或许她就是他的妈妈。她年纪相仿，身材也接近，而且在劳改营呆了二十年，人多多少少总会有些改变。

再没有人和他说话。那些普通犯人与党员犯人河水不犯井水，真是令人奇怪。他们轻蔑地称他们为"政治犯"。那些党员犯人似乎不敢和别人说话，尤其不敢和彼此说话。只有一次，两个女党员挤在长凳上，他隐隐约约偷听到几句仓促的低语，里面提到了"101号房"，他不知道指的是什么。

或许他是两三个小时之前被带到这里的。他的腹部一直在隐隐作痛，但感觉时好时坏，而他的思绪也随之变得活跃或呆滞。当疼痛恶化时，他一心只想着疼痛和想吃东西这两件事。当疼痛舒缓了一些时，恐惧弥漫在他的心头。有时候他会预料到将会发生在他身上的事情，感觉如此真切，让他的心怦怦乱跳，呼吸也变得艰难起来。他感觉得到警棍殴打他的手肘和钉着铁掌的靴子踢打他的胫骨时的那种痛楚。他看到自己在地板上匍匐蠕动，透过断裂的牙齿哀声求饶。他几乎没有去想朱莉娅。他无法将自己的心思放在她身上。他爱她，他不会背叛她，但那就像算术法则一样，只是一个他了解的事实。他感觉不到自己爱她，几乎没有去想她到底怎么样了。他想得更多的是奥布莱恩，心里怀着一丝希望。奥布莱恩或许知道他被捕了。他说过兄弟会不会营救其成员，但他可能会得到刮胡刀：如果可以的话，他们可能会送刮胡刀进来。在狱卒冲进牢房之前大概有五秒钟的时间。那把刀片或许会冰冷而灼烧地刺入他的身体，甚至握着刀片的手指也会被割到骨头。他那羸弱的身躯恢复了所有的知觉，一丁点儿疼痛都会让他缩成一团，不停颤抖。他不知道就算有这么一个机会，他会不会真的拿刀片自尽。苟延残喘似乎是更理所当然的事情，再活上十分钟也好，即使他清楚地知道最终迎来的将会是酷刑与折磨。

有时候他试着去数牢房的墙上有多少片瓷砖。这原本应该很容易，但他总是数着数着就不知道数到哪儿了。他更常想的是自己在什么地方，现在几点了。有时候他很肯定现在外面是大白天，但接着他就很笃定地认为现在是黑夜。他本能地知道这个地方是永远不会熄灯的。这就是没有黑暗的地方：他现在明白为什么奥布莱恩似乎理解他那句暗语了。在友爱部没有窗户。他的牢房可能在大楼的中心，也可能就靠着外墙，或许在地下十层，也可能在地上三十层。他在脑海中变幻着自己身处的位置，想通过身体的感觉了解自己到底是被关押在空中还是深深的地底下。

外面传来靴子的踏步声。吭当一声，铁门被打开了。一位年轻的军官帅气地从门口走了进来。他身上穿着剪裁得体的黑色制服，全身上下闪烁着皮革的光芒，那张白皙而轮廓分明的脸就像是一张蜡像面具。他朝外面的狱卒做了个手势，让他们将押解的犯人带进来。诗人安普弗斯蹒跚着走进牢房。铁门吭当一声又关上了。

安普弗斯迟疑地朝左右两边各走了一步，似乎以为还要穿过另一道门，然后开始在牢房里徘徊。他还没有注意到温斯顿也在这里。他那双困惑的眼睛正盯着温斯顿头上一米处的墙壁。他没有穿鞋，脏兮兮的大脚指头从袜子的破洞里伸了出来。他也有好几天没有刮胡子了。从下巴到颧骨胡子拉碴的，让他看上去像个恶棍，与他那高大而孱弱的身躯以及神经质的举动相映成趣。

温斯顿本来死气沉沉的，这时精神稍微振作了一些。他必须和安普弗斯说说话，就算电屏会喝骂也在所不惜。安普弗斯甚至可能就是带刀片进来的内应。

他说道："安普弗斯。"

电屏没有传出叫嚷声。安普弗斯停下脚步，感觉有点惊讶。他的眼睛慢慢地将焦点集中在温斯顿身上。

"啊，史密斯！"他说道，"你也在这里！"

"你怎么进来了？"

"说老实话——"他尴尬地坐在温斯顿对面的长凳上，"罪名只有一个，不是吗？"他说道。

"你犯罪了吗？"

"应该是犯了。"

他伸出一只手揉了揉额头的太阳穴，似乎努力想记起什么。

"这种事情经常发生。"他开始含含糊糊地说道，"我记得发生过一件事——可能就是这件事。当然，那是我一时不慎。我们在编辑出版吉卜林的诗作。我没有把一行诗最后'上帝'那两个字删掉。我没有办法！"他以几乎义愤填膺的态度补充了一句，抬头看着温斯顿，"那句话根本改不了。那个韵脚是'权力'。英语中只有十二个词与'权力'是押韵的，你知道吗？我推敲了好几天，但**就是**想不出别的韵脚。"

他的神情改变了。他暂时忘却了烦恼，看上去甚至流露出欣喜的神情。他那肮脏蓬乱的头发似乎透出一股智慧的光芒，就像一个学究作出了毫无意义的发现时内心充满了喜悦。

"你有没有想过，"他说道，"纵观英文诗的历史，最突出的特征就是英语的韵脚很匮乏？"

温斯顿从来没有想过这个问题，而身处这般境地，他并不觉得这个想法有多么重要或有趣。

"你知道现在几点吗？"他问道。

安普弗斯似乎又吃了一惊，"我倒没想过这个。他们逮捕我的时候——大概是两天前，或许三天前的事情了。"他的眼睛扫过那几堵墙，似乎他以为哪里有一扇窗户。"在这里白天和黑夜根本没有区别。我想根本不可能计算时间。"

两人漫无目的地聊了几分钟，然后，不知道是何缘故，电屏传来一声大喝，命令他们保持安静。温斯顿静静地坐着，双手交叉。安普弗斯的身形太高大了，没办法舒服地坐在狭窄的长凳上，不时扭来扭去，先是把他那双又瘦又长的手交叠放在一只膝盖上，然后又换了一只膝盖。电屏冲他大吼大叫，让他不要乱动。时间渐渐流逝。二十分钟，一个小时——根本无从估计。外面又传来靴子的走动声。温斯顿的心缩成一团。快了，就快了，或许再过个五分钟，或许就是现在，脚步声意味着轮到他了。

门打开了。那个面若寒霜的年轻军官走进牢房。他的手朝安普弗斯轻轻一挥。

"101 号房。"他说道。

安普弗斯在狱卒的左右看守下蹒跚着走了出去，他的脸有点慌张，但带着迷惘。

似乎过去了很久一段时间。温斯顿的腹部又开始疼起来。他一直想着同样的事情，就像一个小球反复落进固定的一组槽里。他只有六个念头：腹部的疼痛、一块面包、流血哀号、奥布莱恩、朱莉娅和刮胡刀片。沉重的脚步声再次接近，他的心又缩成一团。铁门一打开，空气卷着一股强烈的冷汗的味道吹了进来。帕森斯走进牢房。他穿着卡其布短裤和一件运动衫。

这一次，温斯顿惊呆了，完全忘记了自己的事情。

"你怎么来了！"他说道。

帕森斯瞥了温斯顿一眼，眼神既不是好奇，也不是惊讶，而是可怜巴巴。他开始一颠一颠地走来走去，显然没办法让自己消停下来。每一次他伸直他那胖乎乎的膝盖时，可以明显地看到它们在颤栗。他的眼睛睁得大大的，目光茫然，似乎无法让自己不发呆。

"你怎么被抓进来了？"温斯顿问道。

"思想罪！"帕森斯几乎都快哭了。他的语调暗示着他完全承认自己的罪行，却又不敢相信自己被扣上了这么一个罪名。他在温斯顿面前停了下来，热切地问他："他们不会枪毙我，你是这么想的，是吧，老伙计？要是你并没有做什么坏事，他们不会枪毙你的——只是想想而已，这种事你也无法控制是吧？我知道他们会公正地进行审判的。噢，我想他们一定会这么做的！他们会知道我记录良好，不是吗？你知道我是个什么样的人。我可不是坏人。当然，我脑筋不大灵光，但我很热心。我一直为党鞠躬尽瘁，不是吗？我顶多会被判五年徒刑，你觉得呢？或许会判十年？像我这样的人在劳改营一定能帮得上忙。他们不会因为我一时行为上的偏差而枪毙我吧？"

"你有罪吗？"温斯顿说道。

"我当然有罪！"帕森斯嚷嚷着，低眉顺眼地看了电屏一眼。"你不会认为党会逮捕一个无辜的人吧？"他那张蛤蟆一样的脸平静了一些，甚至露出了伪装虔诚的表情。"思想罪太可怕了，老伙计。"他庄严地说道，"它潜伏在内心深处，甚至在你毫不知情的情况下就影响了你。你知道它是怎么影响了我的吗？是在我睡觉的时候！是的，就是这样。我一直努力工作，尽量多做点贡献——从来不知道我的思想里有肮脏的念头。然后，我开始说梦话。你知道他们听到我说什么了吗？"

他放低了声音，就像一个因为要治病不得不说出自己的风流韵事的病人。

"'打倒老大哥！'是的，我说出了这番话！似乎还说了好几遍。我只告诉你一个人，老伙计，我很高兴在我陷得更深之前他们就把我逮捕了。你知道在我上法庭之前我要对他们说些什么吗？我会说："谢谢你们。谢谢你们在为时已晚之前拯救了我。'"

"是谁告发你的？"温斯顿问道。

"是我的小女儿。"帕森斯难过而骄傲地说道，"她从钥匙孔偷听，听到我所说的那些话，第二天就跑到巡逻队那里。对于一个才七岁的小女孩来说，真是很聪明，是吧？我一点儿也不怪她。我为她感到自豪。这表明至少我教会了她正确的思想。"

他又一颠一颠地走来走去，一直盯着那个马桶。突然间，他脱下自己的短裤。

"抱歉，老伙计，"他说道，"我憋不住了。憋了好久了。"

他那肥厚的臀部坐在马桶上，温斯顿伸手捂着自己的脸。

"史密斯！"电屏喊道，"6079 号温斯顿·史密斯！不许捂住你的脸。牢房里不许捂脸。"

温斯顿将手拿开。帕森斯酣畅淋漓地拉了一通，声音很响。接着，他发现冲水开关是坏的，整个牢房臭气熏天，一连持续了好几个小时。

帕森斯被带走了。又有好几个囚犯神秘地来来去去。有一个女犯人被带到"101 号房"，温斯顿注意到，当她听到这个名字时，脸色一变，似乎整个人萎掉了。时间过去很久了，如果他被带进来的时候是早上，那现在就应该是下午，而如果他被带进来的时候是下午，那现在就应该是午夜。牢房里有六个犯人，有男有女，所有人都纹丝不动地坐着。温斯顿对面坐着一个男人，没有下巴，长着大龅牙，看上去像只不会伤人的大型啮齿动物。他的两颊丰满多肉，长了几个斑点，底部好像垂着两个囊袋，很难不相信他没有在里面偷偷藏了一些吃的东西。他那两只灰色的眼眸羞怯地从一张脸掠到另一张脸上，一遇到别人的眼神就立刻转移开去。

门打开了。又有一个囚犯被带了进来，看到他的样子温斯顿心里不禁为之一寒。他长相平凡，似乎是个工程师或技术人员。但令人感到震惊的是他那张脸特别消瘦，就像是一个骷髅头，显得嘴巴和眼睛特别大，而且那双眼睛似乎充斥着对某人或某件事刻骨铭心不共戴天的仇恨。

那个男人坐在长凳上，离温斯顿很近。温斯顿没有再去看他一眼，但那张被折磨得如同骷髅头的脸仍清晰地浮现在他的脑海中，就像它就在眼前一样。突然间他意识到那是怎么一回事。那个男人就要饿死了。牢房里似乎每一个人都同时掠过这个念头。长凳上起了小小的骚动。那个没有下巴的男人不断地朝那个面容枯槁的男人望去，然后内疚地移开目光，接着又不由自主地被吸引了过去。过了不久，他开始坐立不安。最后他站起身，笨拙地走过牢房，从大衣口袋里掏出一块脏兮兮的面包，尴尬不安地递给那个面容枯槁的男人。

电屏中传来震耳欲聋的怒吼声。那个没有下巴的男人吓了一跳，而那个面容枯槁的男人迅速将手放到身后，似乎在向所有人表示他没有接受别人的施舍。

"巴姆斯泰德！"那个声音吼道，"2713 号巴姆斯泰德！把那块面包放下！"

那个没有下巴的男人将面包扔到地板上。

"原地别动，"那个声音说道，"面朝大门。不许乱动。"

那个没有下巴的男人乖乖服从。他那张肥大下垂的面颊不由自主地颤抖着。大门打开了。那个年轻的长官走了进来，然后站在一旁。一个矮矮壮壮肩宽膀阔的狱卒跟在他身后，站在那个没有下巴的男人身前。然后，那位长官做了一个手势，那个狱卒以全身的重量挥出力道惊人的一拳，结结实实地击中那个没有下巴的男人的下颚。这记拳头的力量几乎将他击飞。他的身子跌跌撞撞地横穿牢房，撞倒在马桶的底座上，躺了下来，似乎晕了过去，嘴巴和鼻子里涌出深黑色的血。他发出似乎不省人事的轻微的呻吟声，然后翻了个身，以双手双膝撑地，艰难地爬了起来。他那口上下两半的假牙夹杂着鲜血和口水，从嘴里掉了下来。

囚犯们双手交叉抱膝，纹丝不动地坐着。那个没有下巴的男人回到自己的座位。他的半边脸下面黑漆漆的，嘴巴肿成不规则的樱桃色的一团，中间是一个黑漆漆的洞。

时不时地，有几滴血掉到他那件制服的襟口。他那双灰色的眼眸仍然从一张脸转到另一张脸，比刚才显得更加愧疚，似乎他想知道大家是不是在鄙夷他，因为他实在是太丢人了。

大门打开了。那位长官朝那个面容枯槁的男人做了个小小的手势。

"101号房。"他说道。

温斯顿身边有人倒吸一口凉气，起了一阵骚动。那个男人跪倒在地，双手合十。

"同志！长官！"他叫嚷着，"你们别把我带到那个地方去！我不是什么都告诉你们了吗？你们还想知道什么？我已经招无可招了！告诉我什么事情，我会老实招供的。把它写下来，我会签名——写什么都行！不要带我去101号房！"

"101号房。"那位长官说道。

那个男人的脸色已经非常苍白，一下子变成了温斯顿觉得不可思议的颜色。那确实是绿色的，不会看错。

"拿我怎么着都行！"他叫嚷着，"你们已经饿了我好几个星期。给我一个了断，让我死吧。枪毙我吧。吊死我吧。判我二十五年徒刑。你们还想我招供出其他人吗？告诉我他们是谁，我什么都告诉你们。我不在乎他们是谁，也不在乎你们会拿他们怎么样。我有一个妻子，三个小孩，最大的还不到六岁。你可以把他们统统抓走，在我的面前割开他们的喉咙，我绝不会有半句怨言。但不要带我去101号房！"

"101号房。"那位长官说道。

那个男人神经质地看着其他囚犯，似乎他可以找到另一个替死鬼。他的眼睛落在那个没有下巴的男人那张被打得稀巴烂的脸上。他伸出一只枯瘦的手臂。

"他才是你们应该带走的人，不是我！"他喊叫着，"你们没有听见他的脸被打烂后说了些什么。给我一个机会，我会一字不漏地告诉你们。他才是反党分子，不是我。"狱卒们向前走去。那个男人的声音变成了尖叫。"你们没有听到他说了些什么！"他不停地叫嚷着，"电屏坏了。**他**才是你们要找的人。带他走，不要带我走！"

那两个强壮的狱卒弯腰架起他的胳膊，但这时他扑过牢房的地板，紧紧抓住支撑着长凳的一根铁架，像野兽一样号叫着，根本听不出他在说些什么。两个狱卒抓住他，想把他拽下来，但他紧紧抓着不放，力气大得惊人。狱卒拼命拉着他往外扯，大约持续了二十秒钟。其他囚犯静静地坐着，双手交叉抱膝，双眼直视前方。号叫停止了；那个男人快没气了，惟有双

236

手依然死命抓住铁架不放。接着，他又是一阵呼号，但声音变了。一个狱卒的靴子踢断了他一只手的几根手指。他们把他拽了起来。

"101号房。"那位长官说道。

那个男人被带了出去，脚步踉踉跄跄，耷拉着头，抚摸着他那只被踢断的手，彻底放弃了抵抗。

又过了很久。如果那个面容枯槁的男人被带走的时候是午夜，现在就应该是早上，如果那个时候是早上，现在就应该是下午。只剩下温斯顿一个人，已经好几个小时了。坐在那张狭窄的长凳上屁股都疼了，他老是得起身走动一下，电屏没有喝止他。那个没有下巴的男人掉下的那片面包还在那儿。一开始的时候，他总得努力不去看它，但很快口渴就取代了饥饿。他的嘴巴干涩发黏，而且味道很难闻。蜂鸣声和不变的白色灯光让他觉得有点眩晕，脑子里空荡荡的。他得站起身，因为他坐得实在是腰酸背痛，再也受不了了，然后又立刻坐了下来，因为他实在是晕得没办法站稳。当他的生理感官稍稍恢复了控制时，恐惧就会笼罩他的内心。有时候他会怀着一丝希望，想到奥布莱恩和刮胡刀片。或许，刀片会藏在他的食物里被送过来，如果他能吃上饭的话。他隐约想起了朱莉娅。她就在某个地方忍受着折磨，或许比他更痛苦。或许此时此刻她正在痛苦地呻吟。他心想："要是让我的痛苦加倍就可以救她，我愿不愿意呢？是的，我愿意。"但那只是理智上的决定，他做出这个决定只是因为他知道自己应该这么做。他并没有这种感觉。在这个地方你什么都感觉不到，只有疼痛和疼痛的预感。而且，当你真的被严刑拷打的时候，你会希望让自己的痛苦增加吗？但这个问题暂时还没办法回答。

又有脚步声接近。大门打开了，奥布莱恩走了进来。

温斯顿站了起来。眼前的一幕让他根本顾不上谨慎。这么多年来，他第一次忘记了电屏的存在。

"他们也把你抓来了！"他叫嚷着。

"他们很久以前就把我抓来了。"奥布莱恩的话里略带遗憾和讥讽。他站到一边。从他身后冒出一个胸宽体壮的狱卒，手里拿着一根长长的黑色警棍。

"你知道的，温斯顿。"奥布莱恩说道，"不要欺骗自己。你知道的——你一直心知肚明。"

是的，现在他明白了，他一直都明白的。但没有时间想这件事了。他只看见那个狱卒手里的警棍。它随时会打下来，落在脑门上，落在耳边，落在胳膊上，落在胳膊肘上——

胳膊肘上！他跪倒在地，几乎动弹不得，另一只手紧紧握着被打的那只胳膊肘。一切都炸开了，化为黄色的光芒。他根本想象不出这一棍会带来如斯痛楚！黄光消失了，他看到有两个人正俯视着他。那个狱卒正在嘲笑他扭成一团的样子。至少，有一个问题得到了解答。不管是为了什么，你都绝对不希望增加自己的痛苦。对于疼痛，你只有一个愿望：那就是疼痛快点停止。这个世界上没有什么比疼痛更难以忍受。在疼痛面前，没有英雄能逞强，当他在地板上挣扎蠕动徒劳地紧紧抓住他那只已经被打断的左臂时，这个想法在他的脑海中回荡了一遍又一遍。

第二章

　　他正躺在好像是一张露营床的东西上，但是这东西离地面很高，而且他被固定住了，根本无法动弹。灯光射在他的脸上，似乎比平时更明亮耀眼。奥布莱恩站在他身边，正低头专注地看着他。在他另一边站着一个身穿白大衣的男人，拿着一个皮下注射器。

　　虽然他的眼睛张开着，但他只能渐渐地看清周围的环境。他觉得自己似乎是从另一个世界——一个很深很深的水底世界——游进这个房间的。他不知道自己在下面多久了。自从他们将他逮捕之后，他还没有见过黑暗或阳光。而且，他的记忆断断续续的。有时候，他的意识，即使是睡着的时候也存在的意识，突然消失了，经过一段完全空白的中断之后才恢复过来。但他不知道这些中断到底持续了几天、几周还是只有几秒钟。

　　从胳膊肘被打了第一下起，噩梦就开始了。后来他才知道，接下来发生的一切只不过是正戏之前的预演，是几乎每个囚犯必须接受的例行侦讯。当然，每个人都得承认自己犯下了累累罪行——间谍罪、破坏活动什么的。招供只是走个形式，但刑讯却是真实的。他被殴打了多少回，殴打的时间持续多久，他都不记得了。每一次总是有五六个穿着黑色制服的男人一起打他。他们有时候用拳头揍，有时候用警棍打，有时候用钢条捅，有时候用靴子踢。很多时候他像畜生一样全然不顾颜面在地板上打滚，蠕动着身子不断绝望地闪躲着踢打，但这只能招致对方朝他的肋骨、腹部、手肘、胫骨、裆部、睾丸和尾椎骨更疯狂的殴打。有时候殴打一直持续不停，在他看来，残忍邪恶而不可原谅的事情不是狱卒们在殴打他，而是他无法迫使自己陷入昏迷。有时候他在精神上已经投降了，殴打还没开始他就开始哀号求饶，一看到拳头往后缩准备打他就忙不迭招供种种真实的和虚构的罪行；有时候他下定决心什么都不招供，得大刑伺候才能从他嘴里硬生生地挤出一个个字来；还有的时候他希望取得妥协，他对自己说："我会招供的，但不是现在。我必须等到疼痛实在无法忍受时才招供。再踢我三下，两下吧，等到那时我才告诉他们想要知道的事情。"有时候他被打得站都站不稳，像一袋土豆那样瘫倒在牢房的石板地上，歇息了几个小时，然后被拖出去再殴打一顿。此外还有更长的恢复期。他只有模糊的印象，因为大部分时间他在睡觉或陷入昏迷。他记得一间有木板床的牢房，墙上伸出一个类似于架子的东西，还有一个锡脸盆，三餐有热汤喝有面包吃，有时还能喝到咖啡。他记得有个乖戾的理发师过来给他刮胡子剪头发，还有一些一本正经、面无表情、穿着白大褂的男人给他量脉搏，测试他的神经反应，翻起他的眼睑，用粗糙的手指抚摸他的身子看有没有骨折，往他的胳膊打针让他睡觉。

殴打的频率渐渐减少，变成了一种可怕的威胁，当他们不满意他的回答时就以殴打恫吓他。现在盘问他的人不是那些穿着黑色制服的凶狠狱卒，而是党内的知识分子，一个个都是小胖子，动作轻快，眼镜闪烁着寒光。他们轮流盘问他，每次都得持续——他想了想，但无法肯定——持续十到十二个小时。这些盘问者总是让他保持轻微的痛楚状态，但疼痛并不是他们依赖的主要手段。他们扇他耳光，揪他的耳朵，拉扯他的头发，让他单脚站立，不让他上厕所，拿强光灯照他的脸，照到他泪水直流，但这些只是为了羞辱他，摧毁他争辩和理性思考的能力。他们真正的武器是毫无怜悯的盘问，无休无止，一个小时接一个小时，给他下套，曲解他所说的每句话，不断地宣判他在撒谎或自相矛盾，到最后由于羞愧与精神疲劳，他开始痛哭流涕。有时在一次盘问中他得哭上五六回。大部分时间里他们冲他喝喝骂骂，看到他稍有蹒躇就威胁说要将他交给狱卒，但有时候他们会改变口吻，称他为同志，以英社和老大哥的名义劝说他，假惺惺地问他对党是否还保有忠诚，愿意痛改前非。在经过几个小时的盘问后，他的心志已经摇摇欲坠，即使是这么一番劝慰的话也能让他痛哭流涕。比起狱卒的靴子与拳头，这些絮絮叨叨的话语更能瓦解他的意志。无论人家让他说什么他都会说，想让他签什么他都会签。他唯一关心的事情就是弄清楚他们要他招供什么，然后在虐待开始之前立刻老实招供。他招供说自己想刺杀党的高层领导人，散播煽动性的传单，贪污公款，贩卖军情机密，从事种种破坏活动。他招供自己从 1968 年起就充当东亚国政府雇佣的间谍。他承认自己有宗教信仰，膜拜资本主义，还是个色情变态狂。他招供自己谋杀了妻子，虽然他知道那些盘问者一定知道他的妻子还活着。他招供多年来他一直和古德斯泰恩保持私人接触，一直是某个地下组织的成员，而这个组织包括了他认识的几乎每个人。什么罪名都招供，让所有人都受到牵连要来得更轻松一些。而且，从某种意义上说，这些都是真的。他的确是党的敌人，而在党的眼里，思想和行动根本没有区别。

他还有不同于此的回忆。这些回忆在他的脑海里浮现，彼此没有关联，就像一片漆黑之中的一张张图画。

他在一间牢房里，可能有光亮，也有可能漆黑一片，因为他只看到一双眼睛。在他身边触手可及的地方有一台仪器，正在缓慢而有规律地发出滴答声。那双眼睛越来越大，越来越亮。突然间，他从座位上漂浮起来，栽进那双眼睛里面，被其吞没。

他被五花大绑固定在一张椅子上，四周都有仪表盘，头顶是刺眼的灯光。一个穿着白大褂的男人正在阅读着仪表盘的信息。外面传来沉重的脚步声。大门哐当一声打开了。那位面如蜡像的长官迈步走进牢房，身后跟着两个狱卒。

"101号房。"那位长官命令道。

那个穿着白大褂的男人没有转身，也没有去看温斯顿，只是看着那些仪表盘。

这是一条壮观的走廊，足足有一公里宽，到处是闪烁着金光的璀璨灯火，他踉踉跄跄地走在里面，扯着嗓门大笑，大声招供自己的罪行。他什么都招供了，甚至包括那些在严刑逼供下没有坦白的事情。他将自己的全部生平都说了出来，但听众已经知道了。押送他的是那些狱卒、其他盘问者、那些穿白大褂的男人、奥布莱恩、朱莉娅、查林顿先生，大家都一起走在走廊里，一边大笑叫嚷着。潜伏在未来的某件可怕的事情被跳过去了，没有发生。一切都好，没有疼痛，他这辈子每个细节都被暴露了，了解了，遗忘了。

他在那张木板床上惊醒过来，觉得似乎听到了奥布莱恩的声音。在接受刑讯时，虽然他从未见过他，但他觉得奥布莱恩就在他身边，只是他看不见罢了。奥布莱恩就是幕后的黑手。是他让狱卒虐待温斯顿，又不让他们杀死他。是他决定了温斯顿什么时候应该痛苦尖叫，什么时候应该休息，什么时候应该吃饭，什么时候应该睡觉，什么时候应该往手臂里注射药物。是他在盘问那些问题，并暗示该怎么回答。他既是虐待者，又是保护者；既是盘问者，又是朋友。有一次——温斯顿不记得那是被麻醉的睡眠还是正常的睡眠，甚至有可能是在他头脑清醒的时候——一个声音在他的耳边喃喃地说道："别担心，温斯顿。你一直在我的控制中，这七年来我一直在观察你。现在，命运的转折点到了。我会拯救你，我将使你变得完美无瑕。"他不知道那是不是奥布莱恩的声音，但七年前在另一个梦里，那个声音曾经对他说过："我们将在没有黑暗的地方见面。"

他不记得刑讯是怎么结束的。先是一片漆黑，然后是现在他置身其中的牢房或房间，他开始渐渐看清了周围的布置。他几乎是平躺的，无法动弹。他的身体每一个重要部位都被牢牢固定住，连后脑勺也被什么卡住了。奥布莱恩正阴沉而悲伤地俯视着他。从下往上望去，他的脸显得又老又丑，眼睛下面眼袋很重，鼻子到下巴布满了皱纹。他比温斯顿想象的要老得多，或许得有四十八或五十岁了。他的手搁在一个仪表盘上，代表盘顶部有一个把手，面板上有几个数字。

"我告诉过你，"奥布莱恩说道，"当我们再次见面时，就在这个地方。"

"是的。"温斯顿回答。

没有任何警告，只是奥布莱恩的手轻轻一动，一波剧痛就将他的身体吞没，那是十分恐怖的剧痛，因为他不知道发生了什么事情，只觉得自己一定正在遭受致命的伤害。他不知道这件事是真的在发生，还是说那只是电击的效果。但他的身体正在扭曲变形，关节被缓慢地扯开。尽管他疼得额头上沁出了汗水，但他最害怕的是他的脊椎似乎要被折断了。他咬紧牙关，透过鼻孔艰难地呼吸着，试图尽量保持沉默。

奥布莱恩一边端详着他的脸一边说道："你害怕再过一会儿你身上某个部位会被折断，而你最害怕的是，被折断掉的会是你的脊椎。你能生动地想象出脊椎骨断裂的画面，骨髓从断裂处流淌出来。这就是你内心的想法，不是吗，温斯顿？"

温斯顿没有回答。奥布莱恩将仪表盘的把手拉了回去。那波疼痛几乎就像发作时那样迅速地消失了。

"刚才是四十。"奥布莱恩说道，"你可以看到这个仪表盘上面的数字最高可以达到一百。在我们谈话时，我有权在任何时候给你施加任何程度的疼痛，你知道吗？如果你对我撒谎，或试图搪塞过关，甚至装疯卖傻，你将会立刻痛哭哀号。你明白吗？"

"是的。"温斯顿回答。

奥布莱恩的态度稍微和蔼了一些。他若有所思地将眼镜扶好，来回踱了几步。他说话时声音很温和耐心，像一位医生或老师，甚至像一位牧师，以解释和劝说的方式而不是以惩罚的方式待人。

"温斯顿，你让我很操心，"他说道，"因为你值得让我操心。你很清楚自己出了什么问题。你已经知道很多年了，与它进行过一番抗争。你精神错乱，你的记忆有缺陷，你无法记得真实的事情，于是你对自己说你记得另一些实际上从未发生过的事情。幸运的是，这是可以治好的。你没有治好自己，因为你不愿意这么做。你只需要拿出一点意志力，但你还没有做好准备。我很清楚，即使到了现在，你仍然坚持你的坏毛病，以为那是一种美德。现在，让我们举个例子。当前大洋国正和哪一个国家打仗？"

"我被捕的时候大洋国正和东亚国打仗。"

"和东亚国打仗，很好。大洋国一直在和东亚国打仗，不是吗？"

温斯顿吸了口气，张开口想说话，但没有说出口。他的眼睛一直盯着那个仪表盘，无法移开。

"说真话，温斯顿。你心里的真话。告诉我你以为你记得的答案。"

"我记得，直到在我被捕前一个星期我们才和东亚国开始打仗。之前我们与他们是盟友，和欧亚国打仗。那场仗持续了四年之久，而在那之前——"

奥布莱恩做了个手势让他住口。

"又是一个例子。"他说道，"事实上几年前你产生了严重的幻觉。你相信有三个男人，三个曾经是党员的男人，名字叫琼斯、阿尔伦森和鲁斯福德——他们在彻底坦白叛变和破坏活动的罪行后被处决——但你相信他们并没有犯下被指控的罪行，他们是无辜的。你相信自己见过确凿无误的档案证据，证明他们的坦白是违心的。你曾经幻想过一张相片，你相信你曾经掌握了那份证据。那是一张相片，就像这张。"

奥布莱恩的手里多了一张长方形的剪报，在温斯顿的视线里停留了大约五秒钟。那是一张相片，至于它的内容，那是确凿无疑的。就是**那张**相片。就是琼斯、阿尔伦森和鲁斯福德在纽约参加党代会的那张相片的另一张拷贝。十一年前他曾经掌握了那张相片，但立刻将其销毁。相片在他的眼前只停留了一小会儿，然后就不见了。但他见过它，他见过它，千真万确！

他痛苦地拼命挣扎，想让上半身恢复自由，但他根本没办法朝任何方向挪动哪怕一厘米。这时候他甚至忘记了仪表盘。他想再将那张相片拿在手里，至少再看一眼。

"它的确存在！"他叫嚷着。

"不。"奥布莱恩说道。

他走过房间。对面墙上有一个记忆洞。奥布莱恩抬起栅栏。在视野之外，那张薄薄的纸片被热风卷走，被一团火苗烧掉了。奥布莱恩从墙边转过身。

他说道："化成灰烬了，根本无法辨认的灰烬。它不复存在，从未存在过。"

"但它曾经存在过！它确实存在！它存在于记忆里。我记得，你也记得。"

"我不记得了。"奥布莱恩说道。

温斯顿的心一沉。那是双重思想。他觉得绝望而无助。如果他能肯定奥布莱恩是在说谎，情况还不至于太严重。但很有可能奥布莱恩真的已经忘记了那张相片。如果真是这样，那么他已经忘记了自己否认记得那张相片，而且忘记了忘记这一行为。谁能肯定那只是一个简单的小把戏呢？或许，这种精神错乱真的可能发生，正是这个想法击败了他。

奥布莱恩若有所思地俯视着他，表情越来越像为一个任性但很有希望的小孩而劳心费神的老师。

"党有一句口号，是讲述如何控制过去的。"他说道，"请复述一遍。"

"'谁控制了过去，谁就控制了未来；谁控制了现在，谁就控制了过去。'"温斯顿顺从地复述了一遍。

"'谁控制了现在，谁就控制了过去。'"奥布莱恩缓缓地点了点头以示赞同，"温斯顿，你认为过去真的存在吗？"

无助的感觉再次降临温斯顿的心头。他的眼睛朝仪表盘望去。他不仅不知道该回答"是的"还是"不是"才能免于痛苦，他甚至不知道哪一个答案他觉得是真实的。

奥布莱恩微微一笑。"你不懂形而上学，温斯顿，"他说道，"直到现在你从未思考过到底存在意味着什么。我会讲得更确切一些。过去真的具体存在于空间中吗？是不是有某个地方或空间，一个真切的世界，过去仍然在那里发生？"

"没有。"

"那么，如果过去真的存在，它在哪里？"

"在记录里。过去被记录下来了。"

"在记录里。还有呢——？"

"在心里。在人们的记忆里。"

"在记忆里。非常好。我们党控制了所有记录，也就控制了所有的记忆。那么，我们就控制了未来，不是吗？"

"但你们怎么能阻止人们记住某些事情呢？"温斯顿又暂时忘记了仪表盘，"那是自发的，独立于个体之外的事情。你们怎么能控制记忆呢？你们没办法控制我的记忆！"

奥布莱恩的神情再次变得严肃起来。他把手放在仪表盘上。

"恰恰相反。"他说道，"**是你**没办法控制记忆。这就是你被带到这里来的原因。你在这里是因为你拒绝谦卑、拒绝自我约束。你不愿屈服，以此换取头脑的清醒。你宁愿当一个疯子，当一个少数派。只有受到约束的心灵才能洞察现实，温斯顿。你相信现实是客观的、外在的事物，是自在的存在。你还相信现实的本质是不言自明的。当你欺骗自己，相信自己看到某件事情时，你以为其他人也会像你那样看到同样的事情。但让我告诉你吧，温斯顿，现实并非存在于外部。现实存在于人的意志中，不存在于其它任何地方。现实不存在于个体的意志中，个体的意志会犯错误，而且很快就会消失；现实只存在于党的意志中，那是集体性的不朽的意志。党认为什么是真理，那就是真理。只有通过党的眼睛才能看到现实。温斯顿，这就是你必须重新了解的事实。这需要自我毁灭的行动，需要意志力非常坚定。在你心志健全之前，你必须学会谦卑。"

他停了一会儿，似乎在让他所说的那番话有时间得以理解消化。

他继续说道："你记得自己在日记里写过'自由就是说出二加二等于四'吗？"

"是的。"温斯顿回答。

奥布莱恩举起左手，手背对着温斯顿，拇指藏了起来，伸出四根手指。

"我现在伸出多少根手指，温斯顿？"

"四根。"

"如果党说这不是四根手指，而是五根——那么到底有多少根？"

"四根。"

这两个字刚说完就伴随着一阵剧痛。仪表盘的指针指向了五十五。温斯顿全身直冒冷汗。他的肺深深吸入空气，然后转化为深切的呻吟，就算他咬紧牙关也呻吟不止。奥布莱恩看着他，仍然伸着四根手指。他将把手拉了回去。这一次疼痛只是稍稍减轻了一些。

"有几根手指，温斯顿？"

"四根。"

指针升到了六十。

"有几根手指，温斯顿？"

"四根！四根！我还能怎么回答？四根！"

指针一定又升高了，但他没有去看它。那张阴沉严厉的脸和那四根手指占据了他的视线。那些手指就像柱子一样耸立在他眼前，巨大、模糊、似乎在颤动，但的的确确是四根。

"多少根手指，温斯顿？"

"四根！不要，不要！你怎么能继续下去？四根！四根！"

"多少根手指，温斯顿？"

"五根！五根！五根！"

"不，温斯顿，这样是没用的。你在说谎。你心里想的是四根。请问是多少根手指呢？"

"四根！五根！四根！随你怎么说都行。只要你停下来，停止疼痛！"

他猛然间坐了起来，奥布莱恩的手臂搂着他的肩膀。或许他晕厥了几秒钟。将他的身体固定住的带子松开了。他觉得很冷，不由自主地打着摆子，他的牙齿在打战，泪水顺着面颊淌落下来。他就像婴儿一样紧紧抓住奥布莱恩，那只沉重的胳膊搭在他的肩上，让他觉得出奇的舒服。他觉得奥布莱恩是他的守护者，痛苦是从外面来的，从另一个地方来的，而奥布莱恩能让他免除痛苦。

"你学得太慢了，温斯顿。"奥布莱恩温和地说道。

"我该怎么办？"他嚎啕大哭起来，"我怎么能对我眼前的东西视而不见呢？二加二就等于四。"

"有时候，温斯顿，有时候二加二等于五。有时候二加二等于三。有时候二加二可以同时是四和五。你必须更努力去尝试。要成为理智清醒的人不是一件容易的事情。"

他将温斯顿平放在床上。他的四肢又被固定住了，但疼痛渐渐消失，颤抖停止了，他只觉得浑身无力发冷。奥布莱恩朝那个穿着白大褂的男人点头示意，那个男人在整个过程中一直站在那儿一动不动。他弯下腰，仔细地审视着温斯顿的眼睛，摸着他的脉搏，将一只耳朵贴着他的胸口，这儿敲敲那儿敲敲，然后他朝奥布莱恩点了点头。

"再来。"奥布莱恩说道。

疼痛流经温斯顿的身体。指针一定升到了七十或七十五。这一次他闭上了眼睛，他知道那几根手指仍在那儿，仍是四根。最重要的事情是让自己活下来，直至痉挛过去。他已经不再注意自己到底有没有在哭喊。疼痛再次减弱。他睁开眼睛。奥布莱恩已经把手缩了回去。

"多少根手指，温斯顿？"

"四根。我想是四根。要是可以的话我希望能看到五根。我在努力尝试看到五根。"

"你在想什么呢：让我相信你看到了五根手指，还是你真的看到了五根手指呢？"

"真的看到了五根手指。"

"再来。"奥布莱恩说道。

或许指针升到了八十——甚至九十。温斯顿只能断断续续地记起为什么疼痛会发生。在他紧闭的眼睑后面，一排排手指似乎在舞动着，忽进忽出迂回变化，消失在一排手指后面，然后再次浮现。他努力想数清有多少根手指，他不记得为什么要这么做。他只知道根本不可能数得清，而那不知怎的与四和五神秘的同一性有关。疼痛再次减弱了。他睁开眼睛，发现他仍然看到刚才那一幕。不胜其数的手指，就像正在摇曳的树木，仍然在左右移动，不停地错综交叉。他又合上眼睛。

"我举着多少根手指，温斯顿？"

"我不知道。我不知道。如果你再这么折磨下去的话我会死的。四根、五根、六根——我不知道，真的不知道。"

"好点了。"奥布莱恩说道。

一根针刺入温斯顿的胳膊。几乎同一时刻，一股幸福而似乎有治愈效果的暖意流遍他的身体。疼痛已经几乎被忘却了。他睁开眼睛，感激地抬头看着奥布莱恩。看到那张粗犷而密布皱纹的脸，如此丑陋而睿智，他的心里似乎翻江倒海。要是他能动弹的话，他会伸出一只手，搭在奥布莱恩的胳膊上。他从未像此刻这么热爱他，不仅仅是因为他停止了疼痛。以前那种感觉，无论奥布莱恩是敌是友都不要紧的感觉，又回来了。奥布莱恩是一个他可以交心的人。或许一个人渴望被理解甚于渴望被爱。奥布莱恩将他折磨到陷入疯狂的边缘，再过一会儿，他会将他处死。那也没有关系。两人的关系不只是朋友这么简单，更像是亲密的知己。尽管没有明说，但或许他们可以找个地方碰面好好谈一谈。奥布莱恩正俯视着他，脸上的表情暗示着他心有同感。当他开口时，语调很亲切，像在平时聊天。

"你知道你在哪儿吗，温斯顿？"他问道。

"我不知道。但我可以猜。在友爱部。"

"你知道你在这儿多久了吗？"

"我不知道，几天、几周、几个月——我想有几个月了。"

"你觉得为什么我们要把人们带到这个地方来？"

"让他们坦白招供。"

"不，不是这个原因。再猜猜。"

"为了惩罚他们。"

"不是！"奥布莱恩叫嚷着。他的声音骤然改变了，他的脸突然变得严肃而狰狞。"不是！不仅仅是为了让你们招供，不是为了惩罚你们。要我告诉你为什么我们把你们带到这儿来吗？为了治好你们！为了让你们恢复清醒！我们带到这儿来的人没有一个是治不好就离开的，你明白吗，温斯顿？我们对你们所犯的那些愚蠢的罪行不感兴趣。党对表面的行为不感兴趣，我们在乎的是思想。我们不仅仅摧毁我们的敌人。我们会将他们改造。你明白我所说的话吗？"

他俯身望着温斯顿。他的脸靠得很近，看上去很大，而且从下往上看去，显得非常丑陋可怕。充满了得意洋洋的表情，像疯子一样专注。温斯顿的心再次沉了下去，要是可以的话，他想缩进床板里面去。他觉得奥布莱恩很可能一时冲动就扳下仪表盘的开关。这时奥布莱恩却转过身，来回踱了几步，情绪平息了一些，继续说道：

"首先你要明白，在这个地方没有杀身成仁这回事。你读到过以前的宗教迫害。在中世纪有宗教审判法庭。他们失败了。它希望根除异端思想，结果却巩固了异端思想。它将一个异端者烧死在火刑柱上，就会有数千个异端者站起来。为什么会这样？因为宗教审判法庭公开杀害它的敌人，而且在他们尚未忏悔的时候就把他们杀害。人们因为不愿放弃自己真正的信仰而被处死。自然而然地，所有的荣誉都属于殉难者，而将他烧死的审判者则承受了所有的耻辱。后来，二十世纪出现了所谓的集权主义者，当中有德国的纳粹党和俄国的共产主义者。

俄国人比宗教审判法庭更加残酷地镇压异端思想。他们以为自己已经从过去的错误中吸取了教训，他们知道绝对不能制造烈士。在他们将受害者提交公开审判前，他们肆意地摧毁这些人的尊严。他们以严刑拷打和单独监禁让他们屈服，成为奴颜婢膝的可怜虫。无论让他们招供什么都愿意：指控他人以保全自己，哭泣求饶。然而，短短几年过后，同样的事情发生了。那些死去的人成为烈士，他们的耻辱被遗忘了。为什么这种情况会再次发生？因为他们的招供显然是被扭曲的事实，并不是事情的真相。我们不会犯下那样的错误。在这里所招供的罪行都是事实。我们让它们变成事实。最重要的是，我们不允许死者与我们作对。你不用幻想子孙后代会洗清你的冤屈，温斯顿。他们永远不会听到你的名字。你将从历史的洪流中消失。我们将让你人间蒸发，化为气体消失在太空中。你什么也不会留下，记录中没有名字，活着的人当中没有人记得你。你将是过去或未来并不存在的人。你从未存在过。"

温斯顿苦涩地想着，那为什么还要这么费劲地折磨我呢？奥布莱恩停下脚步，似乎温斯顿将他的想法大声说了出来。他那张硕大丑陋的脸凑了过来，眼睛微微眯着。

他说道："你在想，既然我们决定要彻底将你摧毁，那你的言行也就变得无关紧要了——如果真是那样的话，为什么我们要煞费苦心先盘问你呢？你刚才就是这么想的，不是吗？"

"是的。"温斯顿回答。

奥布莱恩微微一笑，"你是体制的一个瑕疵，温斯顿。你是必须抹掉的污点。我刚才不是告诉过你，我们与过去的迫害者不一样吗？我们不满足于消极的服从，甚至连最奴颜婢膝的屈服也不行。当你最后向我们屈服时，那必须是出于你自己的意愿。我们不会因为异端者抵抗我们就将其消灭，只要他仍在抵抗我们，我们就不会消灭他。我们转化他，我们捕捉他的内心思维，我们重新塑造他。我们将一切邪念和一切错误的信仰从他的心中逼出来。我们将他转变为同一战线的人，不仅是外表上服从我们，而且是全心全意服从我们。我们将他转变为我们当中的一员，然后再把他杀掉。我们绝不能容忍一个错误的思想在这个世界任何地方存在，无论这个思想有多么隐秘，多么微不足道。即使在死亡的那一瞬间，我们也不允许任何思想上的偏差。以前那些异端者被押送到火刑柱时仍是异端，高嚷着他的异端思想，为此欣喜若狂。连俄国政治清洗中的那些犯人走在通往枪决刑场的走廊上时，脑袋里仍怀有叛逆思想。但我们在把脑袋轰掉之前会先将其纠正过来。旧的专制体制的命令是'你不得如何如何'，极权主义者的命令是'你应该怎么怎么样'。我们的命令是'你就是怎样怎样的'。我们带到这里来的人没有一个站出来反对我们。每个人都被改造得干干净净。连那三个可怜的叛徒，你曾经以为他们是无辜的——琼斯、阿尔伦森和鲁斯福德——最后我们也将他们整垮了。我自己就参与了对他们的逼供。我看到他们逐渐屈服，气节全无地哀号求饶——到最后没有疼痛和恐惧，只有忏悔。到我们逼供结束时，他们只剩下人的躯壳。他们心中只有对自己所作所为的悔恨和对老大哥的热爱。看到他们多么热爱老大哥真是令人感动。他们哀求快点枪决，这样他们可以在思想依然纯洁的时候死去。"

他的声音几乎变成了梦呓，他的脸上依然带着得意和疯狂的热忱。温斯顿知道他不是在伪装，他不是在装疯卖傻，他相信自己所说的每一个字。最让他觉得不安的是，他意识到了自己在智力上处于下风。他看到那个沉重而优雅的身形走来走去，在视线里进进出出。奥布莱恩处处比他厉害。他曾经想过的，或者可能会想到的，奥布莱恩无不已经知道了，研究过了，并否决了。无论温斯顿想什么，都逃不出他的算计。但那样的话，奥布莱恩又怎么会发疯呢？疯的人应该是他温斯顿。

奥布莱恩停了下来，俯视着他，声音又变得十分严厉：

"不要以为向我们彻底投降就能让自己得救，温斯顿。没有一个误入歧途的人会被放过。即使我们决定让你安享天年，你仍然无法逃出我们的五指山。你在这里所发生的改变将是**永恒的**。这一点可以先让你明白。我们会将你彻底整垮，让你永不翻身。发生在你身上的事情就算你活上一千年也无法摆脱。你再不会有寻常人的感情。你的内心将彻底死亡。你将再也无法体会到爱、友谊、生活的快乐或开怀大笑的滋味，也失去了好奇、勇气或正直的品质。你将是一具空壳。我们会挖空你的思想，将我们的思想移植进去。"

他停了下来，朝那个身穿白大褂的男人做了个手势。温斯顿感觉到有个沉重的机器正被推到他的脑后。奥布莱恩坐在那张床边，这样一来他的脸和温斯顿的脸几乎在同一高度。

他在温斯顿的头顶朝那个白大褂男人说道："三千。"

两个感觉有点湿漉漉的软垫贴在温斯顿的太阳穴上。他畏缩着。他感觉到疼痛，一种新的疼痛。奥布莱恩温柔地把手搭在他的手上，以示抚慰。

"这一次不疼。"他说道，"看着我的眼睛。"

这时一场毁灭性的爆炸发生了，或者说，感觉像是爆炸。但他不能肯定是不是发出了声响。但毋庸置疑，有一道炫目的光亮闪过。温斯顿没有受伤，只是感觉彻底趴下了。虽然这件事发生时他已经仰面躺在了床上，他仍感觉自己是被轰倒的。一股可怕却又不疼的冲击让他平躺在那儿。而且，他的脑袋里发生了什么事情。当他的眼睛重新能看清东西时，他记得他是谁，他在什么地方，认得出那张正在端详着他的脸，但似乎有一大片思想的空白，似乎脑袋里有什么被取出来了一样。

"这种感觉不会持续太久的。"奥布莱恩说道，"看着我的眼睛。大洋国正在和哪个国家打仗？"

温斯顿思索着。他知道大洋国指的是什么，他也知道自己是大洋国的公民。他还记得欧亚国和东亚国，但他不知道大洋国正和哪个国家在打仗。事实上他不知道有打仗这回事。

"我不记得了。"

"大洋国正在和东亚国打仗。现在你记得了吗？"

"是的。"

"大洋国一直在和东亚国打仗。自从你出生，自从党创建伊始，自从有史以来，这场战争就一直没有中断过，总是这场战争。你记得吗？"

"是的。"

"十一年前你有了一个离奇的想法，与三个因为叛国罪而被处死的男人有关。你以为自己看见过一张纸，可以证明他们其实是无辜的。这么一张纸根本不曾存在过。你自己捏造出来的，后来你认定这就是事实。现在你记得你捏造出它时的那一刻。你记得吗？"

"是的。"

"刚才我在你面前举起手指，你看到了五根手指。你记得吗？"

"是的。"

奥布莱恩举起左手，藏起来了大拇指。

"这里有五根手指。你看到五根手指了吗？"

"是的。"

他确实看到了，在那么一刹那间，在他脑海中的图像改变之前，他看到了五根手指，看得很真切。接着，一切又回归正常，原来的恐惧、仇恨和迷惘再次蜂拥而来。但有那么一会儿——他不知道到底有多久，或许持续了三十秒钟——真真切切地，奥布莱恩每一个新的指示填充了思想的空白，成为绝对的真理，二加二的结果根据需要可以是三也可以是五。就在奥布莱恩放下手之前，这种感觉消退了；但是，虽然他没办法重新将其捕捉，但他依然记得。就像一个人记得生命中某一个阶段鲜活的经历，而那时候他实际上已经完全变了个人。

"现在你明白了。"奥布莱恩说道，"这至少是可能的。"

"是的。"温斯顿回答。

奥布莱恩满意地站起身。温斯顿看到他左边那个穿着白大褂的男人打破一瓶安瓿，将针筒的塞子往后拉。奥布莱恩微微一笑，看着温斯顿，以他惯有的姿势扶稳鼻梁上的眼镜。

他说道："你在日记里写过这么一句话：只要我至少还是一个能理解你，能陪你说说话的人，我是敌是友并不重要。你还记得吗？你说对了。我喜欢和你说话。你的思想对我很有吸引力。你的思想和我的思想很接近，只不过你是个疯子。在我们结束此次盘问之前，你可以向我提问，如果你愿意的话。"

"任何问题都可以吗？"

"任何问题。"他看到温斯顿的眼睛落在仪表盘上。"它已经关掉了。你的第一个问题是什么？"

"你们把朱莉娅怎么样了？"温斯顿问道。

奥布莱恩又笑了。"她出卖了你，温斯顿。立刻毫无保留地出卖了你。我很少见到有人那么快就向我们屈服。如果你见到她，恐怕会认不出她来。她的叛逆、她的狡诈、她的愚昧、她的肮脏思想——统统都被一扫而空。那是可以写进教科书的完美改造。"

"你们折磨过她？"

奥布莱恩没有回答这个问题。"下一个问题。"他说道。

"老大哥真的存在吗？"

"他当然存在。党存在，他就存在。老大哥就是党的象征。"

"他是像我这样真实存在的人物吗？"

"你并不存在。"奥布莱恩回答。

无助的感觉再次向他袭来。他知道，或者说他可以想象得到，那些证明他其实并不存在的理由，但这些理由毫无意义，只是在玩弄文字游戏。难道"你并不存在"这句话在逻辑上不就很荒唐无稽吗？但这么说又有什么用？想到奥布莱恩用于批驳他的那些无法回应的疯狂论证，他的心就缩成一团。

"我想我是存在的。"他忧心忡忡地说道，"我知道自己的身份。我被生下来，我将会死去。我有手有脚。我占据了一定的空间。没有其它物体能同时占据同一个空间。在这个意义上，老大哥存在吗？"

"这些并不重要。他的确存在。"

"老大哥会死吗？"

"当然不会。他怎么会死呢？下一个问题。"

"兄弟会存在吗？"

"温斯顿，这个你永远不会知道。当我们将你改造好之后，如果让你恢复自由，就算你能活到九十岁，你也不会知道这个问题的答案是'存在'还是'不存在'。只要你还活着，这个问题将会是你的脑海中无法解答的谜团。"

温斯顿静静地躺着，胸膛的起伏稍稍快了一些。他还没有说出脑海里面掠过的第一个问题。他必须说出来，但他的舌头说不出话来。奥布莱恩的脸上露出一丝快意，连他的眼镜也似乎闪烁着嘲讽的光芒。温斯顿突然心里想，他知道，他知道我要问什么！想到这里，那些话就脱口而出：

"101号房里面有什么东西？"

奥布莱恩脸上还是那副表情，干巴巴地回答道：

"你知道101号房里面有什么东西，温斯顿。每个人都知道101号房里面有什么东西。"

他朝那个穿着白大褂的男人竖起一根手指。显然，此次盘问结束了。一个针筒插入温斯顿的胳膊。他立刻陷入了沉睡。

第三章

"你的改造分为三个阶段，"奥布莱恩说道，"学习阶段、理解阶段和接受阶段。现在你将进入第二阶段。"

和往常一样，温斯顿仰面平躺着。但最近那些禁锢松了一些。他仍被固定在床上，但他可以稍微移动膝盖，能左右转头，肘部以下的前臂可以抬起来。仪表盘也不像以前那么可怕了。要是他脑筋转得够快的话，就可以躲过它带来的剧痛。当他表现得很笨的时候，奥布莱恩才会拉动把手。有时候在整整一次盘问中，他们没有使用过仪表盘。他不记得经历过多少次盘问。整个过程似乎要经历并不确定但很漫长的时间——或许得花好几个星期——有时候前后两次盘问之间要歇上好几天，有时候只相隔一两个小时。

奥布莱恩说道："你躺在那儿的时候，你总是在想——你甚至问过我——为什么友爱部要在你身上花费这么多时间和精力。当你获得自由时，你仍会为这个同样的问题所困惑。你可以理解你所生活的社会运行的机制，但你无法了解它内在的动机。你在日记里写道：'我知道如何篡改历史，但我不明白为什么要篡改历史。'你还记得吗？当你开始思考'为什么'的时候，你开始怀疑自己是否精神正常。你读过那本书，古德斯泰恩的书，至少读过里面的一部分内容。里面有没有告诉你一些你并不知道的内容？"

"你读过那本书吗？"温斯顿问道。

"那本书是我写的。我是说，是我参与合写的。没有一本书由个体独立完成，你懂的。"

"里面说的那些都是真的吗？"

"那些描写是真的。而它所提出的纲领则是胡说八道。秘密地积累知识——逐渐传播启蒙思想——最终爆发无产阶级革命——推翻党的统治。你自己也猜得到它会说些什么。那些都是胡扯。无产者永远不会发动革命，一千年或一百万年后都不会。他们没有这个能力。我不需要告诉你个中原因：你已经知道了。如果你怀有暴力革命的幻想，你必须将其抛弃。党是绝对不可能被推翻的。党的统治将会千秋万代。你的思想必须以这作为出发点。"

他走近那张床。"千秋万代！"他重复了一遍，"现在让我们回到'如何'和'为什么'这个问题上。你很清楚党**如何**巩固自己的权力。现在你来告诉我**为什么**我们要攫取权力。我们的动机是什么？为什么我们要拥有权力？来吧，说话啊。"温斯顿一直默不作声，他补充了最后一句。

但是，温斯顿仍然没有开口说话。他觉得十分倦怠。奥布莱恩的脸上又露出狂热的光芒。他已经知道奥布莱恩会说些什么，他会说党不是为了自己谋求权力，而是为了人民谋福祉；他会说党谋求权力是因为群众是脆弱的，他们是懦弱的动物，不配享有自由，也无法面对现实，必须由比他们强大的人统治，系统地进行欺骗；他会说人类的选择不外乎自由和幸福，为了苍生百姓着想，幸福更加重要；他会说党是弱者永远的保护神，一个热情奉献的政党，作恶是为了美好生活能够到来，牺牲自己的幸福换取人民的幸福。可怕的是，温斯顿觉得可怕的是，当奥布莱恩说这些话的时候，他自己会深信不疑。从他的脸上你就可以看出来。奥布莱恩对一切了然于胸，比温斯顿清楚一千倍这个世界的本质到底是怎样的，群众生活在怎样的贫困中，党是如何以谎言加暴力统治他们的。他什么都知道，什么都权衡过，但还是一样：为达目的可以不择手段。温斯顿心想，面对这个比你还聪明的疯子，他可以给你陈述观点的机会，却依然坚持他的疯狂谬论，你能怎么办呢？

"你们统治我们，是为我们谋福祉。"他低声说道，"你们相信人民没有能力统治自己，因此——"

他刚一开口就几乎惨叫出声。一股疼痛流经他的身体。奥布莱恩将仪表盘的把手拉到了三十五。

"太傻了，温斯顿，太傻了！"他说道，"你应该知道不该说出这番话的。"

他将把手拉了回去，继续说道：

"现在让我告诉你问题的答案吧。答案是这样的。党谋求权力，完全是为了它自己。我们对其他人的福祉根本不感兴趣，我们关心的只有权力。不是财富、奢华、长寿或幸福；只有权力，绝对的权力。绝对的权力指的是什么，你待会儿就会明白。我们与以前的寡头政权不同之处在于，我们知道自己在做什么。其它政权，甚至包括那些性质与我们类似的政权，都是懦夫和伪善者。德国纳粹党与俄国共产党所采取的手段和做法同我们相差无几，但他们从未有勇气承认自己的动机。他们假装，他们甚至相信他们攫取权力并非出于真心，而且只会掌权一定的时间，到了某一阶段，人类就会进入自由平等的天堂。我们可不会像他们那样。我们知道没有人攫取权力是为了放弃权力。权力不是手段，而是目的。建立独裁体制的目的不是为了捍卫革命，但发动革命的目的就是为了建立独裁体制。

迫害的目的就是为了迫害。折磨的目的就是为了折磨。攫取权力的目的就是为了权力。现在你开始明白我说的话了吗？"

和以往一样，温斯顿惊诧于奥布莱恩脸上的憔悴和疲惫。那张脸很坚强、肉感而凶残，洋溢着智慧和自制的激情。在这张脸面前他觉得自己很无助。但这张脸很疲惫。眼睛下面的眼袋很重，颧骨下的皮肤已经松弛了。奥布莱恩俯身看着他，故意将那张憔悴的脸凑得更近一些。

他说道："你在想，我的脸苍老憔悴。你在想，我掌握了权力，但我甚至无法阻止自己身体的衰老。你难道就不明白吗，温斯顿，个体只是一个细胞？细胞的衰老意味着机制的活力。你剪掉手指甲会死掉吗？"

他离开那张床，又开始来回踱着步子，一只手插在口袋里。

"我们是权力的教士，"他说道，"我们的上帝就是权力。但现在权力对你来说只是一个词语。现在是时候让你明白权力的个中含义了。首先你必须明白，权力是集体性的。只有当一个人不再是一个单一的个体时，他才能拥有权力。你知道党有这么一句口号：'自由即奴役。'你有没有想过这句话倒过来说也是成立的？奴役即自由。孤独的——自由的个人总是会走向失败。这是必然的，因为每个人都注定会死去，而这是最可怕的失败。但如果他能完全地彻底地屈服，如果他能摆脱自己的身份，如果他能和党结合为一体，他**就是**党，那么，他就将拥有无上的权力，而且永垂不朽。你必须明白的第二件事情是，权力是支配他人的权力。支配其身体——但最重要的是，支配其意志。支配物质——你也可以称之为外部现实——的权力并不重要。我们已经完全控制了物质。"

温斯顿一时顾不上理会那个仪表盘。他竭力挣扎想让自己坐起来，但他只能痛苦地弓起身子。

"但你们怎么能够控制物质？"他叫嚷着，"你们甚至无法控制天气或重力法则。还有疾病、痛苦、死亡——"

奥布莱恩做了个手势，让他住口。"我们控制了物质，因为我们控制了精神。现实存在于你的脑袋里。温斯顿，你慢慢就会理解的。没有什么是我们做不到的。隐身、飘浮——任何事情都可以做到。假如我愿意的话，我能像肥皂泡一样在地板上飘浮。我不想这么做，是因为党不希望这么做。你必须摈除那些十九世纪关于自然法则的理念。我们创造了自然法则。"

"但你们做不到！你们甚至无法统治这个星球。欧亚国和东亚国呢？你们连他们都还没有征服呢。"

"这并不重要。等时机一到我们就会征服他们。就算我们没有征服他们，那又有什么关系呢？我们可以将他们视若无物。大洋国就是整个世界。"

"但这个世界本身只是一粒尘埃。人类无比渺小——根本无能为力！人类才存在了多久？地球的蛮荒时期存在了好几百万年。"

"胡说八道。地球的历史和我们一样古老，不可能比人类更古老。它怎么会有更久远的历史呢？万物只能在人的意识中存在。"

"但岩石里尽是灭绝了的动物的骨骸——猛犸、乳齿象和巨大的爬行动物，它们在人类存在很久很久之前就生活在地球上了。"

"你见过那些骨骸吗，温斯顿？当然没有。那些是十九世纪的生物学家臆造出来的。人类存在之前，一切都不存在。人类之后，如果人类灭亡了，一切将随之消失。万物不能脱离人类而存在。"

"但整个宇宙可以脱离我们而存在。看看那些星星！它们有的远在一百万光年之外。它们永远脱离我们而存在。"

"什么是星星？"奥布莱恩漠然地问道，"它们只是几公里外的萤火之光。要是我们愿意，我们可以够到它们。我们也可以将它们抹掉。地球就是宇宙的中心。太阳和星星都绕着地球运转。"

温斯顿又猛然抽搐了一下。这一次他什么也没说。奥布莱恩似乎当他开口表示反对了，继续说道：

"当然，从某种意义上说，那并非事实。当我们在海洋航行，或预言日食或月食的时候，地球绕着太阳转，而星星远在数亿万公里之外这一理论总是很有说服力，但那又怎么样？你以为我们不能构建出天文学的双重理论吗？取决于我们的需要，星星的距离可远可近。你以为我们的数学家无法做到这一点吗？你忘记了双重思想吗？"

温斯顿蜷缩在床上。无论他说什么，对方都能立即予以回击，像给了他当头一棒。但他知道，他**知道**自己是对的。心外无物的信仰——肯定有什么方法证明那是荒谬的，不是吗？难道这个理论不是在很久以前已经被证明是谬论了吗？这个理论甚至有一个名字，但他忘记了。奥布莱恩俯视着他，嘴角露出一丝微笑。

"我告诉过你，"他说道，"形而上学不是你的所长。你正在想的那个词叫唯我论。但你搞错了，这并不是唯我论。如果你喜欢的话，可以称其为集体唯我论。但那是另外一码事，与之截然相反。"他换了个口吻，"真正的权力，我们日日夜夜为之奋斗不休的真正的权力，不是控制事物的权力，而是控制人类的权力。"他停了一下，他那像学校老师向一个好学生提问的神态又回来了，"一个人如何掌握控制另一个人的权力呢，温斯顿？"

温斯顿想了想，"对他施加痛苦。"他回答道。

"说对了。对他施加痛苦。光是乖乖听话还不够。必须对他施加痛苦，不然你怎么知道他是在服从你的命令，而不是听从自己的意愿？权力就是让他人痛苦和受辱。权力是将人的意志撕成碎片，然后再随心所欲地将它们拼合在一起。现在你开始明白我们要创建一个什么样的世界了吗？那将是一个与以前的改革家所幻想的那种愚昧的享乐主义乌托邦完全相反的世界。一个充满恐惧、背叛和痛苦的世界，一个践踏别人和任人践踏的世界，一个将逐渐完善，只会变得**越来越**残酷无情的世界。我们这个世界将会变得越来越痛苦。以前的文明标榜以博爱或正义为基石，而我们的文明则建立在仇恨之上。我们的世界中只有恐惧、愤怒、胜利和自我贬抑这些情感。其它的一切我们都会将其摧毁——一个也不放过。我们正在摧毁从革命之前残存下来的思维习惯。我们已经断绝了孩子与父母之间、男人与男人之间、男人与女人之间的感情。再也没有人敢信任自己的妻子、小孩或朋友。但将来不会有夫妻关系和友谊。孩子一出生就会被从母亲身边带走，就像人将鸡蛋从母鸡身边拿走一样。性的本能将被根除。生育繁衍将会成为一年一次的正式手续，就像更换配额卡一样。我们将取缔性高潮的体验，我们的神经学家正在进行研究。以后忠诚将荡然无存，只有对党的忠诚；以后热爱将荡然无存，只有对老大哥的热爱；以后欢笑将荡然无存，只有战胜敌人后胜利的欢笑。以后将不会有艺术、文学或科学。我们将无所不能，科学也就不需要了。美和丑将没有区别。以后将不会有好奇或享受生活的乐趣。一切竞争性的乐趣都将被摧毁。但温斯顿，不要忘了，我们可以一直陶醉在权力带来的快感中，这一快感总是在不断增加，总是变得越来越醇厚甘美。每时每刻都可以享受到胜利的喜悦，享受着践踏无力反抗的敌人的快感。如果你要知道未来将是怎样，想象一下一只靴子踩在一张人脸上的情形 —— 永远都是那样。"

他停了下来，似乎他在等温斯顿说话。温斯顿想缩回那张床上。他实在是无语了，他的心似乎已经结冰了。奥布莱恩继续说道：

"记住，那将成为永恒。那张脸将被永远踩上一只脚。异端者和社会的敌人将永世不得翻身，任人反复诋毁侮辱。你落入我们手中之后所经历的每件事 —— 那些都会一直继续下去，而且变得更加恐怖。窥探、背叛、监视、逮捕、折磨、处决、失踪将永不停歇。那将是一个恐怖的世界，也将是一个胜利的世界。党的权力愈大，就会变得愈加不宽容；反抗将越来越微弱，而专制将收得越来越紧。古德斯泰恩和他的异端思想将会永远活下去。每一天，他们无时无刻不被打倒、贬斥、嘲笑、唾弃，但他们总是会一直存在。我陪你演了七年的这一出戏将一而再，再而三，一代人接一代人地演下去，形式将更加巧妙深刻。我们总是会把异端者带着这儿来，任由我们摆布。他们痛苦地哀号，精神崩溃，可耻地求饶 —— 最后他们将彻底忏悔，痛改前非，自发地匍匐在我们脚下。那就是我们即将迎来的世界，温斯顿。一个全面告捷节节胜利的世界，一个权力的神经越绷越紧的世界。我看得出你开始明白那个世界将会是怎样一番情形。但最后你不仅会明白它，你将会接受它，欢迎它，成为它的一员。"

温斯顿已经恢复了说话的能力。"你们休想得逞！"他虚弱地回了一句。

"你说这句话什么意思，温斯顿？"

"你们无法建立一个像你刚刚那样形容的世界。那只是在做梦，根本不可能做到。"

"为什么？"

"根本不可能建立一个以恐惧、仇恨和残忍为基础的文明。它一定会垮台的。"

"怎么不可能？"

"它不会有任何活力，注定会分崩离析，注定会自我毁灭。"

"胡说八道。你认为仇恨比爱更消耗身心。一定是这样吗？就算是这样，那又有什么关系呢？就算我们选择了对身心损耗更快的生活方式，就算我们加速了人类生命的节奏，最终人类一到三十岁就迈入高龄，那又怎么样呢？你难道还不明白，个体的死亡其实并不是死亡？党是永垂不朽的。"

和往常一样，他的批驳使温斯顿彻底无助绝望了。而且他很害怕要是再坚持己见的话，奥布莱恩会再次拉动把手。但他无法保持沉默。他有气无力地进行反击，虽然他的话毫无逻辑，除了对奥布莱恩刚才那番话感到无以名状的恐惧之外，没有什么在支撑着他。

"我不知道——我不在乎——。你们注定会失败的。会有什么事情让你们遭受失败。生活将击败你们。"

"我们控制了生活，温斯顿，控制了生活的方方面面。你在幻想所谓的人性会对我们的所作所为感到义愤填膺，站起来反抗我们。但人性是我们塑造的。人是可以随心所欲进行塑造的。又或者，你已经认定那些无产者或奴隶会揭竿而起推翻我们。不要抱有这一幻想。他们就像畜生那样无助。党就是人性。其它一切都是外在的东西——根本无关紧要。"

"我不在乎。到最后他们将会打败你们。迟早他们会看清你们的本质，到那时他们就会将你们撕成碎片。"

"你看到这种情况正在发生的证据了吗？或者说，它会发生的原因？"

"没有。但我坚信会发生。我**知道**你们将会失败。在宇宙中有某种东西——我不知道是什么，某种精神，某种法则——是你们所无法征服的。"

"你信奉上帝吗，温斯顿？"

"不。"

"那，这个将会挫败我们的法则到底是什么？"

"我不知道。人类的精神吧。"

"你认为自己是人吗？"

"是的。"

"如果你是人，温斯顿，你是最后一个人，你的同类已经灭绝了，而我们是继承者。你在**孤军作战**，你明白吗？你不在历史的记载中，你根本不曾存在。"他的态度变了，他恶狠狠地问道，"你觉得自己在道德上比我们优越，因为我们撒谎，因为我们残忍？"

"是的，我觉得我要比你们优越。"

奥布莱恩没有开口。有另外两个声音在说话。过了一会儿，温斯顿认出其中一个就是他自己的声音。那是在加入兄弟会的那天晚上他和奥布莱恩之间对话的录音。他听到自己答应愿意说谎、盗窃、伪造、谋杀、引诱他人吸毒和卖淫、传播性病、往小孩子的脸上泼硫酸。奥布莱恩做了一个不耐烦的小手势，似乎在说根本不需要再演示下去了。然后他按下开关，说话声停止了。

"从床上给我起来。"他命令道。

那些禁锢自动解开了。温斯顿溜到地板上，摇摇晃晃地站了起来。

"你是最后一个人类。"奥布莱恩说道，"你是人类道义的守护者。你将看到自己是怎么一番模样。把你的衣服脱掉。"

温斯顿解开将他的衣服系在一起的带子。拉链一早就被扭松了。他不记得自从被捕之后有没有将所有的衣服都脱光过。在外套下面，他的身体裹着脏兮兮的褐黄的破布，勉强看得出是破旧的内衣。他将内衣丢到地上，看到房间的远端有一个三面玻璃的镜子。他走到镜子前面，然后猛然停下了脚步，不由自主地惊叫一声。

"走过去。"奥布莱恩说道，"站在左右两面镜子的中间。这样你可以看到侧面。"

他停下来是因为他被吓坏了。一具骷髅般弓腰驼背、肤色灰槁的人影正在朝他走近。他之所以害怕，不仅是因为他知道那就是他自己，更是因为那样子实在是太吓人了。他朝玻璃镜子走近了一些。那个生物的脸似乎往前凸出，那是因为它弓腰驼背的缘故。那是一张绝望的囚犯的脸庞，额角隆起，头发掉光了，歪着鼻子，脸颊被揍得很惨，上面是两只怨毒而惶恐的眼睛。这张脸皱纹纵横交错，嘴巴凹陷。这的确就是他自己的脸，但他觉得这张脸比他内在的改变还要大。这张脸所表现的情感与他在内心所感受到的情感根本不一样。他已经成了半个秃子。一开始他还以为自己已经头发花白了，但那只是灰色的头皮。除了他的双手和脸庞上的一圈之外，他全身灰漆漆的，积满了泥垢。在泥垢的下面到处是红色的疤痕。在脚踝附近，静脉曲张溃疡的部位感染了一大片，白色的皮屑一块块地剥落。但真正令人恐惧的是他身体瘦得吓人，肋骨就像一具骷髅一样历历可见，双腿萎缩，膝盖比大腿还要粗。现在他知道奥布莱恩为什么要他看自己的侧面了。他的脊椎弯曲得吓人，单薄的肩膀前耸着，胸膛似乎塌了个洞，伶仃的脖子在头颅的重压下似乎就要折成两截。要是让他猜，他会说那是一个恶疾缠身的六旬老头的身躯。

奥布莱恩说道："你有几次在心里想，我的脸——内部党员的脸——看上去苍老憔悴。那你怎么看待自己的脸呢？"

他抓住温斯顿的肩膀，将他转了个身，面朝着他。

"看看你现在这副德性！"他说道，"看看你全身上下那肮脏的泥垢。看看你脚趾之间的尘土。看看你的腿上那恶心流脓的溃疡。你知道你和山羊一样臭不可当吗？或许你已经闻不到了。看看你那皮包骨头的身子。你看到了吗？我拇指和食指一合就足以箍住你的上臂。我拗断你的脖子就像拗断一根萝卜一样容易。自从你落入我们手里，你的体重减轻了二十五公斤，你知道吗？你现在连头发都在一把一把地掉。看看！"他拉着温斯顿的头，揪下一绺头发。"张开你的嘴。还剩下九、十、十一颗牙齿。当初你被抓来时有多少颗牙齿呢？就连这剩下的几颗牙齿也快掉光了。看看！"

他用力大无比的拇指和食指抓住温斯顿仅剩的那颗门牙。一阵剧痛贯穿温斯顿的下巴。奥布莱恩硬生生将那颗松动的牙齿连根扯了下来，将牙齿扔到牢房一边。

"你已经烂透了。"他说道，"你已经不成人形了。你是什么东西？一具臭皮囊罢了。现在转过身，再看看那面镜子。你看到那个面对着你的东西了吗？那就是最后一个人类。如果你还算是个人，这就是人性。现在把衣服穿上。"

温斯顿开始僵硬缓慢地穿上衣服。直到现在他才知道自己多么瘦弱。他的脑海里只有一个想法：他在这个地方呆的时间一定比自己想象得还要久。穿上那团破布时，无来由地，一股痛惜自己的身子的自怜之情涌上心头。还没等他反应过来，他已经瘫坐在那张床旁边的一个小凳上泣不成声。他知道自己很丑，很狼狈，瘦得皮包骨头，穿着肮脏的内衣在刺眼的白色灯光下坐在那儿痛哭流涕，但他没办法让自己不哭。奥布莱恩几近亲切地将一只手搭在他的肩膀上。

"情况不会永远都是这样。"他说道，"只要你愿意，你随时可以摆脱这种情况。一切都取决于你。"

"是你干的！"温斯顿啜泣着，"你把我折磨成这样。"

"不，温斯顿，是你自作自受。当你决定与党作对的时候，你就接受了这个结局。从你踏出第一步开始就注定会是这样。后来发生的一切你都预料到了。"

他停了一下，然后继续说道：

"我们殴打了你，温斯顿。我们把你斗垮了。你已经看到自己的身体变成了什么样子。你的精神也好不到哪儿去。我想你已经没有了尊严。你饱受踢打、鞭笞和侮辱，你痛苦哀号过，你在自己的鲜血和呕吐物中打滚过，你悲呼求饶过，你招供了一切，背叛了所有人。你能想到一样尚未发生在你身上的丑事吗？"

温斯顿停止了哭泣，但泪水仍从他的眼睛簌簌淌下。他抬头看着奥布莱恩。

"我没有背叛朱莉娅。"他说道。

奥布莱恩亲切地俯视着他。"没有。"他说道，"没有，确实如此。你还没有背叛朱莉娅。"

温斯顿的心中泛起对奥布莱恩的尊敬，无论发生什么事情都无法摧毁他对奥布莱恩的崇敬之情。他想，多么睿智，多么睿智的一个人！奥布莱恩总是能理解别人对他说的话。换成是其他人，他们会立刻回答说他**已经**背叛了朱莉娅。因为在严刑逼问之下，还有什么他们没从他的口中撬出来呢？他已经招供了他对她所了解的一切：她的习惯、她的性格、她的过去。他招供了他们幽会时所发生的一切最细微的细节，两人之间说过什么，他们在黑市吃过几顿饭，他们的云雨交合，他们如何暗地里进行反党活动——所有的一切。但是，从某种意义上说，他并没有背叛她。他仍然爱着她，他对她的感情依然没有变。奥布莱恩知道他想说什么，不需要任何解释。

"告诉我，"他问道，"他们什么时候会枪毙我？"

"或许要等很久。"奥布莱恩回答，"你是个棘手的个案。但不要绝望。每个人迟早都会被治愈。最后我们就会把你枪毙。"

第四章

他好多了。每天，或者应该说，每隔几天，他都会长胖一些，变得强壮一些。

白色的灯光和低沉的蜂鸣仍是那样，但这间牢房要比他呆过的其它牢房舒服一些。木板床上多了一个枕头和一张床垫，还有个小板凳可以坐。他们给他泡了个澡，还同意让他经常在一口锡铁浴盆里洗澡，甚至还有热水供应。他们给了他新的内衣内裤和一套干净的制服。他们用消炎药膏为他的静脉曲张溃疡作了包扎，并将他剩下的那几颗牙齿拔了下来，给他装了一副新的假牙。

应该得过去几个星期或几个月了。要不是他实在没有心情，他本可以计算时间的流逝。因为现在他们似乎是在固定的时间给他送饭。他猜想自己二十四小时内吃三顿饭。有时候他分不清他到底是在白天还是晚上吃饭的。食物出奇的好吃，第三顿饭总是可以吃到肉。有一次他还分到了一包烟。他没有火柴，但那个从不说话的狱卒给他送饭过来时可以让他借火。第一回吸烟的时候他觉得很恶心，但他还是坚持吸烟，每顿饭后抽上半根，这包烟吸了很久。

他们给了他一块白板，一角拴着一小根铅笔。刚开始的时候他没有用它。就算在醒来的时候他也感觉无精打采。他经常吃完一顿饭，然后一直躺着动也不动就赖到下一顿饭。有时候他睡着了，有时候醒着的时候就做起了白日梦，连眼睛也懒得睁开。他早已习惯了强光射在脸上仍睡得着。这对他来说没什么区别，只是梦中的情景更加连贯。这段时间他做了很多个梦，通常都是快乐的美梦。他来到了黄金国度，又或者，他坐在阳光照耀下巍峨的废墟里，和他母亲、朱莉娅、奥布莱恩在一起——什么也没做，只是坐在阳光下平静地聊天。他醒着的时候想的也是做过的梦。现在疼痛的刺激没有了，他似乎失去了思考的能力。他不觉得无聊，也没有兴趣聊天或消遣。能够独自一人，不用被殴打或被盘问，能吃上饱饭，能身体干干净净的，他已经觉得心满意足了。

渐渐地，他睡觉的时间少了，但他还是不想下床。他只想静静地躺着，感受身体的力量渐渐积蓄。他会用手指抚摸身体的各个部位，想确认他的肌肉真的正在生长，他的皮肤真的正在变得紧绷，而非出于他的幻觉。最后，他确认他的确正在长胖，现在他的大腿的的确确要比膝盖粗了。之后他开始按时锻炼身体，虽然一开始的时候很不情愿。他可以在短短的时间内绕着牢房踱着步子走三公里，他躬起的肩膀挺直了一些。他尝试着做一些更高难度的锻炼，却惊讶而羞愧地发现很多动作做不了了。他只能慢慢地走路，他没办法将小板凳平举起来，他单脚站立就会摔倒，他一蹲下去大腿和腿肚子就会疼得厉害，只能保持站立的姿势。他试着做俯卧撑，但连一厘米也撑不起来。但几天后——吃过几顿饭后——连这么高难度的动作也能做到了。后来他能连续做六个俯卧撑。他开始对自己的身体感到满意，有时候觉得自己的脸也恢复了正常。只是偶尔把手搁在光秃秃的脑袋上时，他才记起镜子里面回视着他的那张皱巴巴的、憔悴不堪的脸。

他的思维开始变得活跃起来。他坐在木板床上，背靠墙壁，那块白板摆在膝盖上，开始努力进行对自己的再教育任务。

他已经投降了，这一点他认了。事实上，现在他明白了，早在他决定投降之前他已经准备屈服了。从他来到友爱部的那一刻起——是的，甚至从他和朱莉娅在电屏里那个冷冰冰的声音的喝令下老老实实听从命令的那几分钟开始——他就已经知道自己的反党行动是那么轻率浅薄。现在他知道这七年来思想警察一直在监视着他，他就像放大镜下的一只甲虫。他的每一个动作、他所说出来的每一个字，他们都知道得一清二楚，并由此推断出他的种种想法，连那粒放在日记封面的白沙也被他们仔细地放回原处了。他们播录音给他听，拿相片给他看。有些是朱莉娅和他在一起的相片。是的，甚至……他再也不敢与党作对了。而且，党是正确的。一定是这样，这么一个永垂不朽群策群力的首脑机构怎么会出错呢？你能以什么外部标准衡量它的决断呢？真理掌握在多数人的手中。问题的关键在于学会以他们的思维方式去思考。只是——！

他感觉手里的铅笔很粗，很不好拿。他开始写下涌进脑海里的想法。他用大而笨拙的字体写下：

自由即奴役。

接着他几乎没有停笔，在下面写上：

二加二等于五。

接着他停下了笔。他似乎在回避什么东西，无法专注于思绪。他知道自己知道下一句是什么，但这一刻他想不起来。后来他想起来了，但那只是靠有意识的推理想出来的，而不是自然而然的。他继续写道：

上帝就是权力。

他接受了一切。过去是可以篡改的。过去从未被篡改过。大洋国在与东亚国为敌。大洋国一直在与东亚国为敌。琼斯、阿尔伦森和鲁斯福德确实犯了被指控的罪名。他从未见过那张足以证明他们清白的相片。根本没有那么一张相片，是他自己臆想出来的。他记起自己老是记得一些相反的事情，但那些都是虚假的回忆，是自我欺骗的产物。这是多么轻而易举的事情！只要屈服投降，其它一切就会顺理成章地出现。那种感觉就像逆着浪潮游泳，无论你怎么使劲游总是被浪头打回去，然后突然间你决定调头随波逐流，而不是与其对抗。除了你的态度之外，一切并没有改变，这是注定会发生的事情。他几乎不知道自己为什么要和党作对。一切都那么轻松惬意，除了——！

任何事情都可以是真的。那些所谓的自然法则都是扯淡。重力法则是在扯淡。奥布莱恩曾经说过："假如我愿意的话，我能像肥皂泡一样在地板上飘浮。"温斯顿想明白了，"如果他认为自己能飘浮起来，而与此同时，如果我**觉得**我看见他飘浮起来，那就真的确有其事"。突然间，就像一艘沉船的残骸破水而出一样，一个想法浮现在他的脑海里："这其实不是真的。是我们想象出来的。那只是幻觉。"他立刻否定了这个想法。这个谬论太明显了。这意味着在个体之外存在着一个"真实"的世界，正在发生"真实"的事情。但怎么会有这么一个世界存在呢？我们对事物的了解不就是通过意识得以实现的吗？所有的事情发生在我们的意识里。发生在所有人意识中的事情，就真的发生了。

他轻松地放弃了这个谬论，不会再受其蛊惑。但是，他意识到这个谬论本来是绝对不应该产生的。当危险的想法出现时，他的意识应该对其视而不见。这个过程应该是出于本能的自动反应。在新话中，他们称之为"罪停"。

他开始锻炼自己"罪停"的能力。他向自己提出一些命题——"党说地球是平的"，"党说冰比水重"——训练自己对那些与之相抵触的说法视而不见或不予理会。这不是一件容易的事情，需要极强的推理能力和变通能力。比方说，"二加二等于五"所引发的数学问题就超越了他的智力。这很锻炼脑力，既要具有最缜密的逻辑思维，又要能立刻对最粗浅的逻辑错误毫无察觉。愚昧与睿智必须并存，这实在是很难做到。

这段时间他一直在想他们什么时候会枪毙他。奥布莱恩曾经说过："一切都取决于你自己。"但他知道无论他做什么都无法让这一刻早点到来。枪毙可能是十分钟后，也可能是十年后的事。他们可能会把他单独囚禁很多年，他们可能会把他送到劳改营，他们可能会将他暂时释放，以前就出现过这种事情。很有可能，在他被枪毙之前，逮捕和审讯这出大戏会再演一遍。可以肯定的是，死亡随时会不期而至。按照传统——心照不宣的传统，虽然你从未听到有人这么说过，但不知怎的，你就知道会是这样——他们会安排你换牢房，趁你在走廊里走动时毫无警告就从后面开枪，总是打中你的后脑勺。

有一天——但"一天"用得并不恰当，其时可能是大半夜，有一回——他陷入了奇怪而充满幸福感的梦境中。他走在走廊里，等候着子弹。他知道一会儿就会开枪。一切都结束了，理顺了，调解了。他不再困惑，争辩也结束了，他不再感觉到疼痛和恐惧。他的身体健康强壮。他轻松而愉快地走着，感觉就像在阳光下散步。他不是漫步在友爱部狭窄的白色走廊里，而是走在阳光下的康庄大道上，足有一公里宽，似乎那是服用毒品后精神亢奋的作用。他置身于黄金国度，沿着小径穿过那片兔子啃咬过的古老的田野。他可以感觉到脚底下短矮的草皮很有弹性，和煦的阳光洒落在他的脸庞。田边长着榆树，微微颤动着，再过去是那条小溪，鲦鱼在柳荫下的绿色水潭里懒洋洋地游动着。

突然间他惊醒过来，脊梁沁出冷汗。他听到自己在大声叫嚷着：

"朱莉娅！朱莉娅！我亲爱的朱莉娅！朱莉娅！"

有一刻他清晰地感觉到她的存在。她似乎不仅和他在一起，而且就在他体内，似乎就在他的肌肤里。那一刻他深深地爱着她，比他们被捕之前自由自在地在一起的时候更加爱她。他也知道她仍然活着，需要他的帮助。

他躺到床上，尽量让自己恢复平静。他到底做了些什么？由于那一刻的软弱，他得多服刑多少年呢？

再过一会儿他就会听见外面他们的脚步声。他们一定会惩罚他这么一阵嚷嚷。就算以前他们不知道，现在也会知道他打破了与他们达成的妥协。他服从党，但他仍然仇恨党。以前他装出一副卑躬屈膝的模样，掩饰自己异端的思想。现在他又倒退了一步：他的思想已经屈服了，但他希望让自己的内心不受侵犯。他知道自己错了，但他仍执迷不悟。他们会明白的——奥布莱恩会明白的。那一声傻乎乎的叫嚷暴露了一切。

他得重新开始。或许得花上好几年的时间。他一只手抚摸着脸庞，想让自己熟悉新的面容。他的双颊刻着深深的皱纹，颧骨高耸，鼻子扁塌塌的。而且，自从上次在镜子里见到自己那副尊容后，他们给他装了一副新的假牙。当你不知道自己的脸变成什么样时，你很难保持面无表情。不管怎样，光是控制面部表情是不够的。他第一次体会到，如果你希望保守一个秘密，你必须让这个秘密连自己也想不起来。你必须一直知道这个秘密，但不到万不得已，你绝对不能让这个秘密以任何具体的形式潜入你的意识里。从现在开始他不仅必须得端正思想，而且必须端正情感，端正梦境。与此同时，他必须让自己的仇恨锁在内心深处，就像一团是他自己一部分的物质，却又与他的其它部分毫无关联，就像一团囊肿一样。

终有一天他们会决定枪毙他。你不知道何时会发生，但在枪响的几秒钟前或许可以猜测得到。他们总是趁你在走廊里走动的时候在后面开枪。十秒钟就够了。那时候，他的内心世界将可以颠覆过来。接着，突然间，他一个字也没说，也没有停下脚步，脸上一丝表情也没有改变——突然间，他一把撕下了伪装！他的仇恨轰的一声炸开了，恨意将像一团熊熊燃烧的火焰充满他的身心。几乎是在同一时刻，砰！那颗子弹发射了，太迟了，或许太早了。在他们将他的脑袋改造过来之前，子弹已经把他的脑袋击碎了。那个异端想法将得不到惩罚和忏悔，永远地逃离了他们的手心。他们的完美无瑕被戳出了一个破洞。带着对他们的仇恨而死，这就是自由。

他闭上眼睛。这比接受思维训练还要困难。这是自虐自残的问题。他必须沉沦到最肮脏的地方。最可怕最令人恶心的东西是什么？他想到了老大哥。那张巨大的脸庞（他经常在海报上看到那张脸，他总是觉得那张脸得有一米宽），蓄着浓密的黑胡子，眼睛会来回跟着你。他不由自主地想起了这张脸。他对老大哥到底怀着什么感情？

走廊传来沉重的脚步声。钢门咣当一声打开了。奥布莱恩走进牢房。身后是那个面无表情的长官和几个穿着黑色制服的狱卒。

"起床。"奥布莱恩说道，"过来。"

温斯顿站在他对面。奥布莱恩强壮的双手搭在他的肩膀上，仔细地端详着他。

"你想欺骗我。"他说道，"你真傻。站直了，看着我的脸。"

他停了停，语气和蔼了一些：

"你在进步。在思想上你已几无瑕疵。只是在感情上你没有进步。告诉我，温斯顿——记住，不许撒谎，你知道谎言是瞒不过我的——告诉我，你对老大哥到底怀着什么样的感情？"

"我恨他。"

"你恨他。很好。现在是你踏出最后一步的时候了。你必须热爱老大哥。光是服从他还不够，你必须热爱他。"

他放开了温斯顿，将他轻轻推给狱卒。

"101 号房。"他说道。

第五章

他知道，或自以为知道自己每一阶段的囚徒生涯是在这座没有窗户的大楼里的什么位置。或许，气压上会有些许差别。狱卒们殴打他的牢房在地底下，奥布莱恩盘问他的房间很高，在接近顶层的地方。而这个地方在地底下很多米，是最深最深的地方。

房间比大部分他呆过的牢房要大。但他几乎没有去留意身边的环境，只看到身前有两张小桌子，每张桌子上面都盖着绿色的粗呢布。其中一张桌子离他仅有一两米远，另一张桌子距离远一些，靠近门口。他被直挺挺地绑在一张椅子上，绑得很紧，根本无法动弹，连头都动不了。一个好像是垫子的东西从后面箍着他的头，迫使他只能看着正前方。

他在房间里单独关押了 会儿，然后门打开了，奥布莱恩走了进来。

"你曾经问过我，"奥布莱恩说道，"101 号房里面有什么。我告诉过你，答案你已经知道了。每个人都知道答案。101 号房有世界上最可怕的东西。"

门又打开了。一个狱卒进来了，扛着一件铁丝编成的像是盒子或箱子的东西进来了。他把那东西搁在远一些的那张桌子上。由于奥布莱恩站在那儿挡着，温斯顿看不见那东西是什么。

奥布莱恩说道："世界上最可怕的事情因人而异。可能是活埋、被火烧死、淹死、扎死或几十种其它死法。有时候它只是某样不起眼的小东西，甚至无法置人于死地。"

他挪开了一些，这样温斯顿能看到桌子上的那件东西。那是一个长方形的铁丝笼，上面有一个把手。它的正面装着一个看上去像是击剑面罩的东西，凹进去的一面向着外边。虽然它离他有三四米远，但他看得见笼子被纵向分成两格，里面放着某种动物。那些是老鼠。

奥布莱恩说道："而对你来说，世界上最可怕的事物，就是老鼠。"

第一眼看见那个笼子时，温斯顿心里就泛起了大事不妙的恐惧感，但他不知道到底在害怕什么。这时候，他突然明白那个看起来像面具的东西到底是做什么用的，顿时吓得屁滚尿流。

"你不能这样！"他尖声嘶哑地叫嚷着，"你不能这样！你不能这样！不能这么做。"

"你还记得吗？"奥布莱恩问道，"你经常在梦里所感受到的恐惧。你的面前有一堵黑漆漆的墙，耳朵里听到轰隆隆的声音。墙的另一边是可怕的事物。你知道自己知道那是什么，但你不敢面对真相。在墙的另一边有很多只老鼠。"

"奥布莱恩！"温斯顿竭力控制着自己的声音，"你知道没有必要这么做。你想我怎么样，你说啊？"

奥布莱恩没有直接回答他。当他开口时，他摆出了平时那种学校老师般的姿态。他若有所思地看着远方，似乎正在对着温斯顿身后的一群听众讲话。

"光有痛苦总是不够的。有时候一个人能够忍受痛苦，甚至直到死亡。但对于每个人来说都有其不堪忍受的事物——连想都不敢去想的事物。这与勇敢或懦弱无关。当你从高空坠落下来时，抓住绳索并不是懦弱的举动。当你从水底深处上来时，大口大口地呼吸并不是懦弱的举动。那只是无法被摧毁的本能。老鼠也是一样。对你来说，它们是不堪忍受的事物。它们是一种你有心无力无法面对的压力。我们要你做什么你都得照做。"

"要做什么，要做什么？我都不知道要做什么，你要我怎么办？"

奥布莱恩拎起笼子，拿到近一些的桌子，小心翼翼地搁在粗呢布上。温斯顿的耳朵里响起了血液在流淌的声音。他感觉似乎只剩下他一个人。他置身于广袤的荒原，一片被太阳炙烤的沙漠，所有的声音都是从遥远的地方传来的，但那个装着老鼠的笼子离他就不到两米远。那些都是大老鼠，嘴巴是钝形的，牙齿特别尖利，而皮毛是棕色的，不是灰色的。

奥布莱恩仍然在对着他那些看不见的听众讲话："老鼠虽然是啮齿动物，但也是吃肉的。这一点你很清楚。你应该听说过在这座城市的贫民区发生的惨剧。在有的街道，女人不敢把婴儿单独留在房子里，连单独呆五分钟也不敢。那些老鼠肯定会朝婴儿发起进攻。只消一会儿工夫，它们就可以将婴儿啃得只剩下骨头。它们还会攻击老弱病残。它们非常聪明，知道什么时候一个人最为脆弱无助。"

笼子里响起了尖叫声，似乎从很远的地方飘进温斯顿的耳朵里。那些老鼠正在打架，它们拼命想冲开隔离它们的挡板，冲向彼此。他还听见了一声绝望的呻吟，似乎是从他的身外传来的。

奥布莱恩拎起笼子，按下里面的什么东西，传来咔嗒一声。温斯顿拼命想从椅子上挣脱开来，但根本没有用，他的每个部位，甚至连他的头，都被固定住了，动弹不得。奥布莱恩将笼子移近了一些，离温斯顿的脸不到一米。

"我已经按下了第一个开关。"奥布莱恩说道，"你知道这个笼子的结构。这个面具将套在你的头上，没有一丝空隙。当我按下另一个开关，笼子的门就会滑开。这些饥肠辘辘的小东西就会像子弹一样窜出来。你见过一只老鼠从空中掠过的情形吗？它们会扑到你的脸上，径直啃咬起来。有时候它们会先吃掉眼睛，有时候它们会咬穿面颊，将舌头吃掉。"

笼子越来越近，渐渐逼近放大。温斯顿听到一阵阵令人毛骨悚然的尖叫声，似乎就在头顶上的半空中响起。但他竭力与恐慌搏斗。思考，思考，即使只剩下零点几秒也要思考——思考是唯一的希望。突然间，那些老鼠恶臭的霉味直呛他的鼻孔。他泛起一股强烈的惊惧和恶心，几乎晕厥了过去。他眼前一黑。有那么一刻，他陷入了癫狂，变成了一只嘶声尖叫的动物。但他想出了一个主意，紧紧抓住不放，从黑暗中醒了过来。只有一个方法可以拯救自己。他必须出卖另一个人，将另一个人的**身体**，挡在他自己和老鼠之间。

现在那个面具已经十分接近，占据了全部视野。铁丝门离他的脸就只有一两个巴掌远。现在老鼠们知道将发生什么事情。有一只老鼠上下跳跃着，另一只老鼠，应该是生活在阴沟里的爷爷级的大老鼠，站立了起来，粉红色的前爪抓住栅栏，拼命地嗅来嗅去。温斯顿可以看到它们的胡须和黄澄澄的牙齿。再一次，他吓得眼前一片漆黑，什么也看不见，绝望无助，脑海里一片空白。

"在帝制时代的中国，这是很普遍的刑罚手段。"奥布莱恩仍然像个在讲课的老师。

那个面具正在凑近他的脸。铁丝网挨着他的脸颊。接着——不，那不是宽慰，只是希望，最后一丝希望。太迟了，或许已经太迟了。但突然间他明白过来，这个世界上只有**一个人**可以将对他的惩罚转移掉——有这么**一个人**，他可以将其挡在自己和老鼠之间。他一遍又一遍地疯狂叫嚷着。

"让老鼠去咬朱莉娅！让老鼠去咬朱莉娅！不要咬我！咬朱莉娅！你们拿她怎么样我根本不在乎。把她的脸咬下来，把她啃成一具白骨。不要咬我！咬朱莉娅！不要咬我！"

他往后倒下，掉进无尽的深渊，躲开了那些老鼠。他仍然被绑在椅子上，但他不停地往下坠，穿过地板，穿过大楼的墙壁，穿过土地，穿过海洋，穿过大气层，直到外太空，直到星辰之间的漩涡——永远、永远、永远、永远离开老鼠。他远在数光年之外，但奥布莱恩仍然站在他身边。铁丝网仍冷冰冰地挨着他的脸颊，但在黑暗中他听到另一声金属的咔嗒声，知道笼子的门关上了，没有打开。

第六章

栗子树咖啡厅几乎空荡荡的。一缕阳光从窗口斜照进来，落在布满灰尘的桌子上。现在是下午十五点，没什么生意。远处电屏里传出轻柔的音乐声。

温斯顿坐在他经常坐的角落里，盯着空空的玻璃酒杯，时不时地抬头看着对面墙上那张正盯着他的巨大的脸庞。标语写道：老大哥在看着你。一个服务员主动走过来往他的杯子里加满了胜利牌杜松子酒，再从另一个木塞中插着一根羽毛管的瓶子里倒了几滴液体进去，搅拌均匀。那是丁香味的糖精，是这间咖啡厅的特饮。

温斯顿正听着电屏。现在只在播放音乐，但随时可能会播放和平部的特别报道。非洲前线的战况叫人很担心。他一整天心里忐忑不安，焦虑地关心着这件事。欧亚国的一支军队（大洋国正和欧亚国打仗，大洋国一直在和欧亚国打仗）正以惊人的速度向南边挺进。中午的报道没有提及具体的地区，但或许战斗已经在刚果河口打响了。布拉柴维尔和利奥波德维尔的战况非常危急。不用看地图都知道这意味着什么。这不仅仅是失去中非的问题，自战争打响以来，大洋国的国土第一次受到威胁。

一股强烈的情感——不是恐惧，而是一种莫名的兴奋——在他的心中燃起，然后黯淡了下来。他不再想着战争的事情。这些天来他每次想一件事情都不会想太久。他拿起杯子，一饮而尽。和平时一样，杜松子酒让他打了个冷战，甚至觉得有点反胃。这东西太难喝了。丁香和糖精本身的味道已经很恶心了，但还是掩盖不住那股油腻腻的味道。而最糟糕的是杜松子酒的味道，这股味道日日夜夜缭绕着他，在他的意识中和那些东西的味道密不可分地掺杂在一起——

即使只是在心里中，他也不会说出那些东西到底是什么，尽可能不去想象它们的样子。他隐隐约约察觉到那些东西在盘旋着凑近他的脸，散发出一股味道直呛他的鼻孔。杜松子酒在胃里翻江倒海，他张开紫色的嘴唇打了个嗝。自从他们释放他后，他长胖了一些，恢复了原来的肤色——事实上，比原来还要红润一些。他的脸上肉多了一些，鼻子和颧骨上的皮肤变得粗糙通红，连光秃秃的头皮也呈现深深的粉红色。一个服务员又主动端来了棋盘和最新一期的《泰晤士报》，翻到了棋局那一页。然后，看到温斯顿的杯子空了，他端来了杜松子酒瓶，斟满了杯子。他不需要点酒。他们知道他的习惯。棋盘总是准备好了，角落里那张桌子总是为他留着，即使咖啡厅满座了，这张桌子还是会留给他，因为没有人愿意被看到和他坐得太近。他甚至不用费神计算自己喝了多少杯酒。时不时他们会给他带来一张脏兮兮的纸条，说是账单，但他觉得他们总是少算了钱。但就算多算了钱也无所谓。现在他不差钱，甚至还有一份工作，是个挂名的闲职，工资比原来的工作还高。

电屏的音乐停止了，取而代之的是播音员的声音。温斯顿抬头倾听，但是没有前线的报道，只是富足部发布了一则简短的通知。似乎在前一个季度，第十个三年计划的鞋带产量超额完成了98%。

他研究了一下棋局，然后摆好棋子。这是一个诡异的双马局。"白棋两步将死对方。"温斯顿抬头看着老大哥的肖像。

白棋总是能将死对方，他觉得这有点神秘。总是这样安排的，毫无例外。自有棋局以来没有一盘棋是黑棋赢。这难道不就是永恒不变的邪不胜正的写照吗？那张巨大的脸庞正回视着他，神情平静而充满力量。白棋总是胜方。

电屏的声音停止了，然后换了一个声音，以更加严肃的语气说道："下面播放一则提示，十五点三十分全体人员必须待命收听一则重要通告。十五点三十分！这则通告非常重要，务必不得错过。十五点三十分！"轻快的音乐声再次响起。

温斯顿的心头一紧。那是前线的战情报道。他本能地知道那会是坏消息。这一整天他总是带着一丝兴奋时不时幻想着非洲战场的溃败。他似乎看到欧亚国的军队蜂拥突破固若金汤的防线，像一群蚂蚁那样占领非洲的一角。难道就不能迂回从侧翼包抄他们吗？西非海岸线的轮廓清晰地浮现在他的脑海中。他拿起白棋的马，在棋盘上走了一步。**这步棋**走得妙。在他看到那些黑压压的军队向南边挺进的同时，他看到另一支军队神秘地集结，突然间从后面包抄，从陆路和海路切断他们的交通。他觉得靠着这个意念他就能让另一支军队凭空出现。但他们必须迅速采取行动。要是他们能控制整个非洲地区，要是他们在开普敦有机场和潜水艇基地，它将能把大洋国一切为二。任何事情都可能发生：战败、分崩离析、重新划分世界格局，党的毁灭！他深深吸了口气。一股奇怪的、纠结的感觉在他的内心斗争着——确切来说，不是纠结，而是层层叠叠，说不清埋藏在最下面的那一层是什么。

这股情绪过去了。他将白棋的马放回原位，但现在他无法集中精神思考这局棋。他又开始走神了，下意识地用手指划着桌上的灰尘，写下：

2+2=5

　　她曾经说过："他们不能钻进你的思想里。"但他们真的可以做到。奥布莱恩曾说过："你在这里所发生的改变将是**永恒的**。"这句话确实所言非虚。有的事情，你自己做过的事情，已经再也无法弥补了。你心中的某些东西被扼杀了，烧掉了，腐蚀了。

　　他见过她，甚至和她说过话。这没有危险。似乎出于本能，他知道现在他们几乎没有兴趣监视他的举动了。如果两人愿意的话，他甚至可以安排和她再见一面。事实上，两人的见面纯属偶然。当时是在公园里，那是三月份寒风凛冽的一天，大地冻得像一块铁板，草似乎都冻死了，只有几朵番红花绽放着，在寒风中一瓣瓣地凋零。他正匆匆忙忙地赶路，双手冻得冷冰冰的，眼睛里泪水盈盈。这时他看到她就在不到十米外的地方，顿时惊诧于她变了，却又说不清到底什么地方变了。两人几乎是漠然地擦肩而过，然后他转身尾随着她，但心里并不是特别激动。他知道这么做不会有危险，没有人会在意他。她没有说话，斜穿过草坪，似乎想摆脱他，然后又放弃了，让他和她并排一起走。不一会儿，两人置身于一丛叶子掉光了的参差的树丛中，这里既不能藏人，也没办法躲风。两人停下脚步。天气很冷，寒风呼啸着吹过树枝，侵蚀着几朵脏兮兮的藏红花。他将手搭在她的腰肢上。

　　这里没有电屏，但一定有隐藏的麦克风，而且可能会有人在监视着他们。这不要紧，什么都不要紧。要是他们愿意的话，他们可以躺下来，做出**那件事**。这个念头让他吓得打了个冷战。她对他的拥抱毫无反应，甚至没有试图挣脱开来。现在他知道她发生了什么改变。她的脸蜡黄蜡黄的，而且有一道长长的伤疤，一部分隐藏在头发里，贯穿她的额头和太阳穴，但变化的并不只是她的容颜。她的腰肢变粗了，而且令人惊讶的是，变得僵硬了。他记得有一回，一枚火箭炸弹爆炸后，他帮着把一具尸体从废墟里挖出来，当时他惊讶地发现尸体变得十分沉重，而且僵硬呆板，不像是血肉之躯，而是一尊石像，搬都搬不动。她的身体感觉就像那样。而且，他觉得她的肌肤变得和以前完全不一样了。

他没有试着亲吻她，两人也没有说话。两人穿过草地往回走的时候，她第一次直视着他。只是短暂的一掠而过，眼神中充满了鄙夷和厌恶。他不知道那纯粹只是因为过去，还是因为她看到他那张浮肿的脸和被风一吹就泪汪汪的眼睛。两人坐在两张铁椅子上，并排坐着，但没有紧靠在一起。他看到她欲言又止。她将那只难看的鞋子移动了几厘米，故意踩断了一根树枝。他注意到她的双脚似乎变宽了。

她直截了当地说道："我背叛了你。"

他说道："我也背叛了你。"

她再次鄙夷地看了他一眼。

"有时候，"她说道，"他们会以你根本无法忍受，甚至连想都不敢想的事情威胁你。然后你会说：'不要这样对我，去折磨别人吧，去折磨某某人吧。'事后或许你会假装说那只是一个计谋，你会说那只是为了让他们停止折磨你，你并非真心要背叛别人。但那并不是事实。当事情发生时，你是真心的。你觉得再没有别的方式能够拯救自己，而且只要能让自己得救，你不惜这么做。你真心**希望**别人受折磨。别人受尽折磨你根本不会在乎。你在乎的只有你自己。"

他心有同感："你在乎的只有你自己。"

"之后，你对那个人的感觉就再也不一样了。"

"不一样了。"他说道，"你的感觉确实不一样了。"

似乎没有别的可说了。寒风将他们身上薄薄的大衣吹得紧紧地贴在身上。相对无言地坐在那里几乎立刻变成很令人尴尬的事情，而且，坐着不动实在是太冷了。她含糊地说要去赶地铁，起身要走了。

"我们必须再见一面。"他说道。

"好的。"她说道，"我们必须再见一面。"

他迟疑地跟在后面走了一小段路，就在她身后半步。两人再没有说话。她没有试图摆脱他，但走得很快，不让他和她并排一起走。他决心跟着她走到地铁站，但突然间，在寒风中跟着走下去似乎失去了意义，叫人不堪忍受。他迫切想离开朱莉娅，回到栗子树咖啡厅去，在这个时候那里对他有着以前从未有过的莫大的吸引力。他怀念他那张角落旁的桌子，还有报纸、棋盘和永远满斟的杜松子酒。最重要的是，那里会很暖和。接着，并非完全出于偶然，一小群人将两人分隔开来，而他则听之由之。他假装要去追赶她，然后放慢脚步，转身朝相反方向走去。走出五十米开外，他回头望去，街上人不多，但他已经认不出她的身影。那十几个匆匆忙忙的身影中可能有一个是她。或许，她那粗壮僵硬的身躯从后面已经认不出来了。

"当事情发生时，"她曾说过，"你是真心的。"确实如此。他不仅说出了那番话，而是他真的是那么想的。他曾经希望是她而不是他，去面对那些——

电屏里轻柔的音乐变了，开始播放起一种沙哑刺耳的调子，就是那种黄调子，接着——或许并不是真的，或许那只是因为相似的音乐所勾起的回忆——歌声唱着：

"在栗子树的树荫下，

我出卖了你，你出卖了我——"

他的眼睛里泪水盈盈。一个服务员经过时发现他的酒杯空了，端着杜松子酒酒瓶走过来。

他拿起酒杯闻了一下。这东西每喝一口就更加觉得恶心。但他已经沉溺其中。它是他的生命、他的死亡和他的复活。是杜松子酒让他每天晚上昏昏睡去，也是杜松子酒让他每天早上醒来。他很少在十一点钟之前醒来，眼睛总是睁不开，口干舌燥，背部似乎都快断了。要不是酒瓶和杯子就摆在床头，他可能根本起不来。中午的时候他会面无表情地坐着，酒瓶放在身边，聆听着电屏的报道。从十五点到关门，他一直呆在栗子树咖啡厅。再也没有人在乎他做些什么，没有哨子把他叫醒，没有电屏在絮絮叨叨地规劝他。有时候，大概一周两次，他回到真理部那间布满灰尘，似乎已被人遗忘的办公室，做一点工作，或被称为工作的事情。他被指派到一个支部委员会的下属委员会，是不计其数的委员会下面的一个分支，负责处理在编纂第十一版新话词典时出现的琐碎问题。他们在撰写一份称为"临时报告"的东西，但他们要报告的问题他一直还没弄清楚。好像是关于到底逗号应该放在括号的里面还是外面。委员会里还有四个人，都是他的熟人。有时候他们会短暂地碰个头，然后就各奔东西，大家都知道其实没有什么事情要干。但有时候他们几乎是怀着热情开展自己的工作，煞有介事地起草备忘录，撰写永远也写不完的长篇草案——他们在应该探讨的问题上展开了激烈深奥的争辩，对词汇的定义吹毛求疵，辩论的内容跑题了，大家争执不休——甚至威胁说要向上级打报告。然后，突然间他们失去了活力，他们围着桌子坐了下来，黯淡无神的眼睛看着对方，就像鸡鸣时销声匿迹的鬼魂。

电屏安静了一会儿。温斯顿又抬起头。通告时间到了！不是，他们只是更换了音乐。他的眼睑后面出现了非洲地图。军队的动向勾勒出一幅行军图：一根黑色箭头垂直地向南边挺进，一根白色箭头水平地朝东边挺进，切断了前者的尾部。似乎为了寻求安慰，他抬起头看着那张泰然自若的脸。第二根箭头根本不存在——有这样的可能吗？

他的兴奋消退了。他又喝了一口杜松子酒，拿起白棋的马，试探性地走了一步。将军。但这步棋没有走对，因为——

一段回忆自发地飘进他的脑海里。他看到一个点着蜡烛的房间，里面有一张铺着白色床单的大床，他还是个只有十岁的小男孩，坐在地板上，摇晃着一个骰子盒，兴奋地大笑着。他的母亲坐在他对面，也在大笑着。

那一定是在她失踪前一个月发生的事情。那是两人互相谅解的一刻，那时候他忘记了自己的肚子饿得咕咕叫，心中暂时燃起了对她的爱恋。他清楚地记得那一天，大雨倾盆，雨水顺着窗格倾泻而下，房间里的灯火暗得没办法读书。对于两个孩子来说，那间幽暗狭窄的房间实在是太无聊了。温斯顿哼哼唧唧地发着牢骚，绝望地要东西吃，在房间里翻箱倒柜，将所有的东西乱摆乱放，不停地踢着护墙板。邻居敲打着墙壁宣泄不满，而他的妹妹断断续续地哭个不停。到最后，母亲说道："宝贝乖，我这就给你买玩具。好玩的玩具——你会喜欢的。"然后她冒雨出去，到附近一间有时候会营业的小杂货店，拿着一个纸板盒回来了，里面有一套蛇梯棋①。他还记得那个潮湿的纸板盒的味道。那是一套廉价的蛇梯棋。棋盘开裂了，而且那些小小的木骰子做工很粗糙，几乎不能躺平。温斯顿闷闷不乐地看着这套棋，一点儿兴趣都没有。但母亲点着了一根蜡烛，他们坐在地板上开始玩。很快他就兴奋了，看着那些小人遇到楼梯就能满怀希望地往上走，遇到蛇就滴溜溜地往下滑，几乎回到起点的位置，他不禁大呼小叫起来，笑得好不开心。他们玩了八局，各赢了四局。他的妹妹太小了，不明白游戏到底怎么玩，靠坐在一个枕头上，因为别人在笑她也跟着笑。他们一起高高兴兴地玩了整整一个下午，就像更早一些时候的童年一样。

他将这幅画面从脑海摈除出去。那是虚幻的回忆。有时候他会受虚幻回忆的困扰。只要他知道这些回忆其实是虚幻的，它们就不重要了。有的事情的确发生过，有的事情并没有发生过。他的心思回到棋局上，又拿起白棋的马放回到棋盘上，几乎就在同一时刻，响起咔嗒一声。他被吓了一跳，似乎被一根针扎中了身体。

他听到了一声尖利的军号声。是通告节目！胜利！新闻之前响起军号声总是表示胜利。整个咖啡厅似乎过电了一样。连那几个服务员也已经起立，竖起了耳朵。

军号声非常刺耳。电屏里已经传出了一个兴奋而聒噪的声音，但它刚开始说话，外面就响起了高亢的欢呼声，几乎把它给掩盖了。消息就像魔法一样在街道上传播开来。他勉强听到

---

① 蛇梯棋（Snakes and Ladders），英国传统棋盘游戏，据说源自印度，游戏者轮流掷骰子在棋盘上前进，遇到梯子可以往前跳跃，遇到蛇就得往后退，先到终点者胜出。

电屏上所报道的消息,意识到事情正如他预料的一样,庞大的海上舰队对敌人的后方发起了突然袭击,白色箭头将黑色箭头的尾部切断了。胜利消息的只言片语在喧闹声中隐约可闻:"大手笔的战略行动——完美的军事调度——彻底的溃败——抓获五十万战俘——彻底打击敌人的士气——控制了非洲全境——距离战争结束推进了一大步——胜利——人类历史上最伟大的胜利——胜利,胜利,胜利!"

温斯顿的双脚在桌子底下不自主地抽搐着。他没有离开座位,但在他的脑海中,他在奔跑着,快速地奔跑着,他和外面的群众一起吵吵闹闹地庆祝。他抬起头看着老大哥的肖像。他是君临天下的巨人!历经亚洲那群乌合之众冲击而屹立不倒的中流砥柱!他想到,十分钟之前——是的,就在十分钟之前——他的心头还笼罩着疑团,不知道前线的战事是赢是输。啊,覆灭的不仅仅是一支欧亚国的军队!从呆在友爱部里的第一天起他就已经发生了许多改变,但最终的、必要的、让他得以康复的改变直到这时才发生。

电屏里面的声音仍在喋喋不休地描述着战俘、战利品和伤亡数字,但外面的叫嚷声已经平静了一些。服务员们继续工作。其中一个端着杜松子酒的酒瓶走了过来。温斯顿沉浸在幸福的梦中,服务员往他的酒杯倒酒时根本没有在意。他不再奔跑着,或热烈地欢庆胜利。他回到了友爱部,一切都获得了原谅,他的灵魂纯洁如白雪。他站在公审席上,坦白招供了一切,供出了所有同犯。他正走在铺着白瓷砖的走廊,感觉就好像走在阳光下,一个荷枪实弹的狱卒跟在后面。那颗期盼已久的子弹射进了他的脑袋里。

他抬头望着那张巨大的脸庞。他花了四十年的时间才弄懂

在那黑胡子下隐藏着什么样的笑容。噢，多么残酷而没有必要
的误解！噢，多么顽固任性的流亡，背叛了他那慈爱的胸怀！两
行带着杜松子酒味道的眼泪顺着他的鼻子两侧滴落。但没事了，
一切都会好的，抗争结束了。他战胜了自己。他热爱老大哥。

附录　新话的原则

　　新话是大洋国的官方语言，为满足英社或英国社会主义的意识形态需要应运而生。1984 年还没有哪个人以新话作为他口头或书面唯一的沟通交流方式。《泰晤士报》的社论都是用新话写成的，每一篇文章都堪称杰作，只有这方面的专家才能写得出来。据说到 2050 年新话就将最终取代旧话（或者我们应该称之为标准英语）。与此同时，新话开始逐渐普及，所有的党员在日常说话时越来越多地运用了新话的词汇及语法结构。1984 年所使用的版本，以及在第九版和第十版所体现的语言都只是临时的，包含了许多冗余的词汇和古老的结构，这些都有待以后进行删减。正如第十一版词典里所说的，我们将要创造出臻至完美的最终版本。

　　新话的目的不仅是为英社信仰者提供合适的媒介以表达世界观和思想习惯，而且将使其它一切思维模式变成不可能的事情。当新话全面通行而旧话被遗忘时，异端思想——任何不符合英社原则的思想——将会是不可想象的，至少对于那些依赖于词汇的想法会是这样。新话的词汇都是精心构建出来的，含义非常明确，每个理念总是有非常固定的表达方式让党员可以恰如其分地进行表述，而且剔除了其它一切含义，也杜绝了以间接的方式得出这些含义的可能性。为了实现这一点，一方面要创造出新的词汇，但主要的途径是删除掉不想要的词汇，或将某些单词所蕴含的不正统的语义剔除，并尽可能杜绝所有的引申义。举一个例子，新话中仍有"免于"这个词，但这个词只用在下面这些句子里："这只狗身上免于虱子所苦。"或"这块田里免于杂草所扰。"而原来的含义"自由"，比如说"政治自由"或"思想自由"都不再使用了，因为政治自由和思想自由这些概念已经不复存在，因此也就没有必要构建这些名词。除了删去明显有异端思想倾向的词汇外，词汇的减少本身就是目的，任何可以删除的词汇都不会再保留下来。新话的目的不是扩展思想范围，而是缩小范围，通过将词汇尽量减少，可以间接帮助实现这个目的。

据我们目前所了解的情况，新话的基础是英语，但许多新话的句子，即使是那些没有包含新词汇的句子，对于现在的英语使用者而言也是非常晦涩难懂的。新话的词汇可以分为三类，分别是 A 类词汇、B 类词汇（也被称为合成词）和 C 类词汇。对每一类词汇进行单独探讨会简单一些，但这门语言的语法特征可以和 A 类词汇一起进行探讨，因为所有三类词汇都遵循同样的规则。

A 类词汇

A 类词汇包括了日常生活所使用的词语——例如，吃、喝、工作、穿衣、上楼下楼、搭车、园艺、烹饪等等。基本上那些词汇我们都已经掌握了，例如打、跑、狗、树、糖、房子、田野——但比起当代英语，A 类词汇的数目很少，而且意思更加固定。所有语义上的模糊和多样性都被统统清洗掉。新话的 A 类词汇基本上都只有一个音节，表达**一个**明确的概念。要使用 A 类词汇进行文学写作、哲学探讨或政治讨论是不可能的事情。这些词汇只是为了表达简单而目的性明确的思维，通常用来指代具体事物或实际行动。

新话的语法有两大突出特征。第一个特征是，句子中的不同组成部分几乎完全可以互相替换。这门语言的任何词汇（原则上这一点甚至可以应用于高度抽象的词语，比如说，"如果"和"当……的时候"）可以当成动词、名词、形容词或副词使用。如果动词和名词源于同一词根，那么两者之间不会有任何变化。这一规则摧毁了许多古老的词汇。例如，新话中没有"想法"这个词。它被"想"所取代，这个词可以既当动词，也当名词。这一点并没有遵循任何词源学的原则。有时候得以保留的原始词汇是名词，有时候得以保留的原始词汇是动词。当一个名字和一个动词意思很接近，但在词源上没有联系时，其中一个总是会被剔除掉。比方说，新话中没有"切"这个词，可以兼用作名词和动词的"刀"这个词就足以表达出这个的含义。形容词的构词法是在名词的前面加上"很"这个前缀，要变成副词就加上"地"。举例来说，"很速度"的意思是"迅速"，"速度地"意思是"迅速地"。我们现在所使用的一些形容词，例如"好"、"壮"、"大"、"黑"、"软"都保留了下来，但这些词的数量不多，而且很少用到它们，因为几乎所有的形容词含义都可以通过往"名—动词"前面加个"很"字而实现。当前的副词除了少数几个结尾本来就有"地"的词语之外，无一得以保留，以"地"结尾成了千篇一律的规矩。比如说，"棒"这个词就被"好地"取代了。

此外，任何 A 类词汇——原则上这一点可以应用于新话的所有词汇中——可以通过加上"不"这个前缀变成其反义词，或加上"加"这个前缀增强其语义，如果还想表示强调，可以加上"倍加"这个前缀。比方说"不冷"的意思是暖和，而"加冷"和"倍加冷"的意思分别是很冷和冷极了。而且，就像当代英语一样，通过加上诸如"反一"、"后一"、"上一"、"下一"这些前缀，几乎任何单词都可以改变其含义。而这样一来，又有大量的词汇可以剔除掉。例如，有了"好"这个词，像"坏"这样的词汇就没有存在的必要了，因为"不好"这个词就足以表达出同样的含义——事实上，更加贴切。当有两个字构成了天然的反义词，编撰者所要做的就是决定哪一个会被删去。比方说，"暗"可以用"不明"取代，或者"明"被"不暗"取代也行，这取决于编撰者的偏好。

新话的语法第二个明显的特征是它的规律性。除了少数接下来将提到的特殊情况之外，所有的构词法都遵循相同的规律。因此，所有动词的过去式和过去分词都会往后面加上"了"。"偷"的过去式是"偷了"，"想"的过去式是"想了"，所有词汇都毫无例外，至于那些不常用的后缀，例如"过"、"好了"统统都被剔除。要表达复数名词的概念就往名词后面加"们"。"人"、"牛"、"生命"可以变成"人们""牛们"、"生命们"。形容词的比较级和最高级千篇一律都加上"更"和"最"（好、更好、最好），而不规则的表达如"较好"和"顶好"都被剔除了。

只有人称代词、关系代词、指示代词和情态动词这些词汇仍保留了原来的表达方式。这些词的用法还是和以前一样，只是"谁"这个词被认为没有存在的必要而消失了，此外"应"和"会"也没有了，被"将"和"须"所取代。为了快速而轻松发音的需要，在构词法上总是会有不合规则之处。一个不好发音或容易被听错的词语被认为是一个坏词，因此，为了让发音得以顺畅，会往里面插入字母或保持原来的构词形式。但这一需要主要和 B 类词汇有关。**为什么**要如此强调发音的简洁将在本文的后半部分进行解释。

B 类词汇

B 类词汇包括那些专门为政治目的服务的词汇：不仅每个词语都有其政治含义，而且让使用这些词语的人树立起一种合乎要求的精神态度。对英社的原则没有全面的理解是很难正确使用这些词汇的。有时候它们可以直译为旧话，甚至用 A 类词汇进行表达，但这往往需要冗长的表述，而且总是会言不达义。B 类词汇类似于缩略的动词，将许多理念浓缩在几个音节里，与此同时，比起普通语言，B 类词汇的含义更加准确有力。

B 类词汇都是合成词。（当然，例如"讲写器"这样的词语是属于 A 类词汇，这些只是出于方便的缩略表达，并没有特殊的意识形态色彩。）它们包含了两个以上的单词或单词的某个部分，以发音轻松的形式组合在一起。最终的合成产物总是一个"名—动词"，按照惯例进行语法上的变化。举一个简单的例子："好想"这个词的意思可以是"正统思想"，而如果用作动词，则有"以正统思想进行思考"之义。这个词有如下变体：名—动词"好想"，过去式和过去分词"好想了"，现在进行时"正好想"，形容词"很好想"，副词"好想地"，动词化名词"好想者"。

B 类词汇的构建不受词源学的约束，构词的词素可以是词语中的任何部分，可以任意进行排列，还可以任意进行删减，只要容易发音并且能够明确暗示它们的词源就可以了。以"罪想"这个词为例（意思即"思想罪"），"想"字放在后面，而

"想警"（意思即"思想警察"），"想"字则放在前面。而后面的"警"则省略了原来"察"这个字。由于在保证发音的简洁方面所遇到的困难很大，因此 B 类词汇的不规则构词现象要比 A 类词汇更加普遍。比方说，"真部"、"和部"和"爱部"的形容词形式分别是"真部的"、"和部的"和"爱部的"，因为"很真部"、"很和部"和"很爱部"念起来有点别扭。但原则上，所有的 B 类词汇都可以进行变化，而且所有的变化规则都是一样的。

B 类词汇中有的词语意思非常微妙，对于没有完全掌握这门语言的人来说很难理解。举例来说，《泰晤士报》里面那些头条新闻中有这么典型的一句："旧想者不腹感英社。"以旧话最简短的方式翻译过来就是："那些思想在革命之前形成的人无法在情感上完全理解英国社会主义的原则。"但这个翻译并没有充分地表达出原文的意思。首先，要想全面地理解上面所引用的那个新话的句子，你必须对什么是"英社"有清晰的理解。此外，只有一个彻底扎根于英社思想的人才能理解"腹感"这个词所蕴含的全部含义，"腹感"意味着今天所难以想象的盲目而狂热的全盘接纳。而且还有"旧想"这个词，这个词总是跟邪恶和堕落联系在一起。但有些新话的词语有着特别的作用，不是为了表达意思，而是为了摧毁意思，"旧想"就是其中一例。这些词语的数量很少，它们的词义非常空泛，囊括了许许多多词汇的意思，将这些意思以单独一个抽象的词语进行表达，而原来的具体含义则被废弃和遗忘。新话词典的编撰者们所面临的最大困难不是创造出新的词语，而是在创造出新的词语之后，明确它们的含义，确定这些词汇存在之后，哪些词汇可以被它们所取代。

正如我们在"免于"这个词所看到的，曾经包含有异端思想的词汇有时会为了方便而加以保留，只是将不想要的含义剔除出去。不计其数的其它词语，例如荣誉、正义、道德、国际主义、民主、科学和宗教已经不复存在。几个总括性的词语就涵盖了它们的含义，并借此将它们统统消灭。例如，所有围绕着"自由"和"平等"这两个概念而产生的词语都被囊括在"罪想"这个词里面，而其它围绕着"客观存在"和"理性主义"而产生的词语则被囊括在"老想"这个词中。再具体一些就会步入危险了。按照要求，党员的世界观应该和古代希伯来人的世界观相类似，后者所知甚少，只知道除了他的祖国，其它国家信奉的都是"伪神"。他不需要知道那些神明的名字叫什么"巴尔"①、"欧西里斯"②、"摩洛"③、阿斯塔罗④或其它，或许他知道得越少，他的思想就越正统。他知道耶和华和耶和华的律令，因此他知道拥有不同名字和神性的神明统统都不是真神。与此相类似，党员们知道什么是正确的行为，也含含糊糊地知道会导致偏离这种行为的种种可能。比方说，他的性生活完全由两个新话词语所约束："性罪"（意即不道德的性行为）和"好性"（意即贞洁）。"性罪"覆盖了所有不正当的性行为，包括乱伦、通奸、同性恋和其它堕落的行为，而且还包括正常的为性交而性交的性行为。没有必要将这些行为一一列举出来，因为它们都是罪行，原则上都应该处以死刑。C 类词汇包括了科技词汇，一部分性行为上的偏差或许需要有专门的

---

① 巴尔（Baal），中东两河流域闪米特人所崇拜的神明。

② 欧西里斯（Osiris），古埃及神话中的神明。

③ 摩洛（Moloch），古代地中海地区神话中的神明。

④ 阿斯塔罗（Ashtaroth），古代腓尼基地区神话中的神明。

名称，但普通老百姓不需要用到这些词。他知道什么是"好性"——夫妻之间正常的性交，纯粹是为了生育孩子。女方没有肉体上的快感。除此之外，一切都是"性罪"。在新话中，对一个异端邪说的理解往往就只能局限于它**就是**异端邪说，没有必要的词汇进行更深层次的思考。

B类词汇中没有一个在意识形态上是中性的。有许多是委婉表达的词语。这些词语，比方说"乐营（劳改营）"或"和部"（和平部，也就是战争部）所表达的意思和字面上的意思几乎刚好相反。另一方面，有的词语展现出赤裸裸的轻蔑之意，反映了大洋国社会的内在本质。以"无产喂"为例，它的意思是那些党提供给人民大众的低俗娱乐和不实报道。还有其它词语的含义很暧昧含糊，用以描述党的都有"好"的含义，而用以描述敌人的都有"坏"的含义。此外还有很多词语乍一看似乎只是缩略的表达，这些词汇的意识形态色彩不是来自于它们的含义，而是来自它们的结构。

在力所能及的情况内，任何有或者会有政治含义的词汇都被归入B类词汇。每个组织、团体、学说、国家、机构或公共建筑的名字都无一例外被缩略成熟悉的词语，以最琅琅上口的几个字进行表达，同时保留这个名字原来的出处。比方说，在真理部里，温斯顿·史密斯上班的地方叫记录司，在新话中叫"记司"，虚构司叫做"虚司"，广播节目司叫做"广司"，如此类推。这么做不仅是为了节省时间。早在二十世纪初期这种缩略合成的表达方式就已经是政治语言的特征之一。值得注意的是，极权国家和极权组织最倾向于使用缩略表达。这方面的例子有"纳粹"、"盖世太保"、"共际"、"国际出版通信"和"宣教部"等。一开始时，这种做法纯粹只是出于本能，但新话这么做是刻意为之。他们认为，通过缩略一个名字可以限制并巧妙地改变这个名字原本的含义，将原本附着在上面的意义剥离掉。以"共产主义国际"为例，这个词会唤起四海之内皆兄弟的人文景象：红旗、街头工事、卡尔·马克思和巴黎公社等。而另一方面，"共际"这个词只是表达了一个严密的组织和一套完整清晰的教条体系。它所指代的含义很容易理解，而且非常狭隘，就像在指代一张椅子或一张桌子。念出"共际"这个词时几乎不会勾起任何想法，而"共产主义国际"是一个词组，会至少让人把这个词组多琢磨一会儿。同样地，"真部"这个词所代表的含义要比"真理部"这个词少一些，更容易控制一些。这就是为什么在有可能的情况下一定要采用缩略形式的原因，同时可以保证每个词都能够轻松地被念出来。

在新话中，除了词义务求精确外，发音的简洁比其它什么都更加重要。在必要的时候，连语法规则也可以为了发音的简洁而牺牲。这是有原因的，因为从政治上考虑。他们要的是简短而意思明确无误的词语，能够迅速地念出来，在说话人的脑海里引起最小程度的回响。B类词汇几乎都很相似，这让它们读起来铿锵有力。这些词语——好想、和部、无产喂、性罪、乐营、英社、腹感、想警和不计其数的其它单词——几乎千篇一律都只有两三个音节，从第一个音节到最后一个音节都是一样的重音。说着这些词语时语速会很快，而且总是一个字一个字地蹦出来，听起来很单调乏味。而这正是他们所要达到的目的。他们的目的是要让讲话，尤其是任何事关意识形态的讲话尽可能独立于意识之外。在日常生活中说话前有时候当然需要先想想，但党员在作政治或道德判断时，应像机关枪喷出子弹一样自动地说出一堆正确的看法。经过训练，这件事他完全可以应付自如，新话几乎是一门不会犯错的语言，而且那些字词的结构，连同它们难听的发音与英社原则相一致的刻意为之的丑陋，协助推动了思想控制的进程。

词汇的匮乏也是为了达到这一目的。相对于我们的词汇，新话的词汇量非常小，而且减少单词的新方法总是层出不穷。事实上，和绝大多数其它语言不同，新话的词汇在逐年减少，而不是逐年增加。每一次删减都是一番成就，因为表达思想的选择范围越小，进行思考的诱惑就越小。他们最终的希望是说话只需要用喉咙发出声音，而根本不需要动脑筋。这一目的在新话的"鸭讲"（意即像鸭子一样呱呱呱地说话）这个词中坦白地承认了。和 B 类词汇的其它词语一样，"鸭讲"的意思是含糊暧昧的。要是呱呱呱说出来的是正统思想，那它就是褒义，当《泰晤士报》描述一个党的演说家是"倍加好鸭讲者"时，这是对他热烈的嘉许。

C 类词汇

C 类词汇是对其它词汇的补充，完全由科技术语构成。这些术语与今天所使用的术语很相似，来自同样的词根，但和其它词语一样，这些词汇的含义非常固定，没有其它不合乎要求的含义。它们遵循和其它两类词汇同样的语法规则。只有极少数 C 类词汇在日常生活的对话中或政治讲话中出现。科学工作者或技术人员可以从供其专业使用的词汇表中找出这些词汇，但他根本不知道其他人的词汇表中列出了哪些词语。只有少数几个单词是这些词汇表中互通的，不管是哪一门学科，没有任何词汇表达研究科学的思维习惯或思维方法。事实上，根本没有"科学"这个词，任何可能表达这一概念的含义都已经被"英社"这个词语概括了。

从前文中可以了解到，在新话中，除了非常低层面的表达形式之外，根本没有其它形式表达异端邪说。当然，说出非常粗浅的异端思想和亵渎言论是有可能的。比如说，可能有人会说"老大哥不好"。但这句话在思想正派的人耳中听起来是不言自明的荒谬言论，根本经不起理性的推敲，因为没有必要的词汇可供使用。与英社思想相违背的理念只能以无言的形式模糊地浮现，被归在意思非常宽泛的词语名下，这些词语被归纳在一起，对所有的异端思想提出谴责，却又从不明说那些异端思想到底是怎么一回事。事实上，当一个人用新话表达异端思想时，某些词语的含义与旧话的含义大相径庭。比如说，在新话中可以造出"所有的人都是平等的"这么一句话，但它的意思和旧话中可能会表述的"所有的人都是红头发"意思没什么两样。这句话没有语法错误，但表达的意思是再明显不过的谬误——这句话具体的意思是，所有的人在身材、体重或力气上都是一样的。这句话的政治含义已经不复存在，"平等"这个词的引申义已经被剔除了。在 1984 年，旧话仍然是日常沟通的主要方式，理论上存在着在使用新话时，说话者可能会想起其原本含义的危险。在实践中，任何扎根于"双重思想"的人避免这一危险并不难，但过了几代人，就连这种思想开小差的可能性也将会被杜绝。一个只接触新话而成长的人将不知道"平等"有另外一个含义，即"政治上平等"，或者"免于"这个词原本的含义，就好比一个从未听说过国际象棋的人不知道"后"和"车"还有其它意思一样。许多罪行和错误将超越个体的能力之外，因为这些罪行和错误根本没有名字，因此无法加以想象。可以预见的是，随着时间流逝，新话的特征将越来越突出——它的词语越来越少，词义越来越固定，用在不正当用途的可能性越来越小。

当旧话被最终取代时，与过去的世界最后的联系将被切断。历史已经被改写了，但过去的文学作品的零星片段仍残留了下来，而且没有经过彻底的内容审查，要是一个人仍懂得旧话的话，他可能就会去阅读这些作品。到了未来，即使这些残篇断章有机会流传下来，也没有人能看得懂或将其翻译成新话。除了一些技术过程的描述、非常简单的日常生活描写或符合正统思想的内容（用新话表达，就是"很好想"）之外，旧话文本是不可能被翻译成新话文本的。实际上，这意味着1960年之前的书没有一本能够被完整地翻译成新话。革命前的文学作品只能进行意识形态上的翻译——也就是说，除了语言之外，内容也得进行改动。举例来说，广为人知的《独立宣言》是这么写的：

"我们认为下面这些真理是不言而喻的：人人生而平等，造物者赋予他们若干不可剥夺的权利，其中包括生命权、自由权和追求幸福的权利。为了保障这些权利，人类才在他们之间建立政府，而政府之正当权力，是经被治理者的同意而产生的。当任何形式的政府对这些目标具破坏作用时，人民便有权力改变或废除它，以建立一个新的政府……"①

这篇文章就很难翻译成新话，并保留原义。整篇文章只能高度概括为一个词："罪想"。完整的翻译必须将其意识形态进行篡改，杰斐逊笔下的内容将被改为对极权政府热情讴歌的

---

① 出自《美国独立宣言》，译文摘自百度百科。

颂文。

　　事实上，大量以前的文学作品已经以这种方式进行改写。出于名望的考虑，纪念某些历史人物还是必要的。与此同时，让他们的作品符合英社的哲学。许多作家，诸如莎士比亚、弥尔顿、斯威夫特、拜伦、狄更斯和其他人的作品都正在被翻译。当这个任务完成后，他们原来的作品，连同其它过去流传下来的文学作品，将统统被销毁。这些翻译工作非常困难，进程缓慢，起码要到二零一几年或二零二几年才有望完成。此外还有大量的实用书籍——不可或缺的技术手册什么的——这些也得以同样的方式进行处理。由于前期的翻译工作要花费大量时间，新话将会到 2050 年时才会最终确立。

作品题解

背景介绍：

1947 年至 1948 年，奥威尔由于罹患严重的肺结核，到苏格兰的朱拉岛疗养度假，期间他决定将一生对于社会主义事业的信念和思考以及二战后世界格局的形成及将来可能会出现的社会变迁写成一部具有警醒意义的政治寓言，警告后人关于极权主义的威胁和狰狞面目。在 1944 年致友人诺尔·威尔梅特的信件中，奥威尔已经流露了自己的创作意图，信件内容如下：

"我必须说，我相信或我很害怕，这种事情正在全世界蔓延滋长。无疑，希特勒很快就会销声匿迹，但代价是斯大林、英美两国的百万富翁和各个戴高乐式的小元首得势。各个地方的民族主义运动，就连那些源于抵抗德国人统治的运动，似乎采取的是非民主的形式，群众围绕在某个超人式的元首（希特勒、斯大林、萨拉查、佛朗哥、甘地、德·瓦勒拉就是一个个例子）的周围，并接受"只要目的正当就可以不择手段"的理论。世界各地的运动似乎正在朝中央集权的经济体制迈进，在经济意义上它是可以行得通，但它并不是以民主手段进行组织，随之而来的将会是等级森严的阶级体制，还有感情用事的推行恐怖的民族主义和不相信客观真理的存在的趋势，因为所有的事实必须吻合某位一贯正确的元首的指示和预言。从某种意义上说，历史已经不复存在，也就是说，我们这个时代并没有能被广为接受的历史这回事，而一旦不需要动用军事手段迫使人们就范，讲求精确的科学也将受到威胁。希特勒可以说是犹太人挑起了战争，而如果他没有被消灭，这番话将成为钦定的历史。他不会说二加二等于五，因为在弹道学的意义上，二加二必须等于四。但如果我所恐惧的那个世界真的来临的话，一个由两个或三个彼此无法征服对方的超级大国共同统治的世界，那时候，如果元首希望的话，二加二就会等于五。在我看来，这就是我们正在前进的方向，但是，这个过程应该是可以被扭转的。

英国和美国相对来说不受极权主义的影响。无论那些和平主义人士会说些什么，我们还没有变成极权主义体制，而这是一个充满希望的迹象。正如我在《狮子与独角兽》里所解释的，我对英国人民和他们推行中央集权的经济体制而不会消灭自由的能力充满信心。但你必须记住，英国和美国还没有真正去努力尝试过，他们还没有体验到战败或遭受严重挫折的滋味。除了好的迹象之外，还有坏的迹象抵消了积极影响。首先，人们普遍对民主的衰微持冷漠态度。譬如说，现在英国二十六岁以下的人没有投票权，而迄今为止群众对这种情况根本满不在乎，你知道吗？其次，事实上，知识分子在思想上比群众更加认同极权主义。英国的知识分子大体上是反对希特勒的，但代价却是接受了斯大林。他们中间大部分人认可种种独裁手段、秘密警察、毫无异议，全面篡改历史等做法，只要他们觉得这对"我们自己人"有好处就可以。事实上，英国并没有法西斯主义这番话在很大程度上或许意味着当前年轻人正在别的地方寻找他们的元首。你无法肯定这种情况不会改变，你也无法肯定十年后群众的思想不会变得像和知识分子一样。我希望他们不会，我甚至相信他们不会，但这要经过一番斗争作为代价。如果你只是一味地声称诸事顺利而不去指出危险的迹象，你只会在极权主义步步逼近时推上一把。

你或许会问，如果我认为世界的趋势是迈向法西斯主义，那为什么我要支持这场战争？这是一个两害权衡的选择——我猜想几乎每一场战争都是一样。我对英国的帝国主义有足够的了解，它令我感到厌恶，但我不会去支持纳粹主义或日本的军国主义，因为后二者更加邪恶。同样地，我支持苏联而反对俄国是因为我认为苏联不能完全摆脱它的过去，它还保留着相当程度的最初革命时的理想，比起纳粹德国，它是还比较有希望。我认为，而且从 1936 年前后战争开始时就一直这么认为：我们是比较好的一方，但我们必须一直让情况保持下去，而这要求我们常怀批判的态度。

在离开伦敦前往朱拉岛之前，奥威尔致信维克多·戈兰兹，要求中断他与戈兰兹出版社的合约。与维克多未能在出版《动物农场》一事上达成一致令奥威尔对多年的合作关系感到心灰意冷，在信中他直言不讳地写道："……《动物农场》是一个关键因素。在这本书完稿时，我很难让它得以出版，当时我就决定，如果可以的话，我将把自己以后所写的作品都交给出版这本书的出版社，因为我知道愿意冒险出版这本书的人，也会冒险出版任何书籍。"经过奥威尔的两次致信要求，维克多·戈兰兹最终同意终止合同。奥威尔得以收回作品自由投稿的权利。《一九八四》的原名是《欧洲最后一个男人》，但奥威尔在权衡再三并结合编辑弗雷德里克·沃堡的建议，选择了"一九八四"作为最终出版的书名。

内容梗概:

主人公温斯顿·史密斯生活在大洋国一号空降带的首府伦敦,在真理部上班,担任编辑,工作是根据上级指示,对历史进行篡改和捏造。表面上他是一个唯唯诺诺的老实人,听从领导的命令,卖力地在"两分钟仇恨仪式"上表现忠诚,与同事和睦相处,但私底下他对现实充满困惑和不满,在独居的公寓里冒着被思想警察逮捕的危险撰写日记,记录自己的心路历程和宣泄对最高领袖老大哥的不满。他还多次跑到党员禁止涉足的黑市,购买自己心仪的来自旧世界的钢笔、日记本和各式小玩意。同样在真理部上班,任职于虚构司的充满魅力的神秘女子朱莉娅主动接近温斯顿,并大胆地表达对他的爱慕。两人情投意合,多次躲过重重监视进行幽会,末了,两人还搬进了无产者居住的区域一间旧货店的阁楼。

温斯顿的好友塞姆醉心于上级领导分配的创造新语言的任务,并得意地与温斯顿分享自己的新语言创建成果。一如温斯顿的预料,太聪明的塞姆在某一天神秘地消失了,成为似乎根本不曾存在过的"非人"。

一直被温斯顿认为是密谋推翻现行政权的地下组织兄弟会的成员、党内的高级人物奥布莱恩主动接近温斯顿,并在他的寓所承认自己就是兄弟会的成员,并将兄弟会的领导人埃曼努尔·古德斯泰恩的著作《寡头集体主义的理论与实践》借给温斯顿。书中的内容向温斯顿阐述了当时那场旷日持久的战争真正的含义,以及大洋国的口号"战争即和平。自由即奴役。无知即力量"的内在逻辑。从奥布莱恩口中,温斯顿终于得悉萦绕于自己心头多年的那首伦敦童谣的所有歌词。

但就在温斯顿和朱莉娅接受了革命熏陶,并陶醉在幸福宁静的二人世界时，思想警察逮捕了他们（旧货店的老板正是思想警察的密探），而奥布莱恩则是审讯的执行人，他以种种惨无人道的方式折磨温斯顿，迫使他从思想深处接受党性的逻辑和要求：二加二等于四并非客观真理，它可以因应时势的要求和领导人的意志，既可以等于四，又能够等于五。最后，为了实现最彻底的改造，温斯顿被押到令无数人闻风丧胆的101号房，以一笼温斯顿最害怕的凶恶饥饿的老鼠作为威胁，迫使他出卖朱莉娅以自保，粉碎了他最后的个体尊严。

温斯顿被释放了，和以前接受过终极审判的前领导人一样，他成了栗子树咖啡厅的游魂野鬼，虽然有名义上的工作，在政治上已经被宣判死刑。他和朱莉娅不期而遇，双方都坦承自己背叛了对方，爱情与尊严已经不再属于他们，两人黯然分手。在栗子树咖啡厅的军事胜利通告节目播放时，温斯顿在精神上得到了最终的救赎，他的抗争最终结束，他的自我被最终泯灭，成为热爱老大哥的忠实奴隶。

作品评论：

《一九八四》于1949年6月8日出版，立刻在大西洋两岸引起热烈反响。《新政治家》表示"这是一部令人手不释卷的杰出作品"；《纽约客》盛赞"这是一部深邃恐怖而引人入胜的好书"；《标准晚报》称之为"自战争以来最重要的一部作品"。

伯特兰·罗素在《一九八四》初版时的护封上写道："我怀着极大的兴趣阅读了这本书。我的对《动物农场》推崇备至，而由它所产生的热烈期盼并没有失望。《一九八四》力度万钧地刻画了一个牢固的极权主义政体下的种种恐怖情状。西方世界必须警惕这些危险，而不只是狭义上的对俄国的恐惧。奥威尔先生以非凡的才华、技巧和想象力为这个重要的任务作出了贡献。我真诚地希望这本书将会被各界广泛阅读。"作为反乌托邦小说的翘楚，《一九八四》自出版后一直雄踞英国文学排行榜的前列，在英国广播公司评选的百大英国小说和美国时代杂志评选的百年经典作品中均位居前列。

《一九八四》中所描写的极权主义社会膨胀到极致的情况对个体与社会的扭曲和摧残读来令人触目惊心，一个人的生活被全天候从各个方位实施监管：无处不在的老大哥的头像，能够监控一言一行的电屏，没有法律明文规定什么行为构成犯罪，但任何不合领导人意图的行为都会被判处劳改乃至死刑，每天都必须参加的两分钟仇恨仪式，一年到头都有组织分配的官方庆典。物质极度匮乏的生活中，作为精神消遣的渠道只有劣质的杜松子酒和由创作器生成的低俗读物、观看处决囚犯、互相监视揭发（就连家人也是告发的对象）。

极权主义除了禁锢个人的言行举止之外，更野心勃勃地准备摧毁自由的精神世界。他们精心地构建一个充满禁忌的光怪陆离的精神氛围：包括记载日记在内的个人创作是思想犯罪，鼓吹禁欲单身的正统宣传消灭了欢畅淋漓的性爱，以双重思想和篡改历史去混淆是非黑白，用贫乏干瘪到极至的新语言阉割下一代人的思维。

在这个充满绝望的世界里隐藏着希望的种子。奥威尔充满深情地多次写道："假如希望尚在的话，希望就在无产者们身上。"无产者与生俱来拥有强大的力量，就连自诩无所不能的领导人也只能对他们采取怀柔政策，无法像控制党员那样对他们任意呼喝。温斯顿曾经真诚地信仰客观真理的存在，并郑重地写下："自由就是可以说出二加二等于四。在此之上，一切得以构建。"但他的生活从十一年前以为掌握了一份能够推翻政府谎言的重要证据开始就已经陷入严密的监控和操纵。他的对手是比他强大无数倍的党内精英，他们所憧憬的未来，是一只靴子踩在一张人脸上的情形——永远都是那样，永世不得翻身，任人诋毁侮辱。奥布莱恩称许温斯顿是"最后一个人类，人类道义的守护者"，但他的尊严和人格在101号房被一一击碎，取而代之的是"罪停"和对老大哥的无条件的忠诚。作为最后一个忠于道义珍视传统的知识分子，脱离了人民群众，他也只能以失败告终，但奥威尔并没有承认人类的命运会就此步入终结，无产阶级依然在等候着属于自己的未来，他们只需要站起来，抖一抖身子，就像一匹马抖掉身上的马虱。虽然奥威尔早已逝世，但他的《一九八四》仍令马虱们坐立不安，惶惶不可终日。